Ullstein

DAS BUCH

Befehlsgemäß lag die Dampffregatte *Trojan*, ausgestattet mit 300 PS und 31 Kanonen, vor der Einfahrt zum Goldenen Horn von Konstantinopel vor Anker. Die Passage durch das Schwarze Meer hatte sich als ein einziger Alptraum erwiesen, den die Besatzung lieber so schnell wie möglich vergessen wollte. Doch das Schlimmste stand den erschöpften Männern noch bevor. Man schickte sie nach Sewastopol. Die vorerst beendeten Kämpfe an Land hatten die verletzliche britische Flanke in arge Bedrängnis gebracht – trotz der Unterstützung durch die französischen Verbündeten, die aber erheblich zu spät eingetroffen waren. Es war keine leichte Situation, in der sich Commander Hazard aufs neue bewähren mußte. Doch schließlich war es ausschließlich ihm und seinen Getreuen zu verdanken, daß die britischen und alliierten Truppen im November 1854 den Sieg gegen die Kosaken davontrugen. Dieser Erfolg wurde ein Meilenstein für seine weitere Karriere.

Der dritte Band aus der marinehistorischen Serie um Phillip Horatio Hazard im Krimkrieg.

DER AUTOR

V. A. Stuart veröffentlichte mehr als 60 Bücher und zahllose Zeitungsartikel. Stuart gilt als Koryphäe englischer Marinegeschichte mit besonderen Kenntnissen über den Krimkrieg.

V. A. Stuart

Alle Mann zurück an Bord!

Phillip Horatio Hazard vor Konstantinopel

Roman

Ullstein

Ullstein Buchverlage GmbH & Co. KG,
Berlin
Taschenbuchnummer: 24612
Titel der Originalausgabe:
Hazard's Command
Aus dem Englischen von
Dieter Bromund

Deutsche Erstausgabe
Juni 1999

Umschlaggestaltung:
Hansbernd Lindemann
Illustration:
Silvia Christoph

First large Print Edition published
October 1992
by arrangement with Aidan Ellis
Publishing Ltd.,
Henley on Thames, Oxon

Printed in Germany 1999
Gesamtherstellung:
Clausen & Bosse, Leck
ISBN 3 548 24612 5

Gedruckt auf alterungsbeständigem
Papier mit chlorfrei gebleichtem Zellstoff

Vom selben Autor in der Reihe
der Ullstein Bücher:
Tapfer bis zum Untergang (24473)
Dem Feind entgegen (24484)

Die Deutsche Bibliothek
CIP-Einheitsaufnahme

Stuart, Vivian:
Alle Mann zurück an Bord!:
Phillip Horatio Hazard vor
Konstantinopel; Roman/V. A. Stuart.
[Aus dem Engl. von Dieter Bromund].-
Dt. Erstausg. - Berlin: Ullstein, 1999
(Ullstein-Buch; Nr. 24612)
ISBN 3-548-24612-5

Minié und andere Gewehre

Das Minié-Gewehr hatte sich in der britischen Armee in den Kaffern-Kriegen in Südafrika (1846–1852) bewährt. Dort waren die sechs besten Schützen jeder Infanteriekompanie mit Minié-Gewehren ausgerüstet und erhielten von ihren Offizieren Preise für möglichst viele getötete Feinde. Im Krimkrieg zog die gesamte Infanterie bis auf die 4. Division, die noch mit der Brown Bess kämpfte, mit diesen Gewehren ins Feld.

An Bord der *Ripon* übten die Gardisten auf dem Weg zur Krim das Schießen mit der neuen Waffe. Eine Zielscheibe hing dazu von der Vorbram-Leesegel-Spiere. Wenn die See ruhig war, wurde die Zielscheibe durch einen auf Leinwand gemalten, lebensgroßen russischen Soldaten ersetzt. Das Übungsschießen endete in Malta, wo die Garde die Übungsmunition der Rifle Brigade übergeben mußte, die von dort nach Konstantinopel segelte und mit nur dreißig Schuß Munition pro Mann ausgerüstet worden war. Die soll allerdings so schlecht gewesen sein, daß man sich nach einer Woche Marschieren auf ihr Funktionieren nicht mehr verlassen konnte.

Mit Beginn des Krimkriegs begann man 1853, auf amerikanischen Maschinen in England das Enfield-Gewehr zu produzieren, das aktiv zum erstenmal noch vor Sewastopol eingesetzt wurde. Es wurde – immer weiter entwickelt – später das Standardgewehr der Briten.

Eine erste wichtige Rolle spielte es in Indien beim großen Aufstand der indischen Truppen gegen die Briten 1857. Der soll unter anderem durch das Gerücht in der Armee der East India Company ausgelöst worden sein, daß das Fett der Hülsen von Rindern stammte, die den Hindus heilig waren, und von Schweinen, die von den Moslems als unrein angesehen wurden. Wie jeder Schütze mußten Hindus und Moslems die papierenen Hülsen abbeißen, um das Gewehr zu laden, und dabei nolens volens dieses Fett in den Mund nehmen.

Standardwaffe und von den Truppen über alles geliebt war bis zum Krimkrieg die Brown Bess, eine glattläufige Muskete. Sie kam zu ihrem Namen, als in den napoleonischen Kriegen auf der iberischen Halbinsel zuerst die leichte Infanterie die Läufe der Gewehre bräunte, damit deren Glitzern im Sonnenlicht die Bewegung der Truppen nicht verriet.

Wie die Brown Bess war auch das Minié-Gewehr ein Vorderlader. Die Brown Bess wurde mit Pulver geladen, auf das die Kugel und dann die papierene Hülle der Patrone gestopft wurde. Die Kugel hatte natürlich Spiel im Lauf – und das hieß, sie flog nicht weit genug und lag nur auf relativ kurze Entfernung im Ziel.

Anders die Minié-Kugel. Entwickelt hatte das Geschoß und das entsprechende Gewehr der französische Hauptmann Minié. Hier trieb das explodierende Pulver zunächst die Kugel an, die ihrerseits in Blei einschlug, wobei es sich im Lauf ausdehnte. Das Geschoß hatte also kein Spiel. Bei der Erprobung auf ein Ziel, 6 Fuß hoch und 3 Fuß breit, gab es zwischen 500 und 800 Yards zwei Treffer aus fünf Schüssen, bei 900 Yards einen aus sieben. Das galt damals als außerordentlich treffsicher.

In den Kaffernkriegen konnten britische Infanteristen mit

dem Minié-Gewehr kleine Gruppen von Eingeborenen noch auf 1200 bis 1300 Yards Entfernung in die Flucht schlagen. Im Krimkrieg war das Minié-Gewehr einer der Gründe für die Überlegenheit der britischen Infanterie gegenüber den Russen. Es war auf viel weitere Entfernung wirksam als die russischen Gewehre. Mit seinem langen Lauf konnte es auch für Bajonettangriffe eingesetzt werden.

Brown Bess, Minié oder Enfield – der Krimkrieg wurde noch mit Vorderladern geführt.

Dieter Bromund

Vorwort des Verfassers

Mit Ausnahme der Offiziere und Mannschaften Ihrer Majestät Schiff *Trojan* existierten alle britischen Marine- und Heeresoffiziere dieses Buches wirklich, und was sie taten, ist historisch belegt. Auch ihre politischen Aussagen und Meinungen sind meistens allgemein bekannt. Wenn sie etwas besprechen oder sich unterhalten – wie zum Beispiel mit den fiktiven Gestalten des Romans –, wurde größter Wert darauf gelegt, Gedanken und Gefühle so wiederzugeben, daß sie den historisch belegten Äußerungen entsprechen.

Die historischen Ereignisse fanden tatsächlich statt und wurden gemäß den Veröffentlichungen, die bisher über den Krimkrieg erschienen, recherchiert und wiedergegeben.

Prolog

Unfreundlich und neblig dämmerte unter Kanonendonner der Morgen über dem Hochland der Krim. Nacheinander eröffneten die Batterien ihr Feuer auf das gut verteidigte Sewastopol. Die russischen Kanoniere antworteten lebhaft.

In seinem kleinen, kärglich möblierten Zimmer, das ihm in dem Bauernhaus auf dem Hochland gleichzeitig als Dienstzimmer und Schlafraum diente, saß General Lord Raglan mit müde herabhängenden Schultern an einem roh gezimmerten Schreibtisch. Wie immer trug der britische Oberbefehlshaber seinen blauen Interimsuniformrock, an den er sich so gewöhnt hatte, seit er der Verbindungsoffizier des Herzogs von Wellington zum Kriegsministerium und später Generalfeldzeugmeister geworden war. Sein Schreibtisch bei den Horse Guards, der Kavallerie in Whitehall in London, war allerdings sehr viel beeindruckender gewesen.

In dem niedrigen Bauernhaus mit dem feuchten steinernen Fußboden und den schlecht schließenden Fenstern war es kalt. Das Feuer, das sein deutscher Kammerdiener gestern abend in dem winzigen Kamin entzündet hatte, war natürlich längst zu einem Häufchen Asche zusammengefallen, die gegen die feuchte Kälte, die von draußen hereinkroch, nichts ausrichten konnte. Somerset Calthorpe, sein Neffe und Adjutant, dem klar war, daß sein Onkel sich mit seinen Berichten an den Herzog von Newcastle viel Zeit nehmen würde, hatte ihm eine Decke auf die Knie gelegt, ehe er ihn für die Nacht verließ. Doch Lord Raglan fand, daß die Decke ihn beim Schreiben hinderte, und deshalb hatte er sie auf den Fußboden rutschen lassen.

Jetzt seufzte Lord Raglan, und er spürte sie unter seinen Füßen. Einen Augenblick lang blickte er auf das einladende Bett neben sich und wünschte sich den Schlaf, in dem er endlich Ruhe vor der Qual seiner Gedanken finden würde – wenn auch nur für wenige Stunden. Aber der Bericht mußte fertig werden, mußte sorgfältig geprüft und dann abgezeichnet werden. Er hob die Hand vor den Mund, um ein unwillkürliches Gähnen zu unterdrücken und begann, erneut das zu lesen, was er bisher für den Kriegsminister in London niedergeschrieben hatte unter der Überschrift: Vor Sewastopol, am 8. November 1854. Der Bericht war ziemlich lang. Der britische Oberbefehlshaber versuchte den blutigen Nahkampf zu beschreiben, der vor drei Tagen auf den Inkerman-Höhen getobt hatte. Er befleißigte sich dabei eines ziemlich gewundenen Stils mit sorgfältig abgewogenen Worten, um möglichst viel nichtssagendes Lob, das sein politischer Vorgesetzter von ihm erwartete, über die französischen Verbündeten auszugießen.

»Hoheit!« begann sein Brief. »Ich habe die Ehre, Eurer Hoheit zu berichten, daß die Armee unter meinem Kommando, von französischen Hilfstruppen unter dem Kommando des hervorragenden Offiziers General Bosquet kraftvoll unterstützt, am 5ten dieses Monats einen wilden und entschlossenen Angriff des Feindes auf unsere Stellung oberhalb der Ruinen von Inkerman abgewehrt und den Angreifer niedergeschlagen hat. In meinem Bericht vom 3ten dieses Monats informierte ich Eure Hoheit, daß der Gegner seine Kräfte im Tal der Tchernaya erheblich verstärkt hatte ...«

Der Angriff war mit überlegener Kraft – man schätzte zwischen 50 000 und 60 000 Mann – gegen die verletzliche rechte Flanke der Briten vorgetragen worden. Bitter überflog Lord Raglan noch einmal die erste Seite. Die Unterstützung durch die Franzosen, die er als »kraftvoll« bewertet hatte, war wie immer viel zu spät gekommen. Raglan war der Meinung, daß die Schlacht überhaupt nicht hätte geschlagen werden müssen, wenn General Canrobert, der französische Oberbefehlshaber, Raglans wiederholt vorgetragene Forderungen nach Truppen erfüllt hätte. Die Franzosen hätten die Stellungen oberhalb des Tals der Tchernaya mit verteidigen sollen, die die britischen Soldaten ganz allein hielten. Canrobert befehligte mehr als 40 000 Mann im Vergleich zu Lord Raglans 24 800 – die Marinebrigade eingeschlossen. Aber der Franzose hatte darauf bestanden, daß er keinen seiner Soldaten entbehren konnte – nicht einmal für eine so dringende und wichtige Aufgabe.

Lord Raglan preßte seine Lippen zusammen – zutiefst enttäuscht. Mit den wenigen Truppen, die seinem Befehl unterstanden, wurde es immer schwieriger, Sewastopol durch Artilleriefeuer vom Hochland her zur Aufgabe zu zwingen. Denn gleichzeitig mußte er den Hafen von Balaklava halten und auch die dünne Verteidigungslinie auf den Höhen von Inkerman, die seine rechte Flanke kaum schützte. Canroberts rechte Flanke dagegen war sehr gut durch einen Großteil der britischen Soldaten und seine linke Flanke durch das Meer gedeckt, das die alliierte Flotte total beherrschte. Und außerdem hatte der Franzose zwei sehr gute, leicht erreichbare Häfen, nämlich Kamiesch und Kazatch – beide konnten von Land her nicht angegriffen werden. Balaklava dagegen ... Ungeduldig blätterte Lord Raglan zur zweiten Seite seines Berichts. Er hatte Balaklava immer nur als vorläufigen Hafenstützpunkt betrachtet. Er und auch Admiral Sir Edmund Lyons hatten ihn nur als Anlaufpunkt für die Einnahme von Sewastopol gesehen. Und nur deshalb hatten sie das kleine, enge Balaklava ausgewählt, sieben Meilen von den Truppen auf dem Hochland entfernt, die zu versorgen waren. Sobald Sewastopol in britische Hände fiel, konnte Balaklava aufgegeben werden, denn die belagerte Stadt verfügte nicht nur über einen großen Hafen und gut ausgerüstete Werften, sondern auch über Winterquartiere für die alliierten Armeen, die das sich ständig verschlechternde Wetter jetzt nur unter Zeltleinwänden ertrugen.

Er und Canrobert – und vor ihm der verstorbene Marschall St. Arnaud, der Vorgänger des französischen Oberbefehlshabers – waren sich immer einig gewesen, daß ihr wichtigstes Ziel die Eroberung von Sewastopol sein mußte. Sie hätten anschließend, ohne auf Widerstand zu stoßen, drei Tage nach ihrem Sieg an der Alma in die russische Basis einmarschieren können, und nach dem Flankenmarsch, durch den sie in den Süden der Stadt gelangten. Aber sie hatten es nicht getan ...

Lord Raglan dachte daran, daß er diesen Angriff beginnen wollte. Mit aller Kraft wollte er vorstoßen, als die Russen, kopflos geworden, sich aus Sewastopol zurückzogen. Die Freude über den Sieg, den sie so tapfer errungen hatten, trieb seine Truppen voran, aber die Franzosen hatten darauf bestanden, daß zuerst das Belagerungsgerät an Land gebracht werden mußte. Ein Angriff ohne die Unterstützung von schwerer Artillerie und einer vorhergehenden Beschießung widersprach der französischen Taktik so sehr, daß Canrobert bereits den bloßen Gedanken daran als Verbrechen ansah. Lord Raglan aber mußte einsehen, daß er mit den britischen Truppen allein nicht angreifen konnte. Obwohl General Sir George Cathcart ziemlich herablassend geäußert hatte, er würde die Stadt ganz allein mit seiner Vierten Division einnehmen und »dabei kaum einen Mann verlieren«, hatte der britische Oberbefehlshaber – wenn auch mit großem Bedauern – entschieden, daß das Risiko für die Briten allein viel zu groß war. General Sir John Burgoyne, sein Verantwortlicher für die Pioniere, hatte zudem auch die französische Ansicht geteilt und von einem Angriff abgeraten ... Lord Raglan atmete tief aus. Also hatte auch er befohlen, das Belagerungsgerät an Land zu schaffen. Während der drei Wochen, die man brauchte, um alles auf dem Hochland in Stellung zu bringen, hatte der Gegner seine Truppen in Sewastopol so verstärkt und die Befestigungsanlagen so ausgebaut, daß die Stadt bis jetzt jedem Versuch einer Eroberung widerstanden hatte.

Obwohl die alliierten Armeen die Stadt praktisch belagerten, hatten sie bisher den Ring nicht schließen können. Der Norden blieb unbewacht. Durch diese offene Tür führte der russische Oberbefehlshaber Prinz Menschikoff alle Truppen und Geschütze, die er zur Verteidigung brauchte, in die Stadt. Und anschließend konnte er die Belagerer von jenseits des Flusses Tchernaya angreifen. Dazu setzte er anscheinend unendliche Verstärkungskräfte ein, die aus allen Teilen Rußlands zu ihm eilten. Dort, wo man offensichtlich angreifen mußte, war man am schwächsten ... Lord Raglan legte die Hände über die Augen und erinnerte sich, welche Entschlüsse er aufgrund dieser Umstände hatte fällen müssen. Einer war sogar ganz und gar gegen seine bessere Überzeugung, denn durch ihn wurden die Verteidigungslinien auf den Inkerman-Höhen weiter ausgedünnt.

Canrobert hatte ihm gemeldet, daß die Franzosen endlich bereit waren, die Briten bei einem kraftvollen Angriff aus Sewastopol zu unterstützen. Als Termin hatte er den 7. November vorgeschlagen. Sewastopol mußte genommen werden, wenn man einen langen Winterfeldzug vermeiden wollte.

Die Franzosen hatten das Unternehmen – weiß der Himmel – lange genug verzögert. Und so wie Raglan dem Anlanden ihres Belagerungsgeräts zugestimmt hatte, so stimmte er jetzt dem Plan für den Angriff zu. Seine rechte Flanke wurde jetzt lediglich durch die Zweite Division und die Brigade der Garde geschützt. Seine ausgedünnten Kräfte hatte er für die einleitende Beschießung gesammelt, auf der die Franzosen immer noch beharrten. Er hatte auch für den nachfolgenden Angriff Befehle entwickelt, als die Russen – zwei Tage vor dem mit Canrobert abgestimmten alliierten Angriffstermin – zuschlugen.

Kurz vor Tagesanbruch am 5. November ... Wieder beugte sich der britische General über seinen Bericht.

»*Der Morgen war überaus dunkel, und es regnete leicht*«, hatte er an den britischen Kriegsminister geschrieben, »*so daß man außer Blitz und Rauch von Artillerie und schwerem Musketenfeuer fast nichts ausmachen konnte. Doch es wurde uns schnell klar, daß der Feind, gedeckt durch viele Vorausstruppen und durch große Mengen Infanterie, zahlreiche Batterien Schwerer Artillerie auf die Anhöhen links von uns gegenüber der Zweiten Division verlegt hatte und gleichzeitig mit Infanterie massiv unsere Garde angriff.*

Starke gegnerische Verbände stießen auf unsere Vorposten auf der rechten Seite. Unsere Männer hielten sich mit bewundernswerter Tapferkeit. Sie verteidigten gegen einen überwältigenden Gegner jede Handbreit Boden, bis die Zweite Division unter Generalmajor Pennefather mit ihren Feldkanonen, die sich sofort in Bewegung gesetzt hatte, ihre neue Stellung bezog. Ohne Zeitverlust wurde auch die Leichte Division unter Generalleutnant Sir George Brown an die Front verlegt. Die Erste Brigade unter Generalmajor Codrington besetzte die langen Abhänge links in Richtung Sewastopol, schützte damit unsere rechte Batterie und verhinderte so An-

griffe auf dieser Seite. Die Zweite Brigade unter Brigadegeneral Buller bezog links von der Zweiten Division Stellung. Das 88. Regiment unter Oberstleutnant Jeffreys bildete die Vorhut. Die Garde unter dem Herzog von Cambridge und Generalmajor Bentinck marschierte ebenfalls nach vorn und hielt den entscheidenden Abschnitt ganz rechts neben der Zweiten Division. Doch waren die beiden Abteilungen durch eine tiefe, jählings abstürzende Kluft getrennt. Ihre Kanonen plazierten sie so nah wie möglich nebeneinander.

Die Vierte Division unter General Sir George Cathcart war aus ihrem Lager aufgebrochen und marschierte nach vorn rechts gegen den Angriff. Die Erste Brigade unter Brigadegeneral Goldie marschierte auf die linke Seite der Straße nach Inkerman, die Zweite Brigade unter Brigadegeneral Torrens auf die rechte Flanke und auf die Hänge über dem Tal der Tchernaya. Die Dritte Division unter Brigadegeneral Sir Richard England besetzte zum Teil den Abschnitt, den die Vierte Division gerade verlassen hatte und verstärkte mit zwei Regimentern die Leichte Division unter Brigadegeneral Sir Colin Campbell. Brigadegeneral Eyre kommandierte derweilen die Truppen in den Gräben ...«

Das las sich, als ob die Schlacht nach einem exakten Plan abgelaufen wäre, aber Lord Raglan wußte genau, daß das ganz und gar nicht der Fall gewesen war. Er hatte natürlich einen russischen Angriff auf seiner rechten Flanke erwartet und in der Tat großen Wert darauf gelegt, Canrobert einzuhämmern, daß der Angriff jeden Augenblick beginnen könne. Denn er erhielt laufend Meldungen, daß sich jenseits der Tchernaya der Gegner in großen Mengen sammelte. Als aber der Angriff der Russen dann gegen seine ausgedünnten Stellungen vorgetragen wurde, trafen die dichten Reihen russischer Infanterie, von denen in den Meldungen gesprochen wurde, nur auf die Vorposten der Zweiten Division. Die Division mußte sich auf hinhaltende Verteidigung einlassen, bis man andere Verbände aus dem Belagerungsring abziehen und zur Verstärkung heranführen konnte. Das hatte Zeit gekostet – nicht nur wegen der Entfernungen, sondern auch, weil in den drehenden Nebeln der Krim die Schlacht unübersichtlich geworden war. Männer kämpften in dichtem Unterholz, auf steilen Abhängen und in Schluchten und benutzten Bajonette statt Kugeln. So schlecht war manchmal die Sicht, daß man nicht schießen konnte, ohne zu fürchten, Freunde zu treffen, die im Hin und Her der Schlacht nur schwer zu erkennen waren.

Zwei Ablenkungsangriffe, einen links bei den Franzosen, einen rechts in Richtung Balaklava, hatte der Gegner gleichzeitig mit dem Schlag gegen die Inkerman-Höhen gestartet. Diese Strategie hatte ihren Zweck erfüllt. Sie verzögerte die französische Verstärkung, um die er gebeten hatte. General Bosquet, der von seinem Standort auf dem Kamm von Sapouné alles beobachtete, hatte sich eine Stunde lange geweigert, seine Truppen zu bewegen. Er tat es erst, als er sicher war, daß es tatsächlich Ablenkungsangriffe waren. Dabei konnte niemand General Bosquets persönlichen Mut anzweifeln, wie Lord Raglan sehr wohl wußte ... Als er und seine großartigen Zuaven in die Schlacht eingriffen, schlugen sie sich bewundernswert tapfer. Dennoch hatte der unbeugsame französische General mit seinem Corps – bis auf ganze zwei Regimenter –, das er von den Höhen herabgeführt hatte, zwei weitere Stunden verstreichen lassen, ehe er seinen Truppen befahl, dem hart bedrängten Verbündeten zu Hilfe zu kommen – auf Lord Raglans persönliches Ersuchen hin.

Eines der beiden Regimenter, das er dem ausgedünnten 55. britischen Regiment zur Unterstützung geschickt hatte, weigerte sich, ohne Artilleriedeckung weiter zu marschieren, und der britische Oberbefehlshaber und sein Stab, selbst unter schwerem Beschuß, hatten zusehen müssen, wie das französische Regiment sich zurückzog, offenbar völlig unbeeindruckt von dem Schicksal der unglücklichen 55er. Erst als Oberst Warren mit knapp 100 Mann einen heroischen Bajonettangriff vorangetrieben hatte, hatten die Franzosen innegehalten und sich wieder dem Feind zugewandt. Und selbst dann hatte Lord Raglan noch einen Stabsoffizier losschicken müssen, ehe die 7. Leichten der Franzosen überredet werden konnten, aktiv in den Kampf einzugreifen – diesmal zur Unterstützung des tapferen, doch schon sehr erschöpften 77. britischen Regiments.

Von all dem durfte natürlich nichts in einem offiziellen Bericht erscheinen. Als Lord Raglan seine Andeutungen über das Ereignis las, verzog ein hartes Lächeln seine Lippen.

»*Der Feind plazierte Batterien Schwerer Artillerie auch auf den Hängen zu unserer Linken. Insgesamt waren 90 Kanonen auf dem Feld, die Schiffsartillerie und die Kanonen zur Belagerung Sewastopols nicht eingerechnet. Die russischen Verbände marschierten in großer Zahl voran, flankiert und geschützt durch gewaltiges Feuer von Kugeln, Schrapnell und Kartätschen. Unsere eigenen Truppen setzten allen Mut ein, ihnen Widerstand zu leisten.*

In diesem Augenblick verstärkten zwei Bataillone französischer Infanterie uns auf der rechten Flanke, die General Bosquet auf unsere Bitte sofort in Bewegung gesetzt hatte. Sie halfen uns sehr, den Angriff abzuwehren. Gemeinsam mit unseren Truppen riefen sie hurra und trieben den Feind hangabwärts mit großen Verlusten zurück. Etwa gleichzeitig wurde entschlossen unser äußerster linker Flügel angegriffen, und der Gegner brachte sich für kurze Zeit in den Besitz von vier unserer Kanonen. Drei eroberten die 88er zurück, die vierte sehr schnell das 7. Regiment unter Oberstleutnant

Egerton. In der entgegengesetzten Richtung war die Brigade der Garde unter seiner Königlichen Hoheit, dem Herzog von Cambridge, in schwere Kämpfe verwickelt.«

Die Tapferkeit der Garde war kaum zu beschreiben, und das erfüllte ihren Oberbefehlshaber mit heißem Stolz, als er seinen Bericht über ihre großartige Rolle in der Schlacht erneut durchlas. Solange sie noch Munition hatten, schossen sie präzise und ohne Unterbrechung, und als ihnen Pulver und Blei ausgingen, griffen sie immer wieder mit dem Bajonett an und jagten die entsetzten Russen vor sich her. Sie hatten um eine Stellung mit zwei Kanonen gekämpft, sie verloren, sie wieder eingenommen, sie wieder verloren und erneut eingenommen – die Sandsack-Batterie. Ihre Tapferkeit kannte keinen Vergleich, sie kämpften trotz hoher Verluste und warfen den Gegner schließlich in einem verzweifelten letzten Angriff einen überwachsenen Hang hinab. Es stimmte zwar, daß sie in dem allgemeinen Durcheinander dann zu weit vorstießen, so daß der Feind über ihnen quer über den Hang neue Truppen in Positionen brachte. Sie waren dadurch von ihrem Kommandeur, dem Herzog von Cambridge, getrennt. Dessen Stellung war eine Zeitlang in höchster Gefahr. Doch die Offiziere sammelten die Garden wieder, und sie stiegen auf das Plateau zurück und vereinigten sich mit der Handvoll Helden, die bei der Flagge ausgeharrt hatten. Hier schlugen sie verschiedene russische Angriffe zurück und konnten schließlich aus der Falle entkommen.

General Sir George Cathcart, der Divisionskommandeur, hatte leider nicht so viel Glück gehabt. Lord Raglan las die nächste Seite seines Berichts und spürte den Verlust deutlich. Er hatte Cathcart nicht gemocht, der – zwar jünger und rangniedriger als Sir George Brown – eigentlich bis kurz vor der Schlacht von Inkerman seine Nachfolge als Oberbefehlshaber antreten sollte. Aber er war ein tapferer Mann und ein guter Soldat gewesen, und er war gefallen, wie es bester Tradition im britischen Heer entsprach. Es spielte jetzt keine Rolle mehr, daß er schwierig und widerborstig gewesen war und sich ständig beklagt hatte, wenn man ihn bei wichtigen Entscheidungen nicht konsultierte. Er hatte immer wieder daran erinnert, daß man aufgrund seiner alsbaldigen Ernennung zum Oberbefehlshaber seinen Rat suchen und diesen dann in die Tat umsetzen sollte, anstatt sich an Sir George Brown oder Sir John Burgoyne zu halten. Jetzt war er tot und – Lord Raglan lehnte sich vor und fügte ein paar Zeilen in seine bereits geschriebene Meldung ein.

»*Der ehrenwerte Generalleutnant Sir George Cathcart entschloß sich, um den Gegner zu schlagen, mit ein paar Kompanien des 68. Regiments in das Tal zu steigen und den Feind in der Flanke zu packen. Er griff schnell an, doch waren die Höhen gänzlich von Russen besetzt. Sir George fand sich von einer Übermacht umzingelt und versuchte, seine Männer aus dem Getümmel zu führen. Dabei erhielt er seine tödliche Verwundung, so wie auch Brigadegeneral Torrens schwer verwundet wurde, während er die 68er führte.*

Mit unverminderter Hitze tobte die Schlacht weiter, ohne daß es zu einer Entscheidung kam. Der Gegner deckte uns nicht nur im Feld mit dem Feuer all seiner Batterien ein, sondern auch unsere Männer vor der Festung und an den Schiffskanonen. Erst am Nachmittag zeigten sich erste Zeichen des Nachgebens. Zwar nahm das Feuer nicht ab, doch es kam zu einem allgemeinen Rückzug großer Truppenteile über die Inkerman-Höhe. Der Gegner erklomm dann die gegenüberliegende Höhe und ließ auf dem Schlachtfeld 5000 oder 6000 Tote und Verwundete zurück, wobei er viele Verwundete bereits abtransportiert hatte. Ein diesem Schlachtfeld vergleichbares Bild habe ich nie zuvor gesehen, doch darüber will ich mich nicht auslassen.«

Schmerzlich wurde Lord Raglan deutlich, daß er diese schrecklichen Tatsachen, die er selber gesehen hatte, nicht nach London weitergeben konnte. Doch die Eindrücke, als die Russen die blutgetränkten Inkerman-Höhen verließen, verfolgten ihn weiter im Schlaf und im Wachen, und er konnte weder die Bilder noch die Erinnerungen aus seinem Gedächtnis vertreiben. Er schüttelte sich, als er daran dachte, wie General Strangeways, der nur ein paar Meter neben ihm ritt, sein Bein im Höhepunkt der Schlacht durch eine Kanonenkugel verloren hatte. Bis zum Ende tapfer und höflich hatte der alte Artillerist gebeten, ihm aus dem Sattel zu helfen. Das tat man und legte den alten Herren sanft in den Schutz eines Findlings. Lord Raglan waren unwillkürlich Tränen in die Augen getreten, da sein alter Freund und Kampfgefährte aus Waterloo mit der schrecklichen Wunde nicht mehr lange zu leben hatte. Stoisch und ohne Klage war Strangeways knapp eine Stunde später gestorben wie so viele andere, alte Männer und junge in der Blüte ihres Lebens, lauter Soldaten, um die Raglan trauerte und deren Gesichter er nie vergessen würde ...

Lord Raglan zwang sich, den nächsten Abschnitt seiner Meldung zu lesen, obwohl Tränen seinen Blick verschleierten und er sich immer wieder die Augen wischen mußte. Er hatte in diesem Teil den französischen Verbündeten mehr als generös Tribut gezollt für ihren Kampfgeist und ihren Einsatz. Bosquet verdiente die Anerkennung trotz der Verzögerung, die er verursacht hatte – und wenn auch nur für die ungewöhnlich tapfere Art, mit der er seine Zuaven und die Algerier in einem Angriff zum genau richtigen Zeitpunkt aus der Umzingelung herausgeführt hatte, als er sich in einer russischen Falle unterhalb der Sandsack-Batterie wiederfand. Raglan hatte das dem untersetzten, jungen französischen General selbst gesagt in seinem unsicheren Französisch und hatte ihm in plötzlicher Gefühlsaufwallung im Namen Englands gedankt. Canrobert, der aus einer leichten Fleischwunde am Arm blutete, hatte vor Stolz gestrahlt. Doch viele Tote, viele englische Tote, müßten jetzt nicht in ihren blutigen Gräbern ruhen, wenn Canrobert seine Aufforderung früher umgesetzt und Verstärkungen geschickt hätte, deren Anwesenheit die Russen vielleicht vom Angriff auf die Inkerman-Höhen abgehalten hätte.

Der britische Oberbefehlshaber unterdrückte ein Seufzen, als er jetzt die Liste seiner eigenen Offiziere überflog, die er befehligt hatte und die er erwähnt sehen wollte. Ihre Namen kannte er auswendig.

Sir George Brown, mit einer Schußwunde im Arm, hatte als alter Leuteschinder seine Leichte Division wirkungsvoll und hervorragend geführt – und mehr geleistet, als man von ihm erwarten konnte.

Der Herzog von Cambridge, nun ja, er hatte sich vielleicht zu sehr von Gefühlen leiten lassen, als er in dem Chaos nach dem Sturm über den Abhang unterhalb der Sandsack-Batterie hinunter die Verbindung zum größten Teil seiner Truppen verlor. Doch solche Gefühle waren verständlich. Die Garde war sein ganzer Stolz. Er fühlte sich persönlich für sie verantwortlich, wo immer die Männer gerade kämpften. An der Alma hatte er kürzlich die gleiche Fürsorge für seine Truppe gezeigt. Bis auf diesen einen Zwischenfall also hatte seine Königliche Hoheit sich wunderbar geschlagen. Obwohl er mit etwa 100 Gardisten abgeschnitten worden war und die Flagge zu verlieren drohte, gelang es ihm, sich mit seinen Männern zurückzuziehen und zu verteidigen, bis die Franzosen, die den Feind an der Flanke zu spät angriffen, den Druck von ihm nahmen.

Dann dachte Raglan an die Marine mit dem draufgängerischen Kapitän Peel von Ihrer Majestät Schiff *Diamond*, und seinen Adjutanten, einen jungen Kadetten, die beide eigentlich nur als Beobachter dabei waren. Sie hatten sich der Garde zur Verteidigung ihrer Flagge angeschlossen und hatten vom Herzog von Cambridge großes Lob geerntet ... Admiral Lyons würde dafür sorgen, daß ihre Tapferkeit der Admiralität gemeldet wurde. Raglans eigener Bericht betraf nur das Heer. Er zog nachdenklich seine weißen Brauen zusammen. Es gab so viele, die belobigt werden mußten. Doch in diesem Bericht, seinem ersten nach der Schlacht von Inkerman, mußte er sich auf die kommandierenden Offiziere beschränken.

Dazu hatte er erklärend geschrieben: »*In einer späteren Meldung werde ich Euer Gnaden die Namen der Offiziere nennen, deren Verdienste mir gemeldet wurden. Ich müßte aus diesem Grunde sonst die Post zurückhalten.*

Doch zurückhalten kann ich heute diese Namen nicht: Ich melde Ihnen das bewundernswerte Verhalten von Generalleutnant Sir George Brown ... von Seiner Königlichen Hoheit, Generalleutnant Herzog von Cambridge, der sich persönlich sehr hervorgetan hat; von Generalmajor Pennefather, der die Zweite Division führte, die den ersten Angriff empfing und sich unter größten Schwierigkeiten über die ganze Länge der Schlacht tapfer hielt; von Generalmajor Bentinck, der schwer verwundet wurde; Generalmajor Codrington, Brigadegeneral Adams und Brigadegeneral Torrens sind schwer verwundet, und Brigadegeneral Buller, der ebenfalls verwundet ist ...

Generalleutnant Sir George de Lacy Evans, der sich wegen einer schweren Indisposition vor ein paar Tagen an Bord eines Schiffes begeben mußte, verließ sein Krankenbett, als die Nachricht des Beginns einer Schlacht ihn erreichte und nahm sofort seinen Dienst wieder auf. Obwohl er sich noch nicht kräftig genug fühlte, das Kommando der Zweiten Division

Generalmajor Pennefather abzunehmen, half er ihm doch so gut wie möglich mit seinem Rat und seiner ungeteilten Unterstützung.

Ich bedauere zutiefst, Euer Hoheit, eine Liste der Gefallenen, Verwundeten und Vermißten übermitteln zu müssen. Die Verluste sind in der Tat schwer, und viele wertvolle Männer können nun Ihrer Majestät nicht mehr dienen. Unter den Toten werden Euer Hoheit den Generalleutnant, den Ehrenwerten General Sir George Cathcart finden, den Brigadegeneral Strangeways und Brigadegeneral Goldie ...«

Immer wieder wischte sich der britische Oberbefehlshaber mit seiner einzigen Hand Tränen aus den Augen, während er las, was er über seine gefallenen Generäle lobend geschrieben hatte.

Den Ausdruck im Gesicht des tapferen alten Strangeways würde er nie vergessen. Es war eine seltsame Schlacht gewesen, konstatierte er, die das Leben so vieler Brigade- und Divisionskommandeure gekostet hatte. Vielleicht hatte er selbst nur Glück gehabt, daß er sein eigenes Leben nicht verloren hatte. Er las jetzt die letzte Seite seiner Meldung.

»*Es ist schwierig, die genaue Zahl derer anzugeben, die auf dem Feld blieben, nachdem der Gegner sich zurückgezogen hatte. Ich kann annehmen, daß es nicht weniger als 6000 waren. Die Verluste des Feindes waren überaus groß, und es ist wahrscheinlich, daß allein auf dem Feld etwa 5000 Tote blieben. Alle zusammen – Tote, verwundete und gefangene Russen – sind sicher nicht weniger als 15 000. Eure Hoheit werden überrascht sein zu erfahren, daß nur etwas mehr als 8000 britische Soldaten an der Schlacht teilgenommen haben und General Bosquet mit nur 6000 Mann eingriff und alle anderen französischen Truppen in der Nähe als Reserve zurückgehalten wurden. Ich möchte hier noch erwähnen, daß der Feind unsere Rechte angriff und gleichzeitig auf der Linken gegen die französischen Gräben stürmte und zwei Batterien eroberte. Doch im Handumdrehen wurde er unter hohen Verlusten wieder vertrieben und bis unter die Wälle von Sewastopol verfolgt ...«*

Lord Raglan griff zur Feder, unterzeichnete sorgfältig den Bericht und legte die Verlustliste zum Dienstbeginn für General Airey, den Feldzeugmeister und Stabschef, daneben. Bedrückt schätzte er, daß eigene Verluste mit 2575 kaum zu hoch waren, zog man die Tücken des Schlachtfeldes, der schlechten Sicht und der Zahl der Kämpfenden in Betracht. Ganz ohne Zweifel würde General Canrobert in dem Bericht an seinen Kaiser das grauenvolle Geschehen als Sieg der französischen Waffen melden ... Und wahrscheinlich würde auch Prinz Menschikoff trotz der entsetzlichen Verluste den Zaren informieren, daß seinen Truppen ein Ausfall aus dem belagerten Sewastopol gelungen war. Ja, genau so würde es sein. Hatte nicht mal ein junger englischer Hauptmann bemerkt: »Die Russen können es sich leisten, Männer zu verlieren ...« Warum nicht auch 20000? Die Briten konnten sich das nicht erlauben, und die Blüte seiner besten Division, stellte Lord Raglan bedrückt fest, war bei Inkerman gefallen, als sie eine Höhe nackter Felsen verteidigte, die ihnen nicht einmal Schutz vor dem harten kommenden Winter bieten würde.

Um den viel zu kleinen und immer überfüllten Hafen von Balaklava zu verteidigen, war – bis auf eine Handvoll – vor zwei Wochen die gesamte Leichte Kavalleriebrigade aufgrund einer verbrecherisch dummen Fehlinterpretation seiner Befehle gefallen und ... Der britische Oberbefehlshaber schob seine Papiere zur Seite, erhob sich und begann, unruhig in seinem Zimmer auf und ab zu schreiten. Viel zu viele Leben waren in diesen Kämpfen ausgelöscht worden, und viel zu viele Männer waren überdies gänzlich sinnlos dem

Wüten der Cholera zum Opfer gefallen, stellte er niedergeschlagen fest. Wären sie in dem erfolgreichen Versuch gefallen, Sewastopol zu nehmen, würde er jetzt ein gutes Gefühl haben. Jetzt kam es ihm so vor, als sei alles vergeblich gewesen. Sewastopol stand immer noch, war weder von Land noch von See her einnehmbar, und Raglan spürte schon jetzt die erste Kälte des Winters in seinen Knochen.

Er hatte noch nie einen russischen Winter erlebt, aber einer seiner Dolmetscher – bis zum Ausbruch des Krieges britischer Konsul in Kertsch – hatte ihm lebhaft beschrieben, was man erwarten konnte. »Kalte Winde, schwerer Regen, Schnee und bittere Kälte … Die Kälte kann so streng sein, daß die Haut eines Mannes, der mit unbedeckter Hand Metall berührt, daran kleben bleibt.«

Diese Aussicht für seine Truppen, die unter Leinwand oder in Gräben ausharrten, machte die Zukunft düster. Doch wie lautete die Alternative? Hilflos hob Lord Raglan seine gebeugten Schultern, während er stumm seine eigene Frage zu beantworten suchte: Es hieße, die Krim aufzugeben und mit den Resten seiner Armee nach Warna am anderen Ufer des Schwarzen Meeres zurückzukehren und dort auf den Frühling zu warten. Dann müßte das ganze schwierige Manöver wiederholt werden. Undenkbar! Die britische Regierung würde so etwas niemals zulassen, zu Hause würde die Öffentlichkeit protestieren, und die Stimmung der tapferen Truppen unter seinem Kommando würde so tief sinken, daß sie kein General mehr heben konnte … Nein, er durfte sich solchen Überlegungen auch nicht ansatzweise überlassen. Und sich nach Eupatoria zurückzuziehen stand natürlich auch ganz außer Frage.

Er könnte natürlich befehlen, Balaklava zu evakuieren und es aufzugeben. Jetzt sah Lord Raglan etwas entspannter aus. Balaklava war schließlich nicht kriegsentscheidend, und er hatte es nie als dauernde Versorgungsbasis eingeplant. Die Belagerungstruppen und ihre Kanonen konnten nach Absprache mit den Franzosen von Kamiesch oder Kazatch versorgt werden – wahrscheinlich eher vom letzten Ort, denn Canrobert würde sicher zögern, ihm die Benutzung des besser ausgestatteten Kamiesch zu gestatten. Zwar wäre in dem Fall die Entfernung größer, doch der steil aufsteigende Weg von Balaklava ins Hochland hatte sich durch zu vielen Verkehr in reinen Schlamm verwandelt. Im Winter könnte er unter Schnee und Eis sehr schnell nicht mehr benutzbar sein. Und außerdem war der Hafen vom Tchernaya-Tal her immer angreifbar, wie sich bereits herausgestellt hatte. Ohne den Zwang, den Hafen zu verteidigen, könnte Raglan seine Stellung auf dem Hochland verstärken, könnte seine Linien verkürzen und die Männer, die ihm unterstanden, zu besserem Nutzen einsetzen.

Plötzlich war er sehr aufmerksam, trat an den Tisch und griff mit seiner Hand nach den Karten, die er dort aufbewahrte. Er fand die gesuchte, breitete sie vor sich aus und studierte sie genau. Es war eine gezeichnete Karte, mehr eine Skizze, die einer der Offiziere aus Sir Colin Campbells Stab angefertigt hatte. Mit ihr wollte der Mann die Verteidigungspositionen festhalten, für die sein Vorgesetzter verantwortlich war. Lord Raglan spürte, wie seine Stimmung sich besserte, als er sie absuchte und ihm klar wurde, wie viele Männer und Kanonen er benötigte, um Balaklava ständig zu schützen – von den Kriegsschiffen vor dem Hafen ganz zu schweigen, zu denen das Linienschiff *Sanspareil* unter dem Kommando von Kapitän Dacres gehörte.

Raglans Schritte hatten den Diener geweckt. Verschlafen trat dieser ein, um zu fragen, ob er sein Frühstück wünsche. Abwesend nickte Lord Raglan und fuhr fort, die Evakuierung des Hafens und den Einsatz von Soldaten und Matrosen zu planen, die zur Verfügung stünden, wenn Balaklava erst aufgegeben war. Ein Winterfeldzug würde äußerst schwierig werden, aber das hatte er schon immer gewußt, und ihm wurde auch jetzt wieder schmerzhaft klar, daß seine Truppen dafür nicht ausgerüstet waren. Doch wie auch immer – in dieser Lage mußte man den Winterkrieg als unausweichlich akzeptieren. Die Chancen waren verspielt, Sewastopol vor dem großen Wetterwechsel einzunehmen. Canrobert hatte unmißverständlich gesagt, daß er nach der Schlacht von Inkerman keinerlei Absichten hegte, den britischen Verbündeten bei einem Angriff auf die Festung während der nächsten paar Wochen zu helfen – und danach würde es Winter sein.

Wenn die Russen doch nur ihren Versuch, durch die rechte Flanke zu brechen, um zwei Tage verschoben hätten, dachte Lord Raglan mit Bedauern, dann hätte der Angriff auf Sir Edmund stattgefunden! Der französische Oberbefehlshaber hatte dem ja längst, wenn auch nach einigem Zögern, zugestimmt. Und der Angriff hätte wahrscheinlich auch Erfolg gehabt. Der Teufel mußte seine Hand im Spiel gehabt haben, als Prinz Menschikoff sich entschied, seinen Ausfall auf den 5. November zu legen – und das, obwohl sein Angriff auf die Inkerman-Höhen am 26. Oktober so entschieden abgewehrt worden war. Noch dazu, nachdem die Schlacht von Balaklava mit ihren fürchterlich hohen Verlusten am Tag davor stattgefunden hatte. Der russische Oberbefehlshaber hätte eigentlich eine Lektion lernen müssen, wie sie den üblichen Gewohnheiten kriegführender Nationen entsprach – aber dem war nicht so. Da Sewastopol die britischen Truppen nicht vor dem kommenden Winter schützen würde, würden sie dessen ganze Härte erdulden müssen, so gut sie eben konnten. Die Belagerung würde sich unabsehbar hinziehen.

Wieder beugte sich Lord Raglan über die Karte, seine Augen schmerzten vor Müdigkeit. Balaklava muß aufgegeben werden, entschied er, daran gab es nichts zu rütteln. Jede weitere Verteidigung des Hafens würde die begrenzten Ressourcen weiter schwächen. Mit der Aufgabe des Hafens schien der Sieg wieder möglich – anschließend. Die kommende Kälte würde auch die Verbindungslinien der Russen auf dem Land unterbrechen. Sewastopol konnte nicht vom Meer her versorgt werden. Denn die verbündeten Flotten beherrschten das Schwarze Meer uneingeschränkt.

Balaklava konnte man natürlich nicht aufgeben, ohne einige der Vorräte zu verlieren, die dort bereits lagerten. Also müßte die Marine so viel wie möglich an Bord nehmen. Der Hafen müßte von Versorgern und Transportern frei gehalten werden, damit das gelang. Raglan wußte, daß Admiral Sir Edmund Lyons diese Entscheidung nicht begrüßen würde. Von Anfang an hatte der Admiral mit großer Beharrlichkeit darauf bestanden, den Ort zu halten, und aufgrund seiner Entschlossenheit war Balaklava am 25. Oktober nicht evakuiert worden, als zwischen dem Hafen und den Russen nur noch Sir Colin Campbell mit der »dünnen roten Linie« des 93. Hochlandregiments stand.

Ich werde also mit dem stellvertretenden Marinebefehlshaber sprechen und ihn überzeugen müssen, dachte Lord Raglan, obwohl ihm der Gedanke nicht recht gefiel. Er mochte und bewunderte Lyons wegen seines Mutes und seines Unternehmungsgeistes und auch wegen seiner genauen Planungen. Raglan war wirklich beeindruckt. In den nächsten beiden Monaten würde Lyons den jetzigen Befehlshaber, Vizeadmiral Dean Dundas, ablösen. Lord Raglan hatte Dundas als einen Mann kennengelernt, der alles behinderte und übervorsichtig war. Raglan freute sich auf den Tag und machte kein Hehl daraus, wenn der jetzige Stellvertreter das Kommando übernehmen und die britische Flotte führen würde, würde er …

Der Diener trat mit dem Frühstück ein, und eine Ordonnanz folgte mit einem Arm voll frischem Holz, mit dem der Mann – nicht ohne Schwierigkeiten – das Feuer im Kamin entzündete. Es krachte und zischte und brannte schließlich zögernd, ohne richtige Wärme zu spenden. Doch es machte den kleinen Raum wenigstens etwas wohnlicher.

Kurz darauf trat General Airey ein, wie immer entschlossen und energisch.

»Ihr Stab schläft lange, Mylord«, stellte er fest, als er niemanden im Zimmer bemerkte.

»Die armen Kerle sind müde.« Lord Raglan lächelte mild und verständnisvoll. »Ich will sie nicht wecken, ehe ich sie nicht brauche. Sie haben Schlaf nötig.«

»Und Sie nicht?« General Airey deutete auf den Stapel Papier auf dem Schreibtisch und auf das unbenutzte Bett. »Sie verlangen zu viel von sich«, sagte er tadelnd. »Dieser Bericht hätte doch sicherlich noch warten können!«

»Damit der Bericht des Korrespondenten der ›Times‹ als erster nach London kommt? Nein, Richard.« Der britische Oberbefehlshaber klang jetzt sehr bitter. »Sie wissen so gut wie ich, daß Mr. Russells Feder manchmal mit ihm durchgeht. Mich schaudert's, wenn ich mir vorstelle, was er über Inkerman geschrieben haben könnte. Leider muß ich damit leben, daß die ›Times‹ auch nach Sewastopol gelangt und dort gelesen wird. Seine Berichte über die Zahl und den Einsatz unserer Truppen helfen dem Gegner also sehr. Aber ich werde nicht zulassen, daß der Herzog von Newcastle die Nachricht über eine Schlacht zuerst aus der Zeitung erfährt.«

Der gutaussehende Richard Airey nickte. »Ich verstehe Ihre Sorge in dieser Hinsicht, Sir. Doch wie auch immer, Ihre

Gesundheit ist wichtig für die Armee und für ein siegreiches Ende dieses Krieges. Also müssen Sie Ihre Gesundheit im Auge behalten und dürfen nicht die Nacht durcharbeiten.« Hilflos hob er die Schultern. »Warum haben Sie mich nicht kommen lassen? Sie wissen, daß ich jederzeit für Sie arbeiten will.«

»Ich weiß das, Richard. Und Sie helfen mir wie kein zweiter.« Wieder war das milde, Freundschaft heischende Lächeln zu sehen. »Aber diese Aufgabe konnte nur ich selbst erledigen, und nachdem sie abgeschlossen ist, reden wir nicht mehr darüber. Bitte sorgen Sie nur dafür, daß mein Bericht heute morgen auf die Reise geht.«

»Natürlich, Sir.« Sein Stabschef sammelte die Papiere ein und überflog sie mit neugierig gerunzelter Stirn. Doch er kommentierte nichts. Lord Raglan wußte, daß seine Entscheidung über die Aufgabe von Balaklava Aireys Zustimmung finden würde, wahrscheinlich sogar auch die aller anderen. Also informierte er ihn sofort darüber.

»Endlich!« Der jüngere Mann sah ihn erleichtert an. Dies entsprach seiner Meinung, die er genauso heftig vertreten hatte wie der Admiral seine, obwohl sie ihr genau entgegengesetzt war. »Ich bin überzeugt, Sir, daß Sie recht haben. Balaklava ist zu klein, um uns als Versorgungsbasis zu dienen. Schon jetzt herrscht dort reinstes Chaos, und die Hälfte aller verderblichen Güter, die an Land geschafft wurden, verrotten dort. Und die anderen verrotten in den Schiffen, von denen sie nicht an Land gebracht werden können. Sie müssen mir also nicht sagen, was für ein verkommener Platz Balaklava ist und bleiben wird, weil wir die Anlage nicht vergrößern können. Mir würde ein Stein vom Herzen fallen, wenn wir den Ort endlich aufgäben.«

»Das entspricht genau meinen Vorstellungen«, stimmte der Oberbefehlshaber zu.

»Soll ich Befehle für die Evakuierung ausstellen, Sir?« wollte Airey wissen. »Kapitän Dacres hat bereits den Befehl, keine weiteren Schiffe in den Hafen zu lassen, damit er so flexibel wie möglich bleibt. Aber ich bin sicher, daß man Dacres vorab informieren muß, denn die Kapitäne der Schiffe werden ihn unter Druck setzen, da sie ihre Ladung loswerden wollen. Und es müssen auch immer noch Verwundete von dort abtransportiert werden ...« Er war bereits ganz bei der Sache, sein heller Verstand begriff sofort, welche Probleme auftauchen könnten. Begeistert war er dabei, diese höchst willkommene Entscheidung umzusetzen.

Doch zu seiner Enttäuschung schüttelte Lord Raglan den Kopf. »Noch nicht, Richard. Ich muß die Angelegenheit zuerst mit Admiral Lyons besprechen, der davon mindestens genauso betroffen ist wie ich. Es ist Aufgabe der Marine, uns zu versorgen, und aus diesem Grunde hat der Admiral ein Wort mitzureden.«

»Euer Lordschaft wissen doch, was er sagen wird«, widersprach der Generalquartiermeister.

»Das weiß ich in der Tat, mein lieber Freund. Doch schon aus Fairneß muß ich ihn anhören, und er wird sagen, was er denkt, wenn er, wie ich gehört habe, heute morgen hier eintreffen wird. Und dann muß das Thema auch noch mit anderen besprochen werden – mit General Canrobert zum Beispiel. Vielleicht will der uns gar nicht in Kamiesch haben oder in Kazatch. Es ist wichtig, daß wir eine Alternative haben, ehe wir Balaklava aufgeben.« Lord Raglan klang trocken. »So ungenügend Balaklava ist, es ist die einzige Basis, die wir zur Zeit haben.«

»In der Tat, Sir. Aber«, begann Airey.

Doch sein Vorgesetzter unterbrach ihn. »Offiziell müssen wir auch Admiral Dundas konsultieren. Ohne seine Zustimmung können wir gar nichts unternehmen. Ich denke, wir sollten eine Besprechung der Divisionskommandeure einberufen – doch das kann vielleicht warten, bis ich meine vorläufigen Vorschläge den Franzosen mitgeteilt habe. Könnten Sie heute morgen ins französische Hauptquartier reiten und herausfinden, wie man den Gedanken aufnimmt, mit uns Kamiesch zu teilen? Dann können Sie für heute nachmittag eine Besprechung der Kommandeure einberufen.«

»Wie Sie wünschen, Euer Lordschaft«, bestätigte Richard Airey. Er machte sich auf seinem Block einige Notizen und ließ den Bleistift fallen. Dann sagte er, was ihm offenbar gerade eingefallen war: »Sir Edmund Lyons Sohn trifft hier heute oder morgen ein, sagte man mir.«

»Sein Sohn?« Lord Raglan versuchte sich zu erinnern. »Meinen Sie den aus dem Diplomatischen Corps?«

»Nein, Sir, den jüngeren – Jack Lyons, der in der Marine dient. Er ist Kommandant der Dampffregatte *Miranda*. Er hat sich Anfang dieses Jahres sehr verdient gemacht in Einsätzen mit der baltischen Flotte. Die *Miranda* und die *Valorous* kommen zusammen mit dem Transporter *Jura* aus Plymouth, der das 46. Regiment und die Verstärkungen bringt, auf die wir warten.« Richard lächelte. Sein Lächeln und das frisch rasierte Gesicht ließen ihn viel jünger als 51 Jahre erscheinen. »Es fiel mir nur ein, Sir, daß Kapitän Lyons Ankunft vielleicht erwähnt werden sollte, ehe Sie den Fall Balaklava mit Sir Edmund besprechen.«

»Mit wenig Aussicht, fürchte ich«, knurrte Lord Raglan. »Aber seien Sie versichert, mein lieber Richard, daß ich alle meine Überredungskünste einsetzen werde, um Sir Edmund zu überzeugen. Wir ...« Er hielt inne, als er draußen Pferdegetrappel hörte.

Airey trat ans Fenster und rief überrascht: »Hier ist der Admiral persönlich, Mylord. Er ist wirklich früh auf den Beinen, nicht wahr? Ich möchte gern wissen, was ihn treibt.«

»Sagen Sie unserem bewährten Hans, er soll ihm ein Frühstück zubereiten«, bat der Oberbefehlshaber. »Während der Admiral unser frugales Mahl einnimmt, werde ich mich ganz informell mit ihm unterhalten. Noch etwas, Richard –«

»Mylord?«

»Sorgen Sie dafür, daß wir nicht gestört werden. Und ich denke, Sie sollten Nigel wecken lassen.«

»Sehr gut, Mylord.« Der Generalquartiermeister legte die Meldung des Oberbefehlshabers zusammen, schaute neugierig auf die Karte mit den Verteidigungsanlagen von Balaklava und breitete sie auf dem Tisch aus, indem er den Tintenständer und ein Papiergewicht dazu benutzte, sie flach zu halten. Er verabschiedete sich, als Lord Burghersh, Neffe des Oberbefehlshabers und erster Adjutant, unrasiert doch hellwach eintrat und Sir Edmund Lyons hereinführte.

»Oh, Sir Edmund, es ist ein Vergnügen, Sie wiederzusehen.« Lord Raglan trat auf seinen Besucher zu und streckte ihm die linke Hand zum Gruß entgegen, sein altväterliches Gesicht zeigte das bekannte gewinnende Lächeln.

»Ganz meinerseits, Mylord.« Konteradmiral Sir Edmund Lyons ergriff mit ebenfalls herzlichem Lächeln die ausgestreckte Hand. Zwischen den beiden Männern hatte sich eine tiefe und ehrliche Freundschaft entwickelt. Sie hatte, soweit es Lord Raglan betraf, ihre Wurzeln in den Wochen, ehe das britische Expeditionscorps in Warna auf dem Weg zur Krim eingeschifft wurde. Die gesamte Organisation war fehlerfrei abgelaufen, weil der Admiral jede Einzelheit bedacht und im Auge behalten hatte. Die Männer waren gleichaltrig. Wenn Lyons der aristokratische Hintergrund und die entsprechende Bildung seines soldatischen Gegenübers fehlten, dann gaben ihm seine 20 Jahre im diplomatischen Dienst an exponierter Stelle, für den er im Alter von 45 Jahren die Marine verlassen hatte, einen intellektuellen Gleichstand.

Er war britischer Gesandter am Hof von König Otto von Griechenland gewesen von 1835 bis zum Sommer 1849. Sein Wissen über den Balkan war umfassend, und als Berater war er unersetzlich geworden. Der junge Offizier hatte bereits Ruhm in der Marine geerntet und war schnell befördert worden. Als Kommandant von HMS *Blonde*, einer Fregatte mit 46 Kanonen, hatte er den neuen britischen Botschafter Sir Robert Gordon 1828 nach Konstantinopel begleitet und dann die Erlaubnis des Sultans erlangt, das Schwarze Meer zu befahren. Seine Fregatte war das erste britische Kriegsschiff, das mit Wissen und Einverständnis der Türken nach dem Frieden von Unkiar Skelessi vor 20 Jahren den Bosporus durchqueren durfte. Lyons hatte seine Zeit auf dem Schwarzen Meer gut genutzt. Mit dem für ihn typischen Unternehmungsgeist hatte er Sewastopol und Odessa besucht, genaue Pläne der Verteidigungsanlagen und Forts beider Städte gezeichnet und natürlich auch noch die Küsten des Schwarzen Meers erforscht.

Deshalb hatte ihn zu Beginn des Krieges mit Rußland die Admiralität zurückberufen und ihn zum stellvertretenden Befehlshaber der britischen Schwarzmeerflotte gemacht. Ein weiser Entschluß, wie Lord Raglan wieder spürte, während der junge Burghersh dem Admiral einen Stuhl ihm genau gegenüber anbot. Noch weiser hätten die Admiräle gehandelt, wenn sie ihn zum Befehlshaber gemacht hätten statt den derzeit amtierenden Vorgesetzten, Admiral Dundas. Obwohl er in seinem letzten aktiven Kommando 1835 nur eine Fregatte führte, hatte Edmund Lyons seit seiner Ankunft im Schwarzen Meer immer wieder bewiesen, daß er von seinem Wissen und Können nichts vergessen hatte. Mit seinem schönen Dampfschrauben-Linienschiff, der HMS *Agamemnon*, hatte er mit großem Mut und großer Ausdauer gezeigt, wie man solch eine Operation führt und in ihr mitkämpft, als die verbündeten Flotten am 17. Oktober die seewärtigen Verteidigungsanlagen Sewastopols beschossen. Dundas hatte auf der *Britannia* Abstand gehalten, war außerhalb der Schußweite der russischen Batterien geblieben und hatte dann die Unverschämtheit besessen, in einer Note an Lord Raglan, an die man sich noch gut erinnerte, zu behaupten, der Angriff sei »falsch gewesen«, und er »als Offizier mit 50 Jahren Erfahrung« sei »durch und durch unzufrieden mit dem Verlauf«, und er lehne es ab, »derartiges je zu wiederholen«.

Bitter mußte der britische Oberbefehlshaber wieder erkennen, daß es kein Wunder war, wenn er bei Marineangelegenheiten immer den Rat von Sir Edmund Lyons suchte. Er zog Lyons bei weitem Admiral Dean Dundas vor, der bisher noch nie an Land gekommen war und ihm niemals seinen Rat angeboten hatte – abgesehen von den offiziellen Noten, die er seinem Stellvertreter zur Beförderung übergeben hatte. Die kamen meistens zu spät und enthielten nichts als scharfe Kritik. Wie könnte Admiral Dundas, der sich in seinem bequemen und gut verproviantierten Flaggschiff weit vor der Küste aufhielt, die Probleme kennen oder sie gar verstehen, die der Oberbefehlshaber an Land zu lösen hatte? Der Admiral lebte wie ein Fürst von den Schweinen und Schafen, die er in großer Zahl lebendig in den reichlichen Stauräumen der *Britannia* hielt, und kümmerte sich wenig um unglückliche Soldaten und Seeleute, die auf dem Hochland die Batterien bemannten und von nichts als Schiffszwieback, Salzfleisch und grünen Kaffeebohnen lebten. Wenn man ihn um Verstärkung durch Seeleute bat, fand Dundas Ausflüchte, verzögerte ihre Landung so lange wie möglich und tat alles immer nur murrend, so als habe das Heer kein Recht, ihn um Verstärkung zu bitten.

Der Admiral hatte auch keinerlei Vorstellung, mußte Lord Raglan wieder bedrückt feststellen, von den Schwierigkeiten und Hindernissen, die es tagtäglich in der Zusammenarbeit mit den französischen Verbündeten gab. Dundas hatte sich nicht einmal die Mühe gemacht herauszufinden, daß es der französische General Canrobert gewesen war, der die Bombardierung der Seebefestigungen nutzlos gemacht hatte. Dundas hatte wieder mal eine kritische und unfreundliche Note verfaßt und Lord Raglan für etwas verantwortlich gemacht, das Schuld des Franzosen war. Canrobert hatte sich nämlich völlig unerwartet geweigert, von Land her den vereinbarten gleichzeitigen Angriff zu beginnen. Er seufzte und schaute zu seinem Besucher hinüber und lächelte dann, als fürchte er, sein Gegenüber habe seine Gedanken erraten. Doch Admiral Sir Edmund Lyons lächelte zurück und dankte, als ein Diener mit einem Tablett eintrat, das er vor ihm absetzte.

»Das ist sehr freundlich, Euer Lordschaft. Ich habe schon vor Morgengrauen einen Imbiß eingenommen, wie Sie wahrscheinlich auch.« Besorgt schaute er in das dünne, müde Gesicht von Lord Raglan. »Verzeihen Sie, aber Sie sehen nicht so aus, als hätten Sie gut geschlafen.«

»Ich hatte mich um ein paar eilige Papiere zu kümmern«, wich Lord Raglan aus.

Der Admiral nickte, aber tadelte ihn nicht weiter. Der britische Oberbefehlshaber erinnerte sich, daß Lyons auch nach der Beschießung Sewastopols keinen Tadel geäußert hatte. Obwohl Sir Edmund sein Schiff, die *Agamemnon*, näher als 500 Meter an Fort Constantine herangeführt und das Schiff, sein eigenes Leben und das seiner Mannschaft riskiert hatte, damit seine Kanonen die hohen, steinernen Wälle bestreichen konnten, hatte er danach nichts kritisiert. Die Verluste der Marine an Männern und Schiffen waren beachtlich gewesen, aber anders als sein Befehlshaber hatte der Konteradmiral die Beschießung nicht als falsch bemängelt, weil von

Land her kein Angriff stattfand. Er hatte ja schließlich an manchen Sitzungen des Vereinten Kommandos der Alliierten teilgenommen, hatte gehört, wie Canrobert dem Angriff auf Sewastopol seine volle Unterstützung zugesagt und dann – wie so oft – in letzter Minute sein Wort nicht gehalten hatte.

Als habe er seine Gedanken gelesen, setzte Sir Edmund seine Kaffeetasse ab. »Es ist ein ernüchternder Gedanke, nicht wahr, Lord Raglan, daß wir damals Marschall St. Arnaud gefolgt sind, als er vor 500 Toten und Verwundeten warnte, die ein Angriff auf Sewastopol unmittelbar nach der Alma gekostet hätte!« In einer hilflosen Geste streckte er seine gepflegte Hand aus. »Was mich jetzt bedrückt, ist das Wissen, daß ich mein Dampfgeschwader fast ungestraft in den Hafen hätte führen können! Das wäre damals ein leichtes gewesen – der Feind hat seine Schlachtschiffe erst am 24. September als Barriere quer über den Hafeneingang versenkt.«

»Ich weiß«, stimmte Lord Raglan sehr traurig zu. »Aber die Franzosen wollten es nicht, Sir Edmund, sie wollten es um gar keinen Preis. Und jetzt zahlen wir dafür und werden weiter bis zum Frühling dafür zahlen ...« Er zögerte.

Jetzt kam der Augenblick, seinen Wunsch vorzutragen, Balaklava aufzugeben, obwohl er vorgehabt hatte, davon erst zu sprechen, wenn der Admiral sein Frühstück beendet hatte. Er wollte eigentlich behutsam auf das Thema hinlenken und vielleicht erst, wie Richard Airey gemeint hatte, davon reden, nachdem er über den jungen Kapitän Lyons und die *Miranda* gesprochen hatte. Lord Raglan pflegte die Gefühle anderer immer sehr zu berücksichtigen und sah auch jetzt sein Gegenüber forschend an. Lyons war kein starker Mann. Sein Körperbau entsprach nicht seinem Mut, und wie er selber arbeitete auch der Admiral bis tief in die Nacht und teilte seine Zeit zwischen seinem Schiff, dem Geschwader der Dampffregatten, das er zu führen hatte, und den Verbindungsaufgaben an Land. Die letzteren nahm er mit großer Sorgfalt wahr, als wolle er damit die Fehler seines Befehlshabers ausgleichen. Bis auf die Schlacht an der Alma hatte Lyons seit der Landung auf der Krim keine versäumt. Während der Schlacht an der Alma war er auf See gewesen. Seine Kanonen hatten die rechte Flanke der Verbündeten geschützt. Danach hatte er das Sammeln, den Abtransport und die Verlegung der Verwundeten ins Lazarett organisiert, immerhin ... Der Admiral unterbrach mit sanfter Stimme seine Erinnerungen.

»Mein Sohn wird in ein oder zwei Tagen zur Flotte stoßen«, sagte Lyons. »Er führt eine der neuen Dampfschraubensloops, die *Miranda*, 14 Kanonen.«

Sein Gesicht mit den hohen Backenknochen strahlte plötzlich von innen, als er bescheiden von den Erfolgen seines Sohnes in der baltischen Flotte unter Sir Charles Napier berichtete. Als junger Mann, erinnerte sich Lord Raglan, soll Lyons große Ähnlichkeit mit Lord Nelson gehabt haben.

»In Begleitung der *Eurydice*, einem Dampfschiff mit 26 Kanonen, und der *Brisk*, einem Schraubendampfer, lief die *Miranda* im Juni ins Weiße Meer ein und blieb dort bis Mitte September. Ihre Blockade der arktischen Häfen des Feindes war sehr erfolgreich. Die *Miranda* durchsuchte allein über 300 Handelsschiffe, schrieb mir mein Sohn in einem seiner Briefe. Landungstrupps zerstörten an Land einige gegnerische Befestigungen. Jack scheint ein kleines Vermögen an Prisengeldern gemacht zu haben.«

»Ich würde mich freuen, wenn ich das Vergnügen hätte, ihn wieder zu treffen«, sagte Lord Raglan. »Und ich freue mich auch über die Verstärkungen, die sein Schiff heranbringt.«

Er lächelte und erkannte, daß er die Chance verpaßt hatte, über Balaklava zu sprechen. Doch das bedrückte ihn nicht, und er bat seinen Gast, noch eine Tasse Kaffee zu trinken. Es war noch Zeit genug für die Worte, die unausweichlich zu einer Meinungsverschiedenheit führen würden, ja sogar zu einer Auseinandersetzung. Aber er war jetzt müde und hatte es nie gemocht, anderen seine Meinung aufzuzwingen. Edmund Lyons war ein Freund, ein Mann, dessen Gesellschaft er genoß und dessen berufliches Können er respektierte. Sie entspannten sich beide, sprachen weiter über den Sohn des Admirals und dann über Raglans Lieblingstochter Charlotte, die Lyons auch unter ihrem kindlichen Kosenamen Puggums kannte.

Schließlich brachte Lyons selbst das Gespräch auf Balaklava, und Lord Raglan wußte, daß er dem Thema nicht länger ausweichen konnte. Mit Begeisterung beschrieb er eine neue Stellung für Kanonen, die er einrichten wollte, um die Verteidigung des Hafens zu verbessern.

Lächelnd nahm er eine Zigarre an und fuhr dann fort: »Ich würde die *Jura* als Truppentransporter gern in Balaklava einlaufen lassen. Der Hafen hat genügend Tiefe, Euer Lordschaft werden sich sicher erinnern, daß ich nach dem Flankenmarsch die *Agamemnon* dort einlaufen ließ und Sie an Bord begrüßte. Die *Jura* muß ein ganzes Regiment an Land setzen. Da sparen wir Zeit, wenn die Männer nicht erst auf Leichter umsteigen müssen und dann an Land gehen. Im Augenblick ist der Hafen einigermaßen leer.«

»Und ich wäre Ihnen dankbar, Sir Edmund, wenn das auch weiter so bleiben würde«, warf Lord Raglan schnell ein.

»Ich verstehe Sie nicht.« Der Wunsch überraschte Admiral Lyons sehr. »Meinen Sie, der Hafen soll ständig frei gehalten werden? Mylord, ich habe Versorgungsschiffe über eine Woche vor Balaklava ankern lassen, einige sogar noch länger. Wenn der Wind dreht – oder bei schlechtem Wetter – haben sie nirgendwo Schutz.« Leise, von einem Fachmann zum anderen, erläuterte er die Lage, betonte die Notwendigkeit sicheren Ankergrundes für vollbeladene Versorgungsschiffe und betonte das Risiko der vielen Schiffe, die vor Balaklava ankern mußten, ehe sie einlaufen durften. »Zu dieser Jahreszeit kann es immer Stürme geben. Und Stürme auf dem Schwarzen Meer können gefährlich werden. So dicht unter den hohen Klippen, die den Hafen umgeben, vor Anker liegend, können die Schiffe dann leicht auf die Küste getrieben werden und verlorengehen. Ihre Truppen brauchen den Nachschub, den sie bringen, Mylord, und außerdem warten immer noch Verwundete auf der Lazarettpier auf ihre Evakuierung. Die Transporter können sie nach Scutari mitnehmen, wenn sie erst mal gelöscht haben.«

»Ich sehe das alles ein, Admiral.« Lord Raglan sprach freundlich und einnehmend. Mit aller ihm zur Verfügung stehenden Überzeugungskraft versuchte er zu erläutern, warum er Balaklava so schnell aufgeben wollte. Höflich und ohne sich zu verraten hörte der Admiral ihm zu. Doch sein Gesichtsausdruck war grimmig, wie der britische Oberbefehlshaber schnell feststellte. Als er geendet hatte, erhob sich Lyons.

»Sie müssen das entscheiden, Lord Raglan«, sagte er. »Natürlich werde ich, wie bei allen anderen größeren Entscheidungen, Ihre Wünsche respektieren und sie meinem Vorgesetzten übermitteln. Er würde den Ankergrund vor der Mündung des Katcha gern nutzen, falls das Wetter sich verschlechtert, habe ich gehört.« Wieder streckte er seine Hände in einer hilflosen Geste aus, die er offensichtlich bei seinen langen Auslandsaufenthalten gelernt hatte. »Und damit könnte er recht haben, wenn ich das Barometer beobachte. Aber ...« Er unterbrach sich und sah Lord Raglan neugierig an. »Aber habe ich Ihrer Meinung nach recht?« wollte er wissen. »Bitte seien Sie so offen zu mir, wie Sie es immer waren.«

»Dann möchte ich Ihnen ganz offen sagen, Sir, daß ich glaube, daß diese Entscheidung falsch ist – vor allem unter den jetzigen Umständen«, antwortete der Admiral mit großer Offenheit. »O ja, ich kenne, weiß Gott, die Nachteile von Balaklava als dauerndem Hafen. Er ist für unsere Bedürfnisse viel zu klein, das Ein- und Auslaufen ist schwierig.« Er seufzte. »Sie müssen mir die Nachteile gar nicht alle aufzählen. Ich weiß auch, daß Ihre Truppen ihre Probleme haben mit den Entfernungen, über die der Nachschub transportiert werden muß. Manches kann verbessert werden, wenn wir Zeit haben.« Er unterbrach sich und fragte dann ernst: »Lord Raglan, können Sie sich auf General Canrobert verlassen? Wird er Ihnen eine Alternative zu Balaklava anbieten?«

Die Stille wurde hörbar.

Schließlich antwortete Lord Raglan: »Um genau so offen mit Ihnen zu sein, Sir Edmund, ich weiß es nicht. Ich kann also nur hoffen«, gab er zu. »Ich treffe heute nachmittag meine Divisionskommandeure zu einer Besprechung auch zu diesem Problem. Und ich werde die Generäle Canrobert und Bosquet dazu einladen. Darf ich Sie inzwischen bitten, Balaklava weiterhin von Schiffen frei zu halten, so daß wir den Platz schnell räumen können, sollten wir uns entsprechend entscheiden?«

Resignierend nickte der Admiral seine Zustimmung und verabschiedete sich.

Burghersh trat ein paar Minuten später ein und überbrachte seinem Oberbefehlshaber eine Notiz. »Dies traf eben ein. Die Antwort von PM auf Ihren Vorschlag eines Waffenstillstands, damit Begräbniskommandos die Toten des Feindes auf den Inkerman-Höhen einsammeln können.«

Lord Raglan öffnete den versiegelten Umschlag und runzelte die Brauen, als er langsam den Inhalt zur Kenntnis nahm. »Er weigert sich, Begräbniskommandos zu schicken«, sagte er zu seinem wartenden Neffen und verzog den Mund. »Das ist gemeinhin die Aufgabe derer, schreibt er mir, die das Schlachtfeld behaupten. Und er weist meine Beschwerden über die Barbarei seiner Soldaten als generell nicht gerechtfertigt ab. Einzelne Fälle, in denen unsere Verwundeten von seinen Soldaten mit dem Bajonett getötet worden sein sollen, erklärt er mit der ›erzürnten Frömmigkeit eines tief religiösen Volkes, das vor Schreck erstarrte, als es hörte, daß französische Truppen eine russische Kirche in der Quarantäne-Bucht plünderten‹.«

Der Adjutant schwieg, weil er den heißen Zorn in seinem Onkel spürte, der sonst so milde und freundlich war. Ihn überraschte das, weil Lord Raglan meistens seine Gefühle sehr beherrschte.

»Der Prinz fragt«, fuhr der Oberbefehlshaber fort, »ob ich den Tod von Oberst Prinz Andrei Narishkin bestätigen kann, einem kaiserlichen Adjutanten, der die Jäger von Odessa bei Balaklava kommandierte? Weißt du, ob er auf unserer Liste steht? Können wir den Tod bestätigen?«

»Ich werde mich dessen versichern, Sir!«

Burghersh verließ das Zimmer und kehrte wenige Augenblicke später mit der gewünschten Liste in der Hand zurück. Sein Onkel hatte sich nicht bewegt. Er stand immer noch da und starrte in das kleine knisternde Feuer, sein Gesicht hatte jeden Ausdruck verloren.

»Nun?« fragte er, als überrasche ihn die Rückkehr seines Adjutanten. »Was wissen wir, mein Junge?«

»Prinz Andrei Narishkin, Mylord, ist auf der Liste. Er starb am 26. Oktober an seinen Verwundungen und wurde zusammen mit den Toten der 93er Hochländer begraben. Gemäß einer Notiz bei seinem Namen scheint es, als ob eine der Frauen der Hochländer sich um ihn gekümmert hat, Sir.

Die hat auch seinen Tod gemeldet. Eine Catriona Moray, Sir, entsprechend dieser Unterlagen.«

Abwesend nickte Lord Raglan, seine Gedanken waren schon wieder ganz woanders. »Bitte sorge dafür, daß unser überaus religiöser Gegner entsprechend informiert wird. Und dann schick am besten einen reitenden Boten zu General Pennefather, der ihm ausrichtet, daß wir, die wir das Schlachtfeld behauptet haben, die russischen Gefallenen begraben müssen.«

»Sehr wohl, Sir«, bestätigte der Adjutant.

Er ging und ließ den Oberbefehlshaber aller britischen Streitkräfte auf der Krim in Gedanken versunken zurück – offensichtlich sehr unglücklichen Gedanken.

Draußen erhob sich ein eisiger Wind, der einige Minuten lang wild wehte und den Frühnebel vertrieb. Er legte sich genau so schnell, wie er sich erhoben hatte. Doch Lord Raglan, der ihm gelauscht hatte, fragte sich, ob er ein Vorzeichen war für Kommendes ...

1

Ihrer Majestät Dampffregatte *Trojan*, 31 Kanonen, 300 Pferdestärken, lag vor der Einfahrt zum Goldenen Horn von Konstantinopel vor Anker. Sie hatte schon Dampf aufgemacht, und auf ihrem Deck drängelten sich rotberockte Soldaten. Einige gehörten zu den Verstärkungen, die kürzlich aus England eingetroffen waren, die meisten der anderen waren Veteranen von der Alma, die bisher im britischen Heereslazarett in Scutari gelegen hatten und jetzt zur Krim zurückkehrten.

Commander Phillip Horatio Hazard, Königliche Marine, musterte sein Schiff vom Heck der Gig aus, die ihn zum Ankerplatz brachte. Der Kommandant blickte kritisch und schien etwas besorgt. Die letzten Passagiere der *Trojan* waren Verwundete aus Balaklava gewesen, von denen einige viele Stunden auf der schlecht ausgerüsteten dortigen Lazarettpier gelegen hatten – ohne Schutz und ohne Nahrung. Die Mannschaft hatte Tag und Nacht gearbeitet, um das Blut und den Schmutz zu entfernen, den die Passagiere zurückgelassen hatten, doch die Sauberkeit des Schiffes ließ – nach dem Urteil des Kommandanten – noch sehr zu wünschen übrig.

Die Fahrt von Balaklava nach Scutari war wie ein Alptraum gewesen. Der Schiffsarzt, Angus Fraser, und einige Frauen der 93er Hochländer, die ihre Hilfe freiwillig angeboten hatten, leisteten ihr Bestes, aber sie hatten kaum Medikamente und wenig Verbandsmaterial. Von den unglücklichen Männern, die unter Deck ebenso wie oben dicht an dicht lagen, waren viele gestorben. Und viele werden noch sterben, machte Phillip sich bedrückt klar, indem er an die Zustände dachte, die er in der einstigen türkischen Kaserne in Scutari angetroffen hatte. Sie war jetzt offiziell in ein britisches Heereslazarett umgerüstet worden. Umgerüstet war das falsche Wort; das Gebäude war lediglich übernommen und umbenannt worden.

Von außen oder vom fernen Ankergrund eines Schiffes sah das Gebäude schön aus – ein Palast, mit einer Kuppel gekrönt, den der Sultan bewohnen könnte. Doch innen – Phillip schauderte. Innen bot sich ein ganz anderes Bild, feuchte, dunkle, unübersichtliche Korridore, in denen die Schritte widerhallten, und schlecht durchlüftete Räume, die Böden aufgerissen, die Wände vor Nässe glitzernd. Das ganze Gebäude war schmutzig und voller Ungeziefer und hatte keine richtigen Küchen. Es war völlig unzureichend ausgerüstet, Tausende verletzter und kranker Männer aufzunehmen, die in langen Reihen halbnackt auf den Fluren lagen, die meisten ohne Bettzeug. Soweit Phillip beurteilen konnte, hatte Florence Nightingale, die mit ausgebildeten Krankenschwestern kürzlich aus England eingetroffen war, bisher wenig ändern können. Dr. Menzies und Major Sillery, die beiden dienstältesten Militärärzte, hatten die Krankenschwestern schlichtweg abgewiesen und ihnen verboten, die Krankensäle zu betreten. Das bißchen Krankenversorgung, das sich jetzt dort abspielte, lag in den Händen einiger älterer männlicher Pensionäre, die alle unerfahren und ohne Ausbildung waren, ja schlimmer noch, die häufig genug tranken und sich um die Leiden derer, die sie betreuen sollten, kaum kümmerten.

Phillip atmete hörbar aus. Er haßte es, Männer, die er in

Balaklava übernommen hatte, an solch einem Ort an Land zu bringen. Wer die rauhe Passage auf dem Schwarzen Meer überlebt hatte, hatte Besseres verdient, als aus der Enge der schwankenden Decks der *Trojan* in stinkende ungeputzte Steinflure und Strohmatratzen voller Ungeziefer verlegt zu werden – das einzige, was das Lazarett anbieten konnte. Er sah, wie auf dem Vorschiff die Soldaten zur Musterung antraten, und fragte sich, wie einige, scheinbar durch ein Wunder, derartig entsetzliche Zustände überlebt hatten. Und jetzt kehrten sie zurück in die Gräben und an die Kanonen auf dem Hochland der Krim. Ihre verschlissenen Uniformen und ihre blassen Gesichter unterschieden sich deutlich von den strahlend rotfarbenen Uniformjacken und den gesunden rosa und weißen Gesichtern der Männer, die gerade aus England angekommen waren und eine Gruppe für sich bildeten.

Während die Gig sich seinem Schiff näherte, fragte Phillip sich, wie viele seiner neuen Passagiere wohl das Goldene Horn lebend wiedersehen würden oder gar ihre englische Heimat.

Er war zufrieden, daß er Catriona Morays Wünsche nicht erfüllt hatte. Sie hatte ihn gebeten, mit ihm das Lazarett zu besuchen, das er einige Male gesehen hatte. Und er war noch zufriedener, als es ihm gelungen war, ihr auszureden, ihre Dienste Florence Nightingale anzubieten. Er hatte sich die Frauen genau angesehen, die Florence Nightingale als Krankenschwestern ausgewählt hatte, und ihre Frustration gespürt, als die Ärzte ihnen strikt verboten, das zu tun, weswegen sie aus England hierher gekommen waren. Für eine Frau von Catrionas Herkommen und Erziehung wäre ein derartiger Dienst schwierig, ja unmöglich. Zugegeben, sie hatte nach ihrer abenteuerlichen Flucht aus Sewastopol, wo sie Gouvernante in einer russischen Adelsfamilie gewesen war, unter den Frauen der 93er Hochländer in deren Lager in Kadi-Koi gelebt. Aber die Hochländerfrauen sahen sie als ihresgleichen an, nahmen sie als Tochter eines Gutsherrn auf, schützten und versorgten sie, behandelten sie mit großem Respekt und hielten sie, soweit es eben ging, fern von den vielen kriegsbedingten Mißlichkeiten des Lagerlebens.

Natürlich war Catriona Moray in der schrecklichen Nacht nach Balaklava und dem unglückseligen Angriff der Leichten Brigade mit den anderen Frauen auf das Schlachtfeld gegangen und später auf die Lazarettpier und hatte genau wie sie die Verwundeten versorgt. Andrei Narishkin war in ihrem Armen gestorben, hatte phantasiert, sie sei seine Frau, die ihn tröstete. Sie hatte ihn in diesem Glauben bestärkt. Phillip ballte seine Fäuste, als er daran zurückdachte. Während der ganzen langen Reise von Balaklava in starken, ja stürmischen Winden, hatte sie sich nicht geschont. Jede wache Stunde hatte sie bei den Verwundeten verbracht – und das hatte sie gezeichnet. Doch sie war nicht zusammengebrochen, wie es andere Frauen ihrer Herkunft getan haben würden. Catriona war zu mutig, um sich von Müdigkeit unterkriegen zu lassen oder durch die Schrecken, die sie mitansehen mußte. Solange kranke und sterbende Männer sie brauchten, war sie bei ihnen, hielt einen Becher mit Wasser an ausgetrocknete Lippen, sprach ein Gebet mit armen Kerlen, deren letzte Stunde gekommen war, säuberte entsetzliche Wunden und wechselte faulende Verbände. Fraser, der Arzt, konnte sie und die anderen Freiwilligen nicht genug loben, dennoch .... Phillips Lippen wurden schmal.

Er bedauerte nicht, Catriona mit in die Residenz des britischen Botschafters genommen zu haben, und er fühlte sich nicht schuldig, daß er ohne ihr Wissen ihrem Großvater, Sir Alastair Moray in Schottland, ein Telegramm geschickt hatte mit Nachrichten über sie. Seine neuen Befehle erreichten ihn, ohne daß er mehr für Catriona tun konnte, doch er hatte sie in Lady Stratford de Redcliffes Obhut zurückgelassen, und er wußte, daß die Frau des Botschafters sie freundlich umsorgte. Der Master der *Trojan*, Master Burnaby, war wieder an Bord gekommen. Um ganz sicherzugehen, hatte Phillip seinem Bruder Graham Geld zurückgelassen, und außerdem den Auftrag, ihr zusammen mit der Witwe eines Hochländers, die jetzt, da ihr Mann gefallen war, unbedingt ins heimatliche Sutherland zurückkehren wollte, eine Heimreise zu besorgen. Aller Voraussicht nach würden die Frauen in den nächsten paar Tagen Konstantinopel verlassen, denn viele Transporter segelten fast leer nach England zurück. Graham, der wegen seines Auftritts vor einem Untersuchungsausschuß in Konstantinopel bleiben mußte, versprach, dafür zu sorgen, daß sie eine bequeme Kajüte für die Heimreise bekämen. Sein Bruder würde, falls der Untersuchungsausschuß ihn nicht belastete, fast sicher sein Patent als Master bekommen. Ein Ruf vom Achterdeck der *Trojan* unterbrach Phillips Gedanken.

»Aye, aye, *Trojan*!«

Der Kadett, der die Gig führte, beantwortete den Ruf auf hergebrachte Weise, indem er den Schiffsnamen wiederholte und damit deutlich machte, daß der Kommandant sich in der Gig näherte.

Phillip hatte schon zweimal zeitweise das Kommando über die *Trojan* geführt. Dennoch spürte er wieder heiße Freude, als er die kurzen Befehle hörte und sah, wie das Begrüßungskommando an der Relingspforte antrat, um ihn mit entsprechenden Ehren zu empfangen. Doch er fragte sich immer wieder, wie lange er dieses Kommando behalten würde, wenn er wieder zur Flotte vor der Mündung des Katscha gestoßen war. Eine Dampffregatte mit 31 Kanonen mußte eigentlich von einem dienstälteren Offizier geführt werden, wie er sehr wohl wußte. Seine Beförderung zum Commander hatte Admiral Sir Edmund Lyons nur auf Zeit aussprechen können, damit er die letzten Verwundeten aus Balaklava nach Scutari abtransportieren konnte. Sein neuer Rang mußte jetzt von Admiral Dundas und der Admiralität in London bestätigt werden. Doch Phillip wußte, wie unwahrscheinlich es war, daß er ein eigenes Kommando bekommen würde, selbst wenn man seine Beförderung bestätigte. Falls Kapitän Crawfords Krankheit nicht allzulange dauerte, würde er mit Sicherheit selbst wieder das Kommando über die *Trojan* übernehmen. Und falls nicht …

Phillip erhob sich, als der Bugmann den Bootshaken sicher in die Großrüsten schlug, wartete, bis die Gig sich in der Schwell leicht hob, stieg auf die Leiter, kletterte nach oben und schwang sich gewandt durch die Relingspforte.

Die Bootsmannsmaaten setzten die Pfeifen an und meldeten schrill seine Rückkehr an Bord. Er erwiderte den Gruß des Ersten Offiziers, Martin Fox, der ihn erwartet hatte, und zusammen stiegen die beiden Männer auf das Achterdeck.

»Sie haben alle Ladung an Bord?« erkundigte Phillip sich in aller Form.

»Aye, aye, Sir!«

Der gutaussehende Martin Fox machte ein ungewöhnlich besorgtes Gesicht, als er kurz Bericht erstattete. Er war ein Jahr jünger als Phillip, sein engster Freund, hatte immer ein ausgeglichenes Gemüt und kam allen Menschen freundlich entgegen, aber jetzt hatte ihn irgend etwas deutlich aus dem Gleichgewicht gebracht. Was auch immer es sein mochte, entschied Phillip, es würde warten müssen, bis sie unterwegs waren.

Das Schiff sei segelbereit, meldete der Erste Offizier, und so antwortete Phillip: »Sehr gut. Lassen Sie die Männer auf Station zum Auslaufen antreten, bitte. Wir werden unter Dampf laufen, bis wir den Verkehr im Bosporus hinter uns haben.«

Seine Befehle kamen leise, er schien Fox' bedrückte Blicke zu übersehen. Als die Befehle weitergegeben waren und die Männer zum Schrillen der Pfeifen auf ihre Stationen rannten, sagte er: »Mr. Cochrane hat die Wache, nicht wahr? Lassen Sie ihn Segel setzen, das kann er sehr gut, und kommen Sie auf ein Glas Wein in meine Kajüte, sobald wir unterwegs sind. Ich muß einige Schreibarbeiten erledigen, und dann will ich meinen Landanzug ablegen – aber das alles wird nicht sehr lange dauern.«

»Aye, aye, Sir!« bestätigte Martin Fox.

Er klang immer noch formell, aber nicht mehr so steif, bemerkte Phillip.

Anthony Cochrane, der junge rothaarige Wachhabende, sang aus: »Den Buganker katten, Bootsmannsmaat!«

Ein Deckoffizier wiederholte den Befehl mit Stentorstimme. Cochrane ist gereift, seit wir im Schwarzen Meer angekommen sind, dachte Phillip. Er beobachtete, wie gekonnt dieser das Schiff auf See führte. Sie hatten alle, jeder auf seine Weise, unter dem ersten Kommandanten der *Trojan*, Kapitän Thomas North, dem Tyrannen, gelitten. Doch Cochrane schien länger als alle anderen zu brauchen, sein Selbstbewußtsein wiederzuerlangen, das zu zerstören sich North ständig bemüht hatte.

Wann immer möglich übertrug Phillip ihm Verantwortung und hoffte, so den Schaden auszugleichen, der in der Psyche des Mannes entstanden war. Der junge Cochrane nahm das nicht nur dankbar an, sondern zeigte sehr viel mehr professionelles Können und Seemannschaft als seine Offiziersbrüder von ihm erwartet hatten. Mehr als jeder andere an Bord – Phillip ausgenommen – hatte er während der ganzen Reise von England her unter den beißenden Bemerkungen von Kapitän North gelitten. Später waren daraus regelrechte Schikanen geworden, und manchmal schien es, als provoziere der Kapitän ihn immer mehr, um ihn endlich zu einem Akt der Insubordination zu bringen. Das wäre dann ein ausreichender Grund gewesen, Cochrane vor ein Kriegsgericht zu stellen, das ihn vernichten würde. Ein Versuch ...

Unwillkürlich biß Phillip sich auf die Lippen. Der Versuch wäre fast geglückt, zweimal fast geglückt, bei ihm und bei Cochrane. Daß beides nicht gelang, lag an Norths unerwartetem plötzlichen Tod durch die Cholera. Phillip seufzte wieder, während er sich daran erinnerte. Als er seine Tageskajüte betrat, sah er im Geist das weiße, gequälte Gesicht seines Vorgängers und hörte seine Schmerzensschreie und die Bitte um Hilfe. Das Bild verfolgte ihn immer noch, wenn er diese Kajüte betrat, selbst jetzt nach seiner kurzen Abwesenheit. North hatte die Koje benutzt, in der Phillip jetzt schlief und war in ihr gestorben.

Was auch immer ... Er schob die bösen Erinnerungen zur Seite und trat entschlossen in seine kleinere Schlafkabine. Dort hatte sein Steward bereits die Halbuniform hingelegt, die Phillip an Bord zu tragen pflegte. Er zog sich schnell um und hatte seine Schreibarbeiten fast erledigt, als Martin Fox nach Anklopfen eintrat. Er meldete Kurs, Position und die Befehle, die er Leutnant Cochrane gegeben hatte. Erst dann setzte er sich auf Phillips Einladung und nahm ein Glas Madeira an, nippte genußvoll daran und streckte seine langen Beine von sich.

»Ein angenehmer Wein«, stellte er fest.

»Ein Geschenk von Jack Lyons, mit dem ich vorgestern an Bord seiner *Miranda* zu Abend gegessen habe. Er war überaus großzügig und hat mir ein ganzes Faß davon geschenkt.« Phillip setzte seinen Namen unter den Bericht, den er geschrieben hatte, sammelte die Papiere ein und legte sie zur Seite. »Also ...« Er hob sein eigenes Glas. »Auf die Schwarzmeerflotte! Nach Jack haben wir hier mehr Gefechte mitgemacht als die ganze baltische Flotte, obwohl sein eigenes isoliertes Geschwader im Weißen Meer ganz gut zu tun hatte. Sie schickten Trupps an Land, zerstörten feindliche Befestigungen und Vorratslager und trafen nur gelegentlich auf wenig entschlossenen Widerstand. Mit ganzen drei Fregatten hielten sie eine erfolgreiche Blockade der russischen arktischen Häfen aufrecht, überfielen alles an der Küste zwischen Archangelsk und Tobolsk und nahmen beneidenswert viele Prisen.« Er grinste. »Mir scheint, alle auf der *Miranda* haben ein Vermögen gemacht, obwohl ihnen die Prisengelder natürlich noch nicht ausgezahlt wurden.« Sein Bericht machte ihm Spaß, und er wiederholte manches von dem, was Jack ihm beim Essen berichtet hatte. Nachdenklich fügte er dann hinzu: »Jack meint, wir könnten doch so etwas Ähnliches auch hier mit einem kleinen Dampfgeschwader machen. Admiral Dundas wird dem wahrscheinlich nie zustimmen, aber wenn Jacks Vater Oberbefehlshaber der Flotte ist, gibt es für diesen Vorschlag aufnahmebereitere Ohren. Ich könnte mir denken, daß Jack ins Asowsche Meer einlaufen will und ...« er hielt plötzlich inne, weil er merkte, daß sein Gegenüber ihm gar nicht zuhörte. »Was liegt an, Martin?« fragte er.

»Was soll anliegen?« wich Martin aus. Aber er errötete und murmelte eine Entschuldigung: »Tut mir leid, Phillip ... nein, es ist nichts!«

»Ich denke, du solltest mit mir reden, Martin.« Phillip lehnte sich vor, nahm den Dekanter und füllte beide Gläser nach. »Also, was ist los?« forderte er ihn auf.

Der große junge Erste Offizier zuckte mit den Schultern. »Also gut. Du wirst sicher sagen, ich beschäftige mich mit etwas, was mich eigentlich gar nichts angehen soll, aber ...« er holte tief Luft. »Ich hatte angenommen, daß die Truppen, die wir an Bord haben, zu Major Leach und den 7. Füsilieren stoßen werden. Die meisten gehören dazu, nur ein paar sind von den 23ern und ein paar Unteroffiziere auch von den 19ern und den 33ern. Es sind lauter Männer, die sich von ihren Verwundungen an der Alma erholen, wie Leach selber, der einen Arm verloren hat.« Martin Fox machte eine Pause und nahm bedrückt einen Schluck. »Leach ist ein angenehmer Bursche«, fuhr er fort. »Er kam gestern an Bord, sprach mit uns und sah sich um. Und weil er bemerkte, wie es hier immer noch aussieht, schickte er einen Arbeitstrupp – vor den anderen Truppen – zu uns an Bord, der beim Aufklaren helfen sollte und beim Riggen der Hängematten. Ich war sehr dankbar dafür, wie du dir denken kannst, denn so konnte ich unsere Leute einsetzen, um Kohle zu bunkern und Wasser zu fassen. Ich dankte ihm natürlich, aber er meinte, ich sollte es einfach annehmen, denn er stehe in deiner Schuld. Es scheint, als hättest du ihn auf einer Trage nach der Schlacht von der großen Schanze wegbringen lassen, als andere ihn schon für tot hielten. Und außerdem, Phillip«, er erlaubte sich ein kurzes Lächeln, »hättest du ihn mit Brandy vollgefüllt, ehe du ihn gerettet hast.«

Phillip zog die Brauen zusammen und versuchte sich zu erinnern. Aber neben der großen Schanze hatten zu viele schwer verwundete Soldaten und Offiziere gelegen. Viele gehörten zu Oberst Lacy Yeas tapferen 7ten Königlichen Füsilieren, die den ersten Angriff auf die tief eingegrabene russische Batterie mit zwölf Kanonen auf den Höhen über der Alma vorangetragen hatten.

»Ich erinnere mich nicht mehr an ihn«, gab er zu, »obwohl ich ihn sicher wiedererkenne, wenn ich ihn sehe. Aber was bedrückt dich so? Wenn ein Offizier wie der Major unsere Truppen führt ...«

»Aber das tut er ja nicht, Phillip«, unterbrach ihn Martin Fox. »Nachdem er mit seinem Gefolge gestern abend an Bord gekommen war und sich eingerichtet hatte, kam ein zweites Boot längsseits, kein geringeres als die Caique des Botschafters. Laidlaw hatte die Wache, und da er wußte, daß du in der Residenz des Botschafters übernachten wolltest, nahm er an, als die Caique gemeldet wurde, daß du Lord Stratford de Redcliffe mit an Bord bringst, aber uns aus irgendeinem Grund nicht vorher hättest Bescheid sagen können. Also ließ er das Begrüßungskommando und die Ehrenwache der Seesoldaten antreten und schickte, aufgeregt wie sonst nie, den wachhabenden Fähnrich, um mich aufzuwekken.«

»Lieber Gott«, lächelte Phillip. »Der Botschafter gab gestern abend eine große Gesellschaft, auch mit ein paar türkischen Paschas, die bis weit nach Mitternacht dauerte. Ich genoß türkischen Kaffee und Sorbets in Gesellschaft von Miss Moray. Und wir lauschten dem Streichorchester bis lange nach Mitternacht und waren ständig von Würdenträgern der Hohen Pforte umgeben.« Er lächelte, als er sah, wie unwohl sich Martin Fox immer noch fühlte. »Also, wen hast du mit so viel unverdienten Ehren empfangen?«

Fox setzte sein Glas heftig ab und hätte es fast umgestoßen.

Phillip merkte, daß er ganz und gar nicht amüsiert aussah. Er hörte sofort auf zu lächeln, als der Erste Offizier sehr heftig sagte: »Wir empfingen das allergrößte Schwein, das ich je in britischer Uniform getroffen habe, Phillip! Er stieg torkelnd an Deck, ein Sergeant und zwei Ordonnanzen mit einem Berg von Gepäck folgten ihm. Er grüßte nur knapp, sagte er fühle sich nicht wohl und wollte sofort in seine Kabine geführt werden. Als er die des Zweiten Masters sah – die einzige, die noch leer war –, sagte er dem jungen O'Hara, der ihn begleitete, die sei gerade groß genug für ein Schwein. Major Leach, der das hörte, bot freundlicherweise seine eigene an, weil der Mann krank zu sein schien, und der nahm das Angebot natürlich an. Da haust er immer noch und ...«

»Ich glaube, daß wir uns auf Major Leach verlassen können, der ihm gute Sitten beibringen wird«, unterbrach Phillip ihn besänftigend. »Wie auch immer, er ist Soldat, Martin! Und damit ist er für uns nur ein Passagier, und sein Benehmen geht uns nichts an. Weißt du, wie er heißt?«

»Es ist«, antwortete Martin Fox rauh, ohne sich besänftigen zu lassen, »Hauptmann Lord Henry Durbanville. Er ist Offizier der Garde. Irgendein reicher und ehrgeiziger Verwandter wird ihm das entsprechende Patent gekauft haben. Seiner Meinung nach beinhaltet das Patent den Rang eines Oberstleutnants in einer regulären Einheit, und damit ist er ranghöher als Major Leach. Also befehligt er unsere militärischen Passagiere, nicht Leach. Und das hat er – krank oder nicht – sofort jedermann mitgeteilt, ehe er sich für die Nacht in Leachs Kajüte zurückzog.«

Phillip war sich immer noch nicht klar, warum ein so umgänglicher Mensch wie Martin Fox sich so über den Neuankömmling erregte. Ruhig sagte er darum: »Mit dem Offizierspatent der Garde hat er das Recht, Martin!«

»Meinst du wirklich? Soll so ein grüner Junge von knapp 20 Jahren, der noch nie im Feuer gestanden hat, einem Offizier von Leachs Alter und Erfahrung vorgezogen werden, bloß weil er Hauptmann der Garde ist?«

Phillip nickte. »Nach dem Buchstaben des Gesetzes muß er das sogar. Aber die meisten jungen Offiziere der Garde nutzen diesen Vorteil nicht aus!«

»Dieser tut es!« bestätigte Fox ihm zornig. »Und wie! Seit er vor fünf Stunden aufgestanden ist, läßt er seine Muskeln spielen. Er hat die Truppen schon zweimal zur Inspektion antreten lassen. Das erste Mal war er mit dem Anblick nicht zufrieden und beschwerte sich über die verdreckten Uniformen der Rekonvaleszenten aus dem Lazarett – als ob die armen Teufel etwas dafür könnten. Leach versuchte eine Erklärung zu geben, aber Lord Henry wollte sie nicht hören. Er befahl ihnen, alles, was sie besitzen zu reinigen, und musterte sie dann ein zweites Mal. Sie trugen Marschgepäck und alle Waffen und harrten stillgestanden nach meiner Beobachtung über eine Stunde aus. Er musterte jeden einzelnen wie mit der Lupe von Kopf bis Fuß. Die, die seinen Vorstellungen nicht entsprachen, ließ er aufschreiben und will sie auspeitschen lassen.«

»Auspeitschen lassen?« wiederholte Phillip und begriff langsam, warum sein Stellvertreter so bedrückt war. »Er wird nichts dergleichen an Bord dieses Schiffes tun, sei versichert. Und Major Leach …«

»Major Leach, mein lieber Phillip«, meldete Fox, »steht unter Arrest und darf seine Kajüte nicht verlassen!«

Phillip starrte ihn an und wollte seinen Ohren nicht trauen. »Das kann doch nicht dein Ernst sein!«

»Es ist leider mein Ernst«, bestätigte Phillip grimmig. »Ich habe um deine Rückkehr gebetet, denn als Commander bist du der einzige an Bord, der einen höheren Rang als dieser grüne Bursche hat. Ich konnte mich nicht einmischen, und Major Leach hat mich sogar davon abgehalten, als er den Soldaten seine Befehle gab, aber ich habe mich trotzdem mit ihm gerieben.«

»Und warum?«

Fox hob seine mächtigen Schultern. »Er wollte, daß ich ein Boot rüberschickte, das seine beiden Pferde aus türkischen Kavallerieställen abholt. Ich lehnte ab, weil wir keinen Platz an Bord für zwei Pferde haben und außerdem kein Boot für solch einen Transport. Er antwortete verdammt ruppig, und schließlich schickte er, wie ich erfuhr, seinen Sergeanten mit einem ganz normalen Boot an Land, um die Post zu holen, wahrscheinlich aber um zu versuchen, die beiden Pferde an Bord zu schmuggeln.« Er entspannte sich jetzt etwas. »Der Sergeant und die Pferde waren noch nicht da, als du erschienst und das Schiff auslaufen ließest.« Ein Lächeln huschte über seine Züge. »Also segelten wir ohne sie ab.«

Phillip grinste zurück. »Ich kann nicht sagen, daß mich das sonderlich beunruhigt, auch wenn alles stimmt, was du mir über den jungen Herrn erzählt hast!«

»Es stimmt, mein Wort darauf. Der sogenannte junge Herr ist ganz unmöglich. Er hat übrigens vor, mich meinem Vorgesetzten zu melden. Das wollte ich dir noch sagen.«

»Und aus welchem Grund?«

»Ich kann nicht alle Gründe nennen, aber sie beinhalten Ungehorsam, Segeln ohne vollständige Besatzung und ganz allgemeine Dienstvergehen. Danke.« Phillip füllte die Gläser nach, und Fox legte ihm die Hand auf die Schulter. »Du hast meine Laune wieder hergestellt, oder vielleicht liegt es an diesem guten Wein. Vielen Dank für beides. Ich gebe zu, ich hatte meinen Gleichmut fast verloren.« Er hob das Glas und lächelte jetzt. »Meinen Dank, Phillip. Du hast ...« Es klopfte an der Tür, und dann trat ein rotwangiger Fähnrich ein.

»Ja, Mr. Lovell?«

»Sir, der wachhabende Offizier bittet um die Erlaubnis, Segel zu setzen«, meldete der Junge atemlos. Und mit vor Konzentration halb geschlossenen Augen meldete er die Position des Schiffes.

Martin Fox sprang auf, aber Phillip schüttelte den Kopf und entließ den Jungen mit seiner Zustimmung.

»Mr. Cochrane kann ganz gut ohne Überwachung Segel setzen, Martin«, erinnerte er seinen Stellvertreter, als die Tür zugefallen war. »Sorg' auf alle Fälle dafür, daß dein Gleichmut gut ausbalanciert ist, ehe du erneut ein Treffen mit unserem Gardisten mit den beiden Rängen riskierst.«

Gehorsam nahm der Erste Offizier wieder Platz. »Wenn du

meinst. Aber«, und er sah Phillip jetzt direkt in die Augen, »wie willst du mit diesem Kerl umgehen?«

»Das weiß ich noch nicht«, gab Phillip zu.

An Deck hörte er das Schrillen der Bootsmannspfeifen und ein Laufen, als die Männer den Befehlen nachkamen, die sofort nach dem Pfeifen wie an einer Kette folgten. »Alle Segel los und setzen. Aufentern und Toppsegel und Vorsegel setzen. An die Toppsegelschoten.«

Er schwieg einen Augenblick und stellte sich die Toppgasten vor, die die Webleinen aufenterten und sich auf den Rahen vorarbeiteten, um die Toppmastfallen und die Lee-Außenschoten loszumachen. Er hoffte, daß der junge Cochrane darauf achtete, daß die Männer im Vortopp klar waren und daß die am weitesten draußen auf den Rahen Zeit für ihre Arbeit hatten und sich von den Toppsegelschoten frei gemacht hatten, ehe er befahl, sie dicht zu holen und das Großsegel dicht zu setzen. Er wartete und zählte instinktiv die Sekunden, bis der Befehl gegeben wurde, und wieder hörte er das Laufen nackter Füße, als die Männer dem Befehl folgten: »An die Leebrassen!«

Bald würde das dumpfe Summen der Maschinen enden, und das Schiff würde sich auf eine neue, spannende Art bewegen, sobald die Segel sich füllten und Cochrane die Rahen trimmte. Obwohl Phillip sich mit dem Dampfschraubenantrieb vertraut gemacht hatte, war er immer noch ein Segelschiffsmann. Er spürte, wie sich jetzt sein Herz hob. Maschinen boten viele Bequemlichkeiten, vor allem beim Ein- und Auslaufen, aber nichts war so bewegend, wie eine gute Fregatte unter Segeln, nichts auf der Welt, und er …

»Das Glas fällt«, beobachtete Martin Fox und lenkte von Lord Henry Durbanville ab, als auch er auf die Geräusche an Deck hörte. »Es könnte eine ziemlich harte Überfahrt werden, wenn der Wind weiter nach Nordwesten dreht.«

Sie besprachen die Wetteraussichten, und dann meinte Phillip nachdenklich: »Es ist vielleicht keine schlechte Idee, Martin, Major Leach auf ein Glas Madeira einzuladen, ehe wir eine Entscheidung treffen, was wir mit seinem zeitweisen Vorgesetzten machen!«

»Der Major steht unter Arrest«, erinnerte ihn Fox.

»Dann braucht er eine Eskorte, nicht wahr? Würdest du als Eskorte dienen?«

»Mit dem größten Vergnügen.« Wieder erhob sich der Erste Offizier. »Soll ich Mr. Cochrane raten, nicht zu viel Segel zu setzen?« Er stemmte sich mit den Füßen auf dem wiegenden Deck ab und runzelte die Stirn. »Wenn wir eine plötzliche Bö aus Luv bekommen mit all dem, was wir gerade tragen, wird er ...«

»Nein.« Phillip schüttelte den Kopf. »Mr. Cochrane wird auch auf das Glas gesehen haben und wissen, was auf ihn zukommt. Halt ihn nicht zu sehr an deinem Busen, Martin. Auf jeden Fall wird Master Burnaby noch einige Zeit im Kartenhaus sein, und Mr. Cochrane ist nicht zu stolz, seinen Rat zu erbitten. Und falls nicht, wird Master Burnaby ihn von sich aus anbieten, wenn er es für richtig hält.« Er lächelte, als er die Maschinen auslaufen hörte. In der plötzlichen Stille hörte er die Stimme des Masters deutlich bis hier unten. »Alles klar? Mach' dir keine Sorgen wegen Tony Cochrane, wir sollten uns um Major Leach kümmern, also sei so nett und hole ihn. Wir haben vielleicht verletzte Gefühle zu heilen.«

Doch Major Leach sah keineswegs verletzt aus, als er in der Kajüte erschien. Er war ein großer Mann mit ergrauendem Haar und einem sonnengebräunten Gesicht mit tiefen Falten, das von langen Dienstjahren in Übersee zeugte. Phillip schätzte ihn um die 40 Jahre und empfand sofort Sympathie für den Ankömmling. Leachs Handschlag war fest. Er reichte die linke Hand, denn der rechte Ärmel seiner verblichenen roten Uniformjacke war leer. Er lächelte freundlich, und als Phillip ihn bat, Platz zu nehmen und ihm ein Glas Madeira eingoß, wurde aus dem Lächeln ein fast jungenhaftes Grinsen.

»Als wir uns das letzte Mal trafen, Commander Hazard, haben Sie mich betrunken gemacht. Und an diese Gnade werde ich mich immer mit tiefer Dankbarkeit erinnern. Heute abend möchte ich Sie jedoch bitten, ihre Freigebigkeit ein wenig zu zähmen, damit nicht auch noch Trunkenheit zu meinen anderen Anklagepunkten kommt.«

Die Lage schien ihn so offensichtlich zu amüsieren, daß Phillip überrascht fragte: »Sie sind also nicht sonderlich belastet durch die hochfahrende Art Ihres – nun, sagen wir – Waffenkameraden?«

»Ich würde ihn so nicht nennen.« Der Major hob die Schultern. »Nein, ich bin nicht belastet, Commander Hazard. Ich bin daran gewöhnt, daß jüngere Offiziere höhere Ränge haben, die sie sich mit viel Geld und viel Einfluß gekauft haben. So große Mittel habe ich nie besessen. Bis zum Ausbruch dieses Krieges war ich nur Leutnant – nach 23 Dienstjahren, meistens aktivem Dienst in Indien. Und ich hatte kaum noch Hoffnung auf Beförderung. Jetzt geht es mir besser als je, ich bin immerhin Major, aber«, sein Lächeln verschwand, »ich mache mir Sorgen, wie ich Ihnen sicherlich nicht sagen muß, um das Wohlergehen meiner Männer. Alle sind an der Alma verwundet worden und haben viel ausgehalten. Solche Männer, die kaum von ihrer Krankheit und ihren schweren Wunden genesen sind, fast eine Stunde lang mit voller Ausrüstung in Habtachtstellung stehen zu lassen – dient ihrer weiteren Gesundung nicht sonderlich, nicht wahr? Oder wissen Sie nicht, was geschah, ehe Sie an Bord zurückkamen?«

»Mr. Fox hat mich ausführlich informiert, Sir«, antwortete

Phillip. »Ich muß Ihnen nicht sagen, daß er das nicht zugelassen hätte, wenn er genug Macht dazu gehabt hätte. Jetzt, da wir auf See sind, kann ich verhindern, daß irgend etwas Ähnliches sich wiederholt. Ich werde dazu Mittel einsetzen, die man nicht als Einmischung in Angelegenheiten der Disziplin des Heeres interpretieren kann.«

»Da bin ich unendlich erleichtert. Aber was haben Sie vor?«

»Nun, das Wetter wird uns wahrscheinlich helfen, Major. Alles deutet auf eine höchstwahrscheinlich sehr rauhe Überfahrt hin.«

»Sehr gut, mein Lieber«, rief der Major. »Und die Bestrafungen – können Sie verhindern, daß die ausgeführt werden?« Er sah zu Martin Fox und dann zu Phillip – und dabei war aller Spaß aus seinem Gesicht verschwunden. »Mr. Fox wird Ihnen gesagt haben, daß drei Auspeitschungen angeordnet wurden. Sie sollen an Männern vollzogen werden, die sie kaum aushalten können, wie ich Ihnen nicht extra versichern muß.«

Phillip hielt seinem Blick stand. »Ich halte nichts von Auspeitschungen, es sei denn für die allerschlimmsten Fälle. Ich weiß noch nicht genau, ob ich die Macht habe, sie offiziell zu verhindern – ich muß das Handbuch mit den Militärgesetzen konsultieren. Könnten Sie mir Ihres leihen? Und dann geht es schließlich auch um Ihren eigenen Arrest, nicht wahr?«

»Ich werde irgendwo ein Handbuch für Sie ausgraben, Commander«, versicherte ihm Major Leach. »Mein eigener Arrest macht mir überhaupt keinen Kummer, denn der bedeutet nur, daß ich in meiner Kajüte bleiben muß. Und das wird angenehm sein, wenn die Überfahrt wirklich so rauh wird, wie Sie meinen. Ich bin kein guter Seefahrer, fürchte ich. Die Tatsache, daß ich keinen Dienst habe, ist eine Erholung für mich, solange ich sicher bin, daß die Männer aus dem Scutari-Lazarett nicht unnötig exerziert oder dafür bestraft werden, daß sie nicht wie Herren aus London antreten. Arme Kerle! Die meisten haben nur die Uniform, die sie am Leib tragen. Die Päckchen, die sie an der Alma zurückgelassen haben, haben die wenigsten wieder gesehen. Im Lazarett bekamen sie etwas, mit dem sie wie ich ihre Uniformen, so gut es ging, flicken mußten. Meine eigene würde auch keine Musterung in St. James in London aushalten, wie Sie sehen.« Er deutete mit seiner Hand auf die zahllosen, sichtlich ausgebesserten Risse seiner roten Uniformjacke und meinte dann, indem er die Lippen verzog und auf einen Flicken auf seinem leeren Ärmel wies: »Der zeigt immer noch die Spur der Minié-Kugel, die meinen Arm zerschmettert hat, aber der Rest sind Bajonettstiche. Die meisten habe ich bekommen, als die Schlacht längst vorbei war. Auch die Kosaken schlugen auf die Verwundeten ein, wo sie sie fanden, wie Sie wahrscheinlich gehört haben.«

»Die Kosaken sind Unmenschen«, sagte Martin Fox nur und schauderte. »Mit Verwundeten haben sie keinerlei Mitleid.«

»Nein. Aber das gilt nicht nur für die Kosaken.« Major Leach wechselte das Thema, als schmerze es ihn immer noch.

Ausführlich befragte er Phillip nach der Schlacht von Balaklava, und die drei Offiziere besprachen die gegenwärtige Lage der verbündeten Armeen. Phillip steuerte eine Beschreibung der Verteidigungsanlagen des Hafens bei und der Verteidigungslinien auf der rechten Flanke der britischen Armee, die entlang der Inkerman-Höhen lagen.

»Für einen Seemann sind sie äußerst genau informiert«, bemerkte der Major.

»Ich war Verbindungsoffizier bei Sir Colin Campbell und stand bei den 93ern, als die Russen durchzubrechen versuchten und Balaklava nehmen wollten«, erläuterte Phillip. »Offiziell gehöre ich immer noch zum Stab von Admiral Lyons und bin auf die *Agamemnon* detachiert. Dieses Kommando habe ich nur für begrenzte Zeit, weil der Kommandant, Kapitän Crawford, krank geworden ist. Ich rechne mit meiner Ablösung, nachdem wir wieder zur Flotte gestoßen sind. Ich kam als Erster Offizier der *Trojan* aus England ...«

»Das würde ich meinem derzeitigen Vorgesetzten an Ihrer Stelle nicht sagen«, warf Major Leach vorsichtig und warnend ein. »Sonst könnte er noch annehmen, er hätte einen höheren Rang als Sie.« Er setzte sein Glas ab, erhob sich und schüttelte sein graues Haupt, als ihm noch ein Glas angeboten wurde. »Danke, nein, Commander Hazard. Ich werde in meine Kajüte zurückkehren. Und zwar ziemlich erleichtert und in der Hoffnung, daß Sie mit Ihrer Vorhersage der Wetterentwicklung recht behalten. Ich freue mich sehr, meinem Retter endlich begegnet zu sein. Glauben Sie mir, Hazard, ich habe im Lazarett oft an Sie und Ihre ausgezeichneten Seeleute gedacht, ohne die ich heute nicht hier stünde.« Er winkte ab, als Phillip dagegen protestieren wollte. »Ich habe ebenfalls gute Leute, und wenn ich mich ihretwegen wieder in Ihrer Schuld finden sollte, dann seien Sie versichert, daß ich mich meine Schulden begleichen werde, sobald ich dazu je Gelegenheit habe.« Er schüttelte Phillip herzlich die Hand. »Gute Nacht, Commander. Und vielen Dank.«

Martin Fox begleitete ihn zu seiner Kajüte und kehrte fast sofort mit der Information zurück, daß das Glas noch weiter gefallen war. »Auch der Wind hat einen Strich gedreht, Phillip.« Er besprach einige Einzelheiten und meinte dann stirnrunzelnd: »Mir gefällt das draußen nicht so sehr und Master Burnaby erst recht nicht.«

»Und was meint Mr. Cochrane?« wollte Phillip wissen, und ein Lächeln umspielte seine Mundwinkel.

Der Erste Offizier entspannte sich etwas und lächelte zurück. »Mr. Cochrane hat mich gefragt, ob ich es für klug hielte, wenn er die Segel kürzte. Nach deinen Instruktionen habe ich ihm gesagt, das solle er selbst entscheiden, aber dabei die ständigen Anordnungen beachten. Und nun hör selber mal!« Sein Lächeln wurde breiter, als er Pfeifen an Deck hörte und dann die Rufe und das Laufen nackter Füße. Die Wache nahm ihre Position ein. »Übrigens, Mr. Cochrane hatte Männer an den Toppsegelfallen und an den Leebrassen.«

»Sehr gut. Hast du ihm gesagt, er soll das Großsegel stehen lassen?«

»Das mußte ich ihm nicht sagen, weil er mir's sagte.«

»Ausgezeichnet!« stimmte Phillip zu. »Dann müssen wir beide uns keine Sorgen machen. Du hast die Morgenwache, und da können wir schlechtes Wetter erwarten, also«, er legte dem jüngeren Freund die Hand auf den Arm, »ich kann also meine Landexzesse gut ausschlafen, ohne mich zu beunruhigen, selbst wenn der Wind weiter nach Nordwest dreht?«

»Ich hoffe das, mein lieber Phillip. Ich meine nur«, Fox unterbrach sich, »weißt du schon, was du gegen Durbanville unternehmen wirst?«

»Das wird vor allem davon abhängen, was er vorhat. Bisher hat er nichts getan, gegen das ich offiziell einschreiten müßte.«

»Nein. Du hast sicher recht. Aber er ist ein schlimmer Kerl, glaub mir's!« sagte Martin Fox aus vollem Herzen.

»Ich glaube dir. Aber mach dir nichts draus, Martin. Falls nötig, wird uns schon was einfallen, wie wir ihn klein halten, wenn das Wetter nicht mitspielt.« Er unterdrückte ein Gähnen, fühlte sich plötzlich sehr müde. »Ich werde darüber schlafen, nicht wahr?«

»Natürlich!« Fox trat an die Kajütentür. Dort drehte er sich um und sah Phillip noch einmal nachdenklich an. »Ich habe dich nicht gefragt, wie du die Angelegenheit mit Miß Morays Heimreise geregelt hast. Das geschah nicht aus Interesselosigkeit, sondern weil wir so viel anderes zu besprechen hatten. Aber ich bin sicher, alles ist in Ordnung!«

»Einigermaßen«, antwortete Phillip. Er berichtete, was er unternommen hatte und fügte dann hinzu: »Ich habe sie in der Obhut von Lady Stratford de Redcliffe zurückgelassen, und ich habe meinem Bruder Graham zehn Tage Krankenurlaub gegeben, damit er ihre Heimreise arrangieren und sie an Bord begleiten kann. Es gibt so viele Transporter, die praktisch leer zurücksegeln, also bin ich überzeugt, daß die Lady nicht lange warten muß.«

Er nahm an, daß der Erste Offizier jetzt gehen würde, doch zu seiner Überraschung blieb er noch stehen und sah ihn besorgt an.

»Nun?« fragte er schließlich, als sein Freund schwieg. »Hätte ich etwas anderes machen sollen? Ich mußte doch ihren Großvater informieren, wo sie sich jetzt aufhält und daß sie in Sicherheit ist, oder?«

»Natürlich!«

»Also?« Phillip fragte jetzt leicht ungeduldig: »Was hätte ich deiner Meinung nach noch tun sollen?«

Martin Fox trat von einem Fuß auf den anderen. »Nichts, nehme ich an. Aber sie hat doch den Wunsch geäußert, in Konstantinopel zu bleiben, Phillip. Sie hat mir deutlich gesagt, daß sie vorhat, ihre Dienste Florence Nightingale im Militärlazarett anzutragen, und ich dachte ...«

»Mein lieber Martin!« brach es aus Phillip heraus. »Warst du mal im Lazarett? Weißt du, wie es da aussieht?« Er beschrieb kurz und schonungslos, was er selber gesehen hatte. »Und wenn du meinst, ich übertreibe, frag' Major Leach!«

»Du übertreibst sicher nicht.« Fox schüttelte den Kopf. »Aber war es auf der Pier in Balaklava anders? Oder auf diesem Schiff hier, wo die Verwundeten neben den Toten lagen, Kopf an Kopf, und die Sterbenden neben den Cholerakranken? Miß Moray hat geholfen, alle zu versorgen, ohne ein einziges Mal zurückzuschrecken. Und wie sie sich um dich auf der Pier gekümmert hat, hat dir wahrscheinlich das Leben gerettet!«

»Das ist wahr«, gab Phillip zu, und sein Ärger war verflogen.

Er erinnerte sich dankbar an alles, was Catriona Moray für ihn getan hatte. Ein russischer Gewehrkolben hatte beim ersten Angriff auf die Inkerman-Höhen fast seinen Schädel gespalten. Wenn er eine zweite Nacht bewußtlos auf der Lazarettpier in Balaklava gelegen hätte, wäre er sicher gestorben. Catriona suchte ihn so lange, bis sie ihn endlich gefunden hatte und brachte ihm Hilfe, half ihm an Bord zurück und in die Obhut von Fraser, dem Schiffsarzt, mit der großen medizinischen Erfahrung. Also hatte sie ... Er seufzte. »Martin, ich konnte nicht zulassen, daß sie weiter solche Anstrengungen auf sich lädt. Ich mußte sie nach Schottland zurückschicken, nach Hause. Es war das einzig Mögliche, und glaub' mir, es war das einzig Richtige.«

»Ist das auch ihre Meinung?«

»Catriona ...« Phillip unterbrach sich und erinnerte sich plötzlich, wie Catriona sich von ihm verabschiedet hatte.

Sie schien distanziert, ja fast kühl, als sie seine Wünsche erfüllte und seine Pläne für ihre Rückkehr annahm, so als lehne sie sie eigentlich ab. Hatte sie etwa gemeint, er wolle sie loswerden, fragte er sich. Nahm sie etwa an, er würde sie nicht vermissen? Lieber Gott, und wie er sie vermissen würde!

Seine Blicke trafen sich mit denen von Martin Fox, und er hob die Schultern: »Nein, Martin, sie wollte sicher etwas anderes!«

»Das habe ich mir fast gedacht«, antwortete Fox. Seine

sonst so sanfte Stimme klang etwas schärfer: »Phillip, du wirst mir sicher sagen, ich soll mich um meine eigenen Angelegenheiten kümmern, aber wir sind Freunde, enge Freunde, und das seit vielen Jahren und genau aus diesem Grund. Nun ja, also ...« er errötete leicht und sah auf seine Füße, um Phillips Blicken auszuweichen, »ich merkte, wie du dich um unsere kleine Großfürstin, Mademoiselle Sophie, kümmertest – in der Tat war ich ihr selber sehr zugetan. Und jetzt frage ich mich, welche Gefühle du Catriona Moray gegenüber hast? Ernsthafte?«

Phillip zögerte. Dieser Frage war er bisher sorgfältig ausgewichen, und auch jetzt war er sich seiner Antwort keineswegs sicher. Nachdem Mademoiselle Sophie den Prinzen Narishkin geheiratet hatte, war er fest entschlossen, alle Gedanken an sie zu verdrängen, doch die Erinnerungen blieben, waren fest in seinem Herzen eingegraben und weigerten sich, zu verschwinden, selbst, wenn er an Catriona dachte. Dennoch ...

»Du kannst mir ruhig sagen, ich soll mich um meine eigenen Angelegenheiten kümmern, Phillip«, sagte Martin Fox, als Phillip nicht antwortete. »Es geht mir nur darum ...«

Phillip unterbrach ihn kurz: »Wie kann ich – wie kann überhaupt jemand – unter Umständen wie diesen ernsthafte Gefühle für eine Frau empfinden? Wir sind im Krieg, verdammt noch mal. Möglicherweise wird ihn keiner von uns überleben. Wie auch immer, ich war stets der festen Meinung, ein Berufsseemann ist ein Narr, wenn er sich fest mit einer Frau einläßt, ehe er Kapitän mit vollem Rang ist. Darüber haben wir ja oft genug geredet, nicht wahr? Wer Karriere in der Marine machen will, kann seine Hingabe nicht teilen. Er kann keine Verbindung zum Land unterhalten. Also wartet man am besten mit der Heirat, bis man gut vom Halbsold leben kann. Und außerdem ...«

»Und das meinst du immer noch?« wollte Fox wissen.

»Ganz sicher!« Phillip klang ungeduldig und ein bißchen ablehnend. Doch er spürte selber, daß er nicht sehr überzeugend klang, obwohl er sich viel Mühe gab. Vielleicht lag das daran, gestand er sich heftig ein, daß er selbst nicht ganz davon überzeugt war. Die wenigen Tage, die er mit Catriona an Land verbracht hatte, waren wie verzaubert gewesen. Er hatte in eine Welt geblickt, die er fast vergessen hatte: Dinners und Empfänge in der britischen Botschaft, im Palast, bei gutem Essen und gutem Wein und gepflegter Unterhaltung, in deren Verlauf, der Krieg kaum erwähnt worden war ...

Er atmete tief aus. Er hatte Martin Fox' Frage beantwortet, ohne recht nachzudenken, und hatte die alten, abgegriffenen Worte gebraucht, die jeder phantasielose junge Seeoffizier benutzte, um seine angeblich notwendige Entscheidung zu verteidigen, nicht zu heiraten, bis er einen Rang hatte, mit dem er ohne große finanzielle Sorgen leben konnte. Wie auch immer! Er hatte Catriona weggeschickt. Sie hatte nicht gehen wollen, doch er hatte darauf bestanden und sich und ihr gesagt, es geschehe zu ihrem Besten. Aber war das der wahre Grund? Fürchtete er nicht, daß sie bleiben könnte und er dann ...

»In dem Fall, mein lieber Phillip«, sagte Fox entschlossen, »werde ich dich nicht mit weiteren Fragen behelligen. Ich habe sie nicht aus Neugier gestellt, sondern weil ich es ehrlich wissen wollte. Und du hast ehrlich geantwortet.« Er lächelte wieder. »Gute Nacht. Du hast mich daran erinnert, daß ich ja die Morgenwache habe!«

»Gute Nacht, Martin«, grüßte Phillip zurück.

Es war zu spät, die Annahmen, die der Erste Offizier über seine Gefühle oder seine fehlenden Gefühle für Catriona geäußert hatte, zu korrigieren. Aber damit war kein Schaden angerichtet. Wenn er später mehr Zeit fand und sorgfältig über alles nachgedacht hatte, konnte er das Thema wieder aufgreifen. Phillip zog sich aus. Mademoiselle Sophie ist ein Traum, sagte er sich, und Träume verblassen, selbst wenn man sie nie ganz vergessen kann. Ihm wurde klar, daß er immer noch an sie dachte – nicht an die plötzlich so tragisch verwitwete Prinzessin Narishkin, sondern an das liebenswerte, herzgewinnende Mädchen, dem er, wie Martin Fox erwähnt hatte, sehr zugetan war – schon auf der Reise von England her und dann, als er kriegsgefangen in Odessa war und sie ihn so gütig versorgt hatte, bis … Er seufzte. Bis ihre Hochzeit mit Prinz Narishkin eine endgültige, nie zu überwindende Schranke zwischen ihnen aufrichtete. Und die gab es trotz Narishkins Tod immer noch. Und es würde sie auch weiterhin geben.

Wieder seufzte Phillip und stieg in seine Koje. In wenigen Augenblicken war er eingeschlafen. Die zunehmend heftigeren Bewegungen des Schiffes spürte er nicht und auch nicht den kräftiger werdenden Wind mit seinen Böen. Er wachte kurz auf, als Martin Fox in den frühen Morgenstunden auf den anderen Bug ging und Männer nach oben schickte, die die Toppsegel weiter refften. Doch er widerstand dem Wunsch, an Deck zu gehen. Schließlich war sein Erster Offizier erfahren genug, mit Wind und Wetter richtig umzugehen. So zwang er sich, weiter zu schlafen. Die *Trojan* hatte sich sorgfältig auf den Sturm vorbereitet, ihre Mannschaft war erfahren und diszipliniert, und er wußte, daß Fox ihn rief, falls es nötig wurde.

2

In den nächsten 48 Stunden entwickelte der Wind sich zu einem kräftigen Sturm aus Nordwest, der die Wasser des Schwarzen Meeres in eine verlorene graue Wildnis mit schaumgekrönten Brechern verwandelte.

Zwei gute Männer waren ständig am Ruder. Unter doppelt gerefften Toppsegeln stand die *Trojan* den Sturm ohne Gefahr durch, nur die Matrosen waren erschöpft und froren bis ins Mark, wenn sie von der Wache kamen. Unten war es zwischen den vielen Soldaten alles andere als angenehm. Phillip mußte ihnen notwendigerweise verbieten, während des Sturms an Deck zu kommen, damit seine eigenen Männer ihre Arbeit verrichten konnten. So sah er, bis auf die tägliche Inspektion ihrer überfüllten Quartiere, wenig von ihnen und gar nichts von Hauptmann Lord Henry Durbanville. Der militärische Befehlshaber hielt sich in seiner Kabine auf. Martin Fox schickte den Fähnrich O'Hara einmal nach unten, um herauszufinden, wie es ihm ging. Der meldete, der Lord sei unendlich seekrank und nicht in der Lage, auch nur die kleinste seiner Pflichten auszuführen.

Am Morgen des zweiten Tages hatte der Wind so abgenommen, daß ein Reff aus den Toppsegeln geschüttelt werden konnte. Mittags lief immer noch eine kräftige Dünung, und das Glas blieb unten. Doch Phillip konnte den Wunsch von Master Burnaby erfüllen, der die Wache führte und darum gebeten hatte. So wurden die Großsegel wieder gesetzt. Er achtete sorgsam auf den Fockmast, der nach der Beschießung der Forts von Sewastopol vor weniger als einem Monat ersetzt worden war. Eine genaue Untersuchung überzeugte ihn schließlich, daß der neue Mast den Sturm gut überstanden hatte und bestimmt nicht brechen würde.

Eine unerwartete Winddrehung hatte kurz vor Mitternacht die Fockstagen und Fockfallen brechen lassen. Zwei Männer aus Cochranes Wache hatten sich leicht verletzt, als sie das wild schlagende, schwere nasse Tuch bargen. Dabei hatte der junge Cochrane befohlen, mit dem Ruder nachzugeben und abzufallen, und so war das Segel nicht gerissen. Das Kanonendeck hatte dabei viel Wasser übergenommen, doch mit Hilfe eines schnell gesetzten Vorstengestagsegels hatte er das Schiff wieder auf Kurs gebracht. Die Pumpen arbeiteten gut, und als der Zimmermann den Wasserstand in der Bilge meldete, hatte Phillip zufrieden gelächelt.

Eine wäßrige Sonne beleuchtete die bleiche Szene. Der Wind wehte jetzt günstiger. Die *Trojan* segelte mit guten zehn Knoten vor ihm her und überholte stetig zwei Dampftransporter, die sie vor einer halben Stunde auf dem gleichen Kurs ausgemacht hatte. Beide rollten schwer in der kräftigen Dünung, sie liefen unter Dampf und hatten kaum Segel gesetzt. Der Anblick dieser Schiffe munterte die Matrosen auf, und selbst die Soldaten schienen wieder Mut zu fassen, als Phillip seine Runde durch ihre feuchten Quartiere machte. Sie jubelten zwar nur verhalten, waren aber sehr erleichtert, als Phillip ihnen sagte, sie könnten, wenn sie wollten, wieder an Deck gehen und die frische Luft genießen.

Kurz nachdem der erste Rotrock auf dem Vordeck erschienen war, ging Phillip mit Martin Fox auf der Luvseite des Achterdecks auf und ab. Trocken stellte Phillip fest: »Der

Sturm, mein lieber Martin, hat genau das erreicht, was wir wollten, nicht wahr? Er hatte sicher ein paar kleine Unbequemlichkeiten zur Folge, aber er hielt wenigstens den jugendlichen Gardehauptmann unter Deck. Wenn Burnabys Rechnung stimmt und wenn der Wind durchsteht, werden wir kurz vor Tagesanbruch vor Balaklava stehen.«

»Ja«, nickte Fox. »Aber hat Mr. Burnaby dir auch gesagt, daß wir ziemlich schlimmes Wetter bekommen werden? Er behauptet sogar, es wäre viel schlimmer als alles, was wir bisher abgewettert haben!«

»Er hat davon gesprochen und hat wahrscheinlich recht. Das Glas fällt immer noch.«

»Wenn er recht hat«, meinte der Erste Offizier mit einiger Sorge, »dann hoffe ich, daß wir unsere Passagiere an Land gesetzt haben, ehe es losgeht. Das dürfte ja nicht allzulange dauern, wenn wir anlegen ...«

»Wenn wir dazu überhaupt Erlaubnis bekommen, mein lieber Martin«, unterbrach Phillip ihn. Er deutete auf die Schiffe, die sie gerade überholten. »Die *Prinz* transportiert eine Ladung Winterbekleidung, Nachschub und Tierfutter fürs Heer – alles im Wert von einer halben Million Pfund, wie Leutnant Bayton, der als Bevollmächtigter der Admiralität mitfährt, mir in Konstantinopel sagte. Und die *Resolute* transportiert Munition, die meiner Meinung nach dringend von unseren Batterien auf dem Hochland gebraucht wird. Beide haben sicher Priorität, wenn der Hafenkommandant immer noch Befehl hat, die Zahl einlaufender Schiffe gering zu halten. Unsere Truppen können mit Leichtern an Land gebracht werden.«

»Aber, Phillip«, unterbrach Martin ihn überrascht, »der Befehl muß doch schon längst aufgehoben worden sein.«

»Davon wäre ich nicht so überzeugt«, entgegnete Phillip. »Im Vertrauen, Martin, etwas habe ich gelernt, als ich Marine-Verbindungsoffizier bei Sir Colin Campbell war.« Er machte eine Pause und wählte dann seine Worte sehr sorgfältig. »Wenn nicht Admiral Lyons und Sir Colin zusammengearbeitet hätten, wäre Balaklava vielleicht schon nach dem ersten Angriff auf die Position der 93er bei Kadi-Koi aufgegeben worden. Es gab schon Befehle, den Hafen zu räumen, aber unser Admiral hielt die *Sanspareil* in der Nähe, und ich überbrachte ihr seinen Befehl, einzulaufen und Balaklava zu verteidigen. Die Entscheidung, daß der Hafen leer sein müßte, selbst nachdem der Angriff abgeschlagen worden war, wurde nicht von Kapitän Dacres gefällt. Und auch nicht von unserem Admiral!«

»Von wem denn?« wollte Martin besorgt wissen. »Ich verstehe dich nicht ganz, Phillip!«

Phillip unterbrach sein Auf- und Abgehen und trat mit dem Ersten Offizier an die Reling. »Ich gebe zu, es ist nicht leicht zu begreifen«, sagte er. »Es sei denn, du weißt, daß es im Hauptquartier des Heeres gelegentlich zu Panikentschlüssen kommt, wie unser Admiral sie mal genannt hat. Ich würde nicht darauf wetten, daß irgend etwas sich geändert hat. Kapitän Heath von der *Niger* machte sich gerade bereit, Kapitän Dacres als Hafenkapitän bei unserem Auslaufen abzulösen, wie ich dir sicher gesagt habe.«

»Ja, das hast du mir gesagt. Aber Kapitän Heath ...«

»Auch Kapitän Heath«, warf Phillip ein, »wird den Auftrag haben, Balaklava frei von Schiffen zu halten. Wie Kapitän Dacres. Um Himmels willen, Martin, Dacres ist ein mutiger und einfühlsamer Mann. Du glaubst doch nicht, daß er selbst das Einlaufen von Transportschiffen verboten hat, die die Verwundeten abholen wollten, und damit die Leiden der armen Kerle noch vergrößerte? Er hatte seine Befehle, denen er gehorchen mußte, und Heath wird es nicht anders ergehen, was immer er auch persönlich davon hält.«

»Es sei denn, seine Befehle wurden geändert. Aber«, Fox sah ihn unsicher an, »du glaubst offenbar nicht, daß sie geändert wurden. Warum, Phillip? Willst du mir sagen, daß man sich immer noch an diese Panikentschlüsse hält? Auch Admiral Lyons?«

Phillip schüttelte den Kopf. »Nein, Admiral Lyons wird sie nicht einhalten wollen. Aber alle anderen! Es gibt, hat man mir gesagt, in höchsten Militärkreisen die feste Überzeugung, daß Balaklava nicht gehalten werden kann, ständig bedroht ist und daß die Truppen, die man zu einer Verteidigung braucht, besser für die Belagerung eingesetzt werden könnten. Aus diesem Grund will man den Hafen räumen und aufgeben, ehe der Winter beginnt. Ich hörte, wie man am Tisch von Lord Stratford de Redcliffe offen darüber diskutierte, und zwar vor und nach dem zweiten Angriff starker russischer Verbände auf die Inkerman-Höhen.«

»Der Bericht enthielt keine Einzelheiten, sagtest du. Doch der Angriff war nicht erfolgreich?«

»Nur davon war die Rede.« Phillip erinnerte sich bedrückt an seine eigenen Erlebnisse an der ausgedünnten rechten Flanke der britischen Front. Die Lancaster-Kanone der Marine, die der junge Hewett befehligte, hatte viel dazu beigetragen, den Gegner zu vertreiben. Doch an jenem Tag hatten die Russen nicht sehr kraftvoll angegriffen. Höchstwahrscheinlich sollte ihr Angriff nur die Kräfte der britischen Verteidigung testen und herausfinden, welche Stellungen auf der Höhe bestückt und bemannt waren. Er seufzte, als er sich erinnerte, wie wenige es waren, und wie gefährlich ihm die ganze Situation erschienen war. Selbst die sogenannte Sandsack-Batterie hatte keine Kanonen gehabt. Der kurze, wenig erhellende Bericht, der Lord Stratford de Redcliffe erreichte, meldete nur, der zweite Angriff sei – wie der erste und ein früherer – erfolgreich abgeschlagen worden. Die Verluste beider

Seiten meldete der Bericht nicht. Balaklava hatte schon die Brigade Leichter Kavallerie gekostet. Da die Inkerman-Höhen für die Verteidigung von Balaklava wichtig waren, wußte wohl nur Gott allein, wie viele Verletzte und Tote der Hafen bisher gefordert hatte.

»Wir werden's erfahren, wenn wir wieder zur Flotte stoßen«, sagte Martin Fox wie als Antwort auf Phillips unausgesprochenen Gedanken. »Wann hat der Angriff stattgefunden, sagtest du?«

»Am fünften. Und er wurde abgewehrt. Hier war der Bericht sehr genau. Der Botschafter hat ihn uns laut vorgelesen.«

»Ein Sieg also – und noch immer meinst du, der Hafen von Balaklava soll aufgegeben werden?« Fox schien irritiert, aber er fragte beharrlich weiter. »Ich habe ja nicht wie du das Vergnügen, Phillip, als Mitglied von Admiral Lyons Stab an Land zu dienen. Aber in meinem einfachen Seemannshirn scheint es mir entscheidend wichtig, daß wir Balaklava und den Hafen behalten, wenn die Armee versorgt und verstärkt werden soll. Natürlich läßt der Hafen viel zu wünschen übrig, und er ist viel zu klein. Andererseits brauchen wir einen Hafen, solange der Nachschub übers Meer kommt. Wo gibt es einen? Die Franzosen haben Kamiesch und Kazatch. Und der Ankergrund der Flotte vor dem Katscha kommt schon aus Gründen der Entfernung nicht in Frage. Was bleibt also, wenn wir Balaklava aufgeben? Nur noch Sewastopol, und Gott mögen verhüten, daß wir Sewastopol noch einmal von See her angreifen!«

Phillip hob hilflos die Schultern. »Ich weiß auch nicht, Martin. Ich wiederhole nur Meinungen, die ich in Konstantinopel gehört habe. Vielleicht fasse ich damit auch nur meine eigenen Befürchtungen in Worte.« Er hob das Glas an die Augen, als auf dem Transportdampfer *Prinz*, dem sie sich jetzt schnell näherten, eine Reihe von Signalwimpeln den Mast emporstiegen.

Der 16jährige Fähnrich Robin Grey, der als Signaloffizier Dienst tat, reagierte schnell und kam damit dem Signalmeister zuvor, der ebenfalls an Deck war. Der Junge war in Konstantinopel zur *Trojan* gestoßen, nachdem er eine schwere Kopfwunde ausgeheilt hatte, die er an Land bei der Marinebrigade empfangen hatte. Zwei Monate lag er auf dem Lazarettschiff *Bombay* in Therapia. Er hatte Phillip bisher sehr beeindruckt durch seinen Mut und seine Einsatzfreude. Nur aus Haut und Knochen bestehend, sah er immer noch sehr krank aus, doch er beschwerte sich nie und lehnte entschlossen alle gut gemeinten Versuche ab, seine Pflichten zu erleichtern oder ihn von Wachaufgaben zu entbinden.

Jetzt trat er mit glänzenden Augen in seinem hageren, jungen Gesicht an die Luvreling, und Phillip spürte, daß er den jungen Mann bewunderte. In einem Alter, in dem die meisten anderen Burschen immer noch zur Schule gingen, war er bereits ein erfahrener Marineoffizier, der sich bewährt hatte. Seine Tapferkeit war bereits dreimal in Kapitän Lushingtons Meldungen aus dem Hauptquartier der Marinebrigade erwähnt worden. Er fragte sich, wie sich wohl Lord Henry Durbanville im Vergleich zu Grey machen würde. Der prüfte gerade mit dem Signalmeister im Codebuch die Wimpel. Martin Fox erinnerte sich, daß zwischen dem Gardeoffizier und Grey nur ein paar Jahre lagen. Der Offizier war ungefähr 20 Jahre alt, Grey hatte noch einen oder zwei Monate bis zu seinem siebzehnten Geburtstag. Doch dünn, wie er war, und von kleiner Gestalt, sah er kaum älter als 12 oder 13 Jahre aus. Dennoch war der Vergleich interessant.

Phillip setzte das Glas ab und spürte Fox' Blicke.

Sein Erster Offizier hatte offenbar die gleichen Gedanken gehabt, da er jetzt sagte: »Das ist ein ausgesprochen guter

Junge, Phillip. Ich hoffe, wir können ihn behalten. Nach meiner Ansicht ist er 20 Durbanvilles wert.«

»Sir«, Grey, der Fähnrich, stand neben ihm mit der Signalkladde in der Hand, »die *Prince* bittet uns, dafür zu sorgen, daß sie in Balaklava sofort anlegen kann. Sie hat im Vorraum ein Leck, und ihre Pumpen schaffen das Wasser nicht raus.«

»Vielen Dank, Mr. Grey«, bestätigte Phillip. Wieder merkte er, wie sein Erster Offizier ihn erwartungsvoll ansah. »Angesichts unseres Gesprächs von eben hört sich das an wie eine reichlich ironisch gemeinte Anfrage, nicht wahr? Aber«, er hob die Schultern, »bitte, signalisieren Sie der *Prince*, Mr. Grey: Ich werde Ihre Lage sofort nach meiner Ankunft melden. Und dann fragen Sie bitte noch, ob wir ihr jetzt irgendwie helfen können.«

»Aye, aye, Sir!« bestätigte der junge Grey und ging zur Stellage mit den Signalflaggen.

Der Signalmeister folgte ihm. Ein Lächeln lief über sein Gesicht, als er vor Phillip die Hand grüßend an den Hut legte.

»Das ist ein sehr guter junger Herr, Sir. Es tut meinem Herzen wohl, ihn bei seiner Arbeit zu beobachten!«

»Hast du das gehört?« fragte Martin Fox, als sie außer Hörweite waren. »Es wäre eine Schande, den jungen Mann an die Marinebrigade zu verlieren, da stimmst du mir doch zu. Wenn du beim Admiral ein Wort über ihn verlieren könntest, können wir ihn vielleicht an Bord behalten. Wenn er mit seinem Eifer an Land in einer Batterie eingesetzt wird, wird man ihm mit hoher Sicherheit ziemlich schnell den Kopf abschießen.«

»Ich werde mein Bestes tun«, versprach Phillip und fügte dann trocken hinzu: »Um deinetwillen, Martin, und zum Nutzen des nächsten Kommandanten der *Trojan*!«

»Red bloß davon nicht, Phillip. Wenn deine Beförderung bestätigt wird ...«

Phillip schüttelte ablehnend den Kopf. »Ich habe dann immer noch nicht das richtige Dienstalter, die *Trojan* zu führen, wie wir beide wissen.« Er unterbrach sich, als Grey sich wieder näherte. »Ja, Mr. Grey?«

»Sir, die *Prince* braucht keine weitere Hilfe. Sie wird die *Resolute* bei sich behalten. Sie möchte wissen, ob ihre Barometerablesung stimmt. Ich kann ihr unsere geben, die ich mit Master Burnaby überprüft habe, und ich würde sie gern mit Winkzeichen übermitteln, damit meine Männer sich in ihnen üben können.«

»Und was schließen Sie aus dem Barometer, Mr. Grey?« fragte Phillip ermutigend.

»Es ist sehr niedrig, Sir, nicht wahr?« Der Junge sah ernst aus. »Ich meine, es könnte einen sehr schweren Sturm geben, wahrscheinlich mit Orkanböen in etwa, nun ich schätze innerhalb der nächsten 36 Stunden! Und dann ...«

»Ja?« fragte Phillip weiter.

»Ich habe irgendwo gelesen, Sir, wahrscheinlich in der ›London Illustrated News‹, als ich im Lazarett lag, daß das Schwarze Meer für seine Winterstürme gefürchtet wird. Ab November muß man immer wieder mit ihnen rechnen. Sie toben einen Tag lang – und dann wird der Wind weniger, genau wie jetzt, Sir. Aber das Glas bleibt unten, und der Wind nimmt wieder zu. Und so kommt es dann zu einem Sturm nach dem anderen im Verlauf einer Woche oder so. Die vorherrschenden Winde an der Küste der Krim sind nördlich, Sir. Aber in dem Artikel, den ich gelesen habe, stand auch, daß die westlichen die schlimmsten sind. Und das trifft unsere Flotte, nicht wahr? Vor der Mündung des Katcha wird sie nicht viel Schutz finden. Nur im Hafen von Balaklava geben die hohen Klippen genügend Schutz, Sir.«

Er hat recht, mußte Phillip sich eingestehen, als er den Fähnrich entließ. Mit ihren massiven, fast senkrecht fallenden, roten Sandsteinfelsen bot die Bucht Schiffen guten Schutz beim Ankern. Doch die Bucht war nur knapp eine Meile tief und maß an der breitesten Stelle ganze 100 Meter. Schon lange ehe der Befehl kam, den Hafen frei zu halten, hatten Handelsschiffe und Versorger draußen warten müssen – manchmal tagelang, weil es drinnen an den improvisierten Piers keinen Platz gab, um festzumachen und die Ladung zu löschen. Wenn der Wind zunahm, wurde es für die wartenden Schiffe gefährlich, weil sie an Land geworfen werden konnten, auf die Klippen. Phillip unterdrückte ein Seufzen. Vielleicht hatte die *Prince* Glück. Ein Loch im Laderaum und eine Fracht, die dringend gebraucht wurde, könnten die Entscheidung zu ihren Gunsten ändern – selbst wenn das ungute Gefühl sich bestätigen würde und der Beschluß, Balaklava aufzugeben, bereits gefallen war. Doch sogar ein so wichtiger Entschluß konnte nicht über Nacht verwirklicht werden. Die Truppen an Land brauchten dringend die Winterkleidung, die die *Prince* mitbrachte, und die Belagerungstruppen warteten auf das Pulver der *Resolute*. Und wenn es am 5. November zu einer Schlacht auf den Inkerman-Höhen gekommen war, gab es ohne jeden Zweifel wieder Verwundete in Balaklava, die nach Scutari transportiert werden mußten. Phillip hoffte, wenn dies der Fall war, daß er wieder auf See sein würde, ehe einer der schnell aufeinanderfolgenden Stürme, von denen Grey gesprochen hatte, ihnen zusetzen könnte. Auf offener See, wo man frei manövrieren konnte, hatte jeder Sturm für ihn weniger Schrecken als einer, der tobte, während man vor den Klippen von Balaklava ankern mußte. Er würde …

»Möchten Sie jetzt speisen, Sir?« Martin Fox unterbrach seine Gedanken, und Phillip sah hoch und entdeckte seinen Steward, der im Schutz des achterlichen Niedergangs wartete.

Er nickte. »Ja, gerne, ich wußte gar nicht, daß es schon so spät ist.«

Anders als Kapitän North, der sich in seiner Kajüte zum Essen eingeschlossen hatte, aß Phillip immer in der Offiziersmesse mit seinen Kameraden, wo er sich mehr zu Hause fühlte. Gelegentlich lud er, mehr zu ihrem als zu seinem Vergnügen, ein paar von ihnen in seine Tageskajüte zum Frühstück ein, und oft genug waren dabei auch ein oder zwei Fähnriche seine Gäste. Das, bemerkte er trocken, war eigentlich alles, was bei ihm zur traditionellen Rolle als Kapitän der *Trojan* gehörte. Jetzt war ihm danach, und er ließ seinen Steward kommen.

»Decken Sie das Frühstück in meiner Tageskajüte, Smith. Für drei, nein, für vier. Grüßen Sie Major Leach und Lord Durbanville und fragen Sie, ob sie mir Gesellschaft leisten wollen.«

»Aye, aye, Sir!« Der Steward verschwand mit seinem Auftrag, und Phillip wandte sich an Martin Fox. »Du bist natürlich auch eingeladen, wenn du magst.«

Überrascht hob der Erste Offizier seine Brauen. »Natürlich, Sir, wenn Sie wollen«, fügte er pflichtbewußt hinzu, »aber ...«

»Was heißt hier aber, mein Lieber? Denk dran, daß dies wahrscheinlich die letzte Gelegenheit ist, dich an Bord zu bewirten.«

»Warten wir ab, was geschehen wird. Ich dachte, falls du vorhast, Major Leach und diesen Durbanville zu bewegen, ihr Kriegsbeil zu begraben, ehe sie an Land gehen ...«

»Genau das«, stimmte Phillip zu. »Also, mach weiter.«

»Warum lädtst du dann den jungen Grey nicht statt meiner ein?« schlug Fox vor. »Sein Alter und seine Erfahrung dürften Durbanville auf seinen Platz verwiesen.«

Es war ein guter Vorschlag, fand Phillip und nickte zustimmend. »Sind denn beide nach ihrer, nun ja, zeitweisen Verstimmung, wieder auf den Beinen, Leach und Durbanville meine ich?«

»Der Major ist schon wieder auf, aber er bleibt noch in seiner Kajüte. Von Durbanville weiß ich nichts. Ich habe ihn seit unserem Aufbruch in Konstantinopel nicht mehr gesehen. Soll ich Mr. Grey ablösen lassen und ihn in zehn Minuten zu dir schicken?«

»Danke, ja, gern. Es wird ein interessanter Versuch.« Phillip lächelte. »Möchtest du nicht zuschauen? Smith kann leicht noch ein Gedeck auflegen ...«

»Um ehrlich zu sein«, entschuldigte Fox sich, »möchte ich lieber nicht dabei sein, wenn du verstehst. In Durbanvilles Gesellschaft werde ich mit keinerlei Vergnügen essen. Ich habe von ihm genug, seit wir ankerauf gingen.« Er folgte Phillip zum Niedergang. »Das macht dir doch nichts aus, oder?«

»Nein, keineswegs.« Phillip schlug ihm freundschaftlich auf die Schulter. »Ich habe nicht die Absicht, dir den Appetit zu verderben, mein lieber Martin ... Aber irgendwie interessiert der Mann mich nun doch sehr, der das geschafft hat!«

Sie trennten sich. Fox suchte nach dem Fähnrich Grey, und Phillip trat in seine Tageskajüte, in der sein Steward den Tisch deckte und ihm meldete, daß beide Soldaten seine Einladung angenommen hatten.

Lord Henry Durbanville kam als erster. Noch immer bleich, doch frisch rasiert, betrat er die Kajüte. Er trug eine hervorragend geschnittene Uniform, seinen Säbel, und unter dem Arm, wie es Vorschrift war, seine Bärenfellmütze. Er sah aus wie einer, der zum Wachwechsel vor Windsor Castle ging statt zum Mittagsmahl mit einem Marineoffizier.

»Kapitän Hazard?« Der Ton und die Verbeugung waren ganz formell, und dennoch klang der Besucher etwas herablassend.

»Commander Hazard!« verbesserte Phillip. Freundlich bot er dem Angekommenen einen Stuhl an. »Dies ist hier ganz informell. Die anderen Gäste werden gleich da sein. Bitte, nehmen Sie Platz. Kann ich Ihnen ein Glas Madeira anbieten?«

»Danke, Nein, Sir.« Der Mann sah ihn aus blauen, fast wimpernlosen Augen feindlich an. »Es geht mir um ein paar Sachen, die sofort erledigt werden müssen.« Noch immer stand der junge Gardist in Habt-Acht-Stellung und wartete. Er hat kein sonderlich einnehmendes Wesen, dachte Phillip und erwiderte seinen Blick. Sein Gesicht war plump und etwas aufgedunsen, die Farbe schien kränklich, und außerdem verunzierte ihn eine Narbe, die aus einem deutschen Duell stammen konnte. Sie lief weithin sichtbar vom linken Wangenknochen bis zu dem kleinen Mund, dessen Lippen er jetzt zusammenpreßte. Obwohl er sich steif aufgerichtet hielt, schien seine ganze Gestalt ziemlich unmilitärisch, und wie sein Gesicht schien auch sein Körper ein bißchen aufgedunsen. Selbst die ausgezeichnet geschnittene Uniformjacke mit den neuen, hell glänzenden Rangabzeichen und den Goldlitzen konnte seine Korpulenz nicht ganz verbergen, und sie ließ ihn auch nicht größer erscheinen.

Vielleicht bin ich voreingenommen, dachte Phillip, vielleicht lasse ich mich durch Martin Fox' Meinung in meinem Urteil beeinflussen. »Es gibt keinen Grund, hier stehen zu bleiben«, schlug er vor und nahm Platz, um seinen Worten Gewicht zu geben. »Ich werde mich natürlich um alles kümmern, was Sie für wichtig halten, aber erlauben Sie meinem Steward, Sie von Ihrem Säbel und Ihrer Kopfbedeckung zu befreien, so daß wir uns etwas bequemer unterhalten können.«

»Danke. Ich ziehe es vor, so zu bleiben«, erwiderte Durbanville, ohne einzulenken. »Was ich Ihnen zu sagen habe, wird Ihnen sicher nicht gefallen.«

»Sehr gut.« Phillip gab es endgültig auf, seinen Gast zur Entspannung zu überreden.

Bisher war er mit jedem Heeresoffizier, den er traf, ausgekommen – mit ein paar Ausnahmen, selbstverständlich. Und dieser junge Mann, entschied er, gehörte zu den Ausnahmen. Phillip zuckte mit den Schultern, goß sich ein Glas von Jack Lyons hervorragendem Madeira ein und gab dem Steward ein Zeichen, sie allein zu lassen.

»Wenn ich Sie nicht überreden kann, ein Glas mit mir zu trinken oder sich zu mir zu setzen, dann sollten wir besser besprechen, was zu besprechen ist, ehe wir speisen. Ich nehme an, es wird nicht lange dauern. Ihr Name ist Durbanville, nehme ich an, Lord Henry Durbanville?«

»Ja. Mein Vater ist der Marquis of Leyton, ein enger Freund Ihres Befehlshabers. Ich habe den Rang eines Hauptmanns in der Garde Ihrer Majestät.« Nichts änderte sich im arroganten Ton des jungen Mannes, als er fortfuhr: »Ich habe ein paar Beschwerden, die ich Ihnen vortragen muß, Commander Hazard. Sie betreffen einige Offiziere und die Behandlung, die mir widerfuhr, seit ich an dieses Schiff betrat.«

»Dann nennen Sie sie bitte«, lud Phillip ihn kühl ein.

Henry Durbanville schien ihm zunächst ein Mensch zu sein, über den man lächelte oder auf den man herabsah, mehr nicht. Doch dessen war sich Phillip nun gar nicht mehr sicher. Seine Gefühle gegen junge Männer wurden plötzlich sehr viel primitiver und härter. Er wußte, daß er sich zusammennehmen mußte, um diesen Gefühlen nicht freien Lauf zu lassen, wie auch immer der ihn jetzt provozieren würde. Er konnte sich nicht, wie es Major Leach klugerweise getan hatte, in seine eigenen Räume zurückziehen, um sich nicht reizen zu lassen. Durbanville schien es bösartigerweise genau darauf abzusehen, als er jetzt seine Beschwerden nacheinander vortrug.

Sie betrafen auch Martin Fox, den er der Unhöflichkeit und des Unvermögens bezichtigte und der ihn absichtlich seiner zwei Pferde und seines Sergeanten beraubt hatte, worauf er beharrte. Er beklagte sich ausführlich über die Unbequemlichkeit der Räume, die man ihm zugewiesen hatte. Der Fähnrich O'Hara habe ihn beleidigt, fuhr er fort. Der Arzt habe ihm die Behandlung verweigert, obwohl er sich unwohl gefühlt hatte, als er an Bord gekommen war. Und dann habe Leutnant Cochrane ihn unter Deck befohlen, als er oben frische Luft schnappen wollte.

»Heute morgen, als ich Ihren wachhabenden Offizier informierte, daß ich meine Männer an Deck antreten und paradieren lassen wollte, sagte er mir, daß er – auf Grund Ihrer Befehle, Commander – nicht erlauben könne, daß sie an Deck gemustert würden.«

»Das sind die üblichen Instruktionen, die vom Wetter abhängen.« Geduldig nannte Phillip die Gründe, die seinen Befehlen zugrunde lagen. »Ich habe Ihren Männern erlaubt, an Deck zu kommen, sobald das Wetter es gestattete. Wenn Sie nachsehen, werden sie ein paar von Ihnen im Vorschiff finden.«

»Und nicht zu früh«, antwortete der junge Gardist knapp. »Sie sind unter den widerlichsten Umständen in den Eingeweiden Ihres Schiffes zurückgehalten worden. Wenn ich mir erlauben darf, ist das die einzig zutreffende Bezeichnung für den dreckigen und ungesunden Zustand da unten. Ich gehe sogar soweit, Commander Hazard, dieses Schiff als eine Schande der britischen Marine zu bezeichnen. Bei erster Gelegenheit werde ich diese Tatsache Ihrem vorgesetzten Admiral mitteilen, der, wie ich bereits erwähnt habe, ein enger Freund meines Vaters ist.«

Phillip starrte ihn sprachlos an, überrascht von dererlei Dreistigkeit. War dieser junge Mann ganz gesund, fragte er sich, war er vielleicht durchgedreht? Die Drohung beunruhigte ihn nicht. Der junge Durbanville würde keineswegs so leicht, wie er dachte, das Ohr des Admirals finden, wie nahe der auch immer dem Marquis of Leyton stehen mochte. Aber die Bosheit, die aus der Beschwerde und der Drohung zu hören war, beunruhigte ihn um so mehr, als sein Gegenüber kaum älter als ein Schuljunge war.

»Sie sind, wie ich erfahren konnte«, brach die harte Stimme des anderen plötzlich in seine Gedanken, »nur auf Zeit Kommandant dieses Schiffes. Und Sie haben nur zeitweise den Rang eines Commanders.«

»Das haben Sie ganz richtig verstanden«, bestätigte ihm Phillip. Seine Stimme war gefährlich ruhig. »Ist das alles, was Sie zu sagen haben?«

»Nein, keineswegs. Ich verlange Raum an Deck, um die Männer unter meinem Kommando antreten zu lassen und sie zu inspizieren. Es ist meine Pflicht, sicherzustellen, daß sie ordnungsgemäß landen, und ich wäre Ihnen dankbar, wenn Sie mich in der Ausführung meiner Pflicht nicht behindern würden.«

»Ich habe nicht den Wunsch, das zu tun. Sie dürfen Ihre Männer antreten lassen und können Sie mustern, Hauptmann Durbanville, solange das Wetter nicht schlechter wird.«

»Ist das wahrscheinlich?« knurrte der Junge ihn an. »Oder wissen Sie das nicht?«

Phillip merkte, wie Wut in ihm aufstieg. Aber es war natürlich absurd, sich von diesem kleinen – wie hatte Martin Fox ihn doch noch am ersten Abend genannt? – Parvenu aus dem Gleichgewicht bringen zu lassen. Morgen würde er verschwunden sein, und dann hätte sein eigener Vorgesetzter genug zu tun, ihn an seinen Platz zu verweisen – was sicherlich nicht lange auf sich warten ließ, wie Phillip annahm.

»Das Glas fällt«, sagte er und gab sich Mühe, ohne Erregung zu sprechen. »Es scheint nicht unwahrscheinlich, daß wir wieder einen Sturm erleben werden.«

»Dann werde ich sofort Antreten befehlen«, informierte ihn Durbanville. »Aber ehe ich gehe, ist noch etwas zu sagen. Es betrifft den Offizier, den ich unter Arrest stellte, Major Leach von den 7ten Füsilieren.«

»Fahren Sie fort«, forderte Phillip ihn auf.

Doch ehe Durbanville der Aufforderung nachkommen konnte, klopfte es an der Tür. Der Posten der Seesoldaten stieß die Tür auf, und Major Leach trat ein und hinter ihm der Fähnrich Grey. Beide lächelten offensichtlich über einen Scherz, den sie auf dem Weg hierher gemacht hatten. Sie traten barhäuptig ein. Leach trug seine ausgeblichene Uniformjacke mit den gestopften Kugellöchern. Der leere Ärmel hing locker an seiner Seite. Phillip erhob sich, um ihn zu begrüßen, aber Durbanville, dessen farbloses Gesicht plötzlich rot vor Wut geworden war, schob sich vor den Major.

»Ich hatte gerade Gelegenheit, Commander Hazard zu erinnern, daß ich Sie unter strengen Arrest gestellt habe«, pfiff er ihn an. »Muß ich Sie, der länger gedient hat als ich, daran erinnern, daß ein Offizier unter strengem Arrest auf Ehrenwort in seinen Räumen bleiben muß, bis er vom Arrest befreit wird? Ich erinnere mich nicht, das getan zu haben.«

Leachs Lächeln verschwand. Einen Augenblick schien er überrascht, fand sich jedoch schnell wieder und antwortete leichthin. »Wie Sie wollen. Ich darf Ihnen nur sagen, daß ich weder aus der Kajüte des Kapitäns noch aus meiner eigenen je entfliehen könnte. Aber ich bleibe dort, wenn Sie darauf bestehen.« Entschuldigend wandte er sich Phillip zu. »Ich bitte um Ihr Nachsehen, Commander Hazard.«

Phillip begleitete ihn nach draußen in den Gang. Außer Hörweite des Gardisten bemerkte der Füsilier trocken:

»Seine Seekrankheit hat nicht, wie ich gehofft habe, seine Laune verbessert.«

»In der Tat nicht«, stimmte Phillip bewegt zu. »Er hat mein Schiff eine Schande für die britische Marine genannt und gedroht, den schmutzigen und ungesunden Zustand meinen Vorgesetzten zu melden.«

»Doch nicht ernstlich?«

»Nun ja, er scheint es jedenfalls ernst zu meinen. Ich tröste mich bei dem Gedanken, was wohl sein Vorgesetzter mit ihm anstellen wird, sobald er das Regiment erreicht hat.«

Phillip lächelte und sah, daß auch der Major wieder lächelte.

»Ja, das ist in der Tat ein tröstlicher Gedanke. Ein seltsamer junger Mann, nicht wahr? Gott sei Dank gibt es nicht viele seinesgleichen im britischen Heer oder in der britischen Marine. Es tut mir wegen des Essens leid. Ich hatte mich gefreut, mit Ihnen zu speisen, zumal mein Appetit groß und wieder da ist.«

»Ich kann die Befehle des Jungen aufheben, wenn Sie wollen«, bot Phillip an, doch der ältere Mann schüttelte den Kopf.

»Nein, nein, machen Sie sich nicht die Mühe. Morgen werden wir ihn sicher losgeworden sein.«

»Hoffentlich«, sagte Phillip mit Hingabe.

Als er in seine Tageskajüte zurückkehrte, fand er den Fähnrich Grey schweigend dem Gast gegenüberstehend. Die Stille schmerzte fast. Durbanville verbeugte sich steif und ging ohne Entschuldigung. Als er verschwunden war, ließ Phillip den Jungen am Tisch Platz nehmen und rief den Steward.

»Nur zwei Personen, Sir?« fragte der Mann irritiert. »Ich habe doch verstanden, daß zwei Soldaten zum Essen dazu kommen. Ich habe das beiden ausgerichtet, Sir. Der Major ...«

»Bedienen Sie den Major bitte in seiner Kajüte«, befahl Phillip. »Mr. Grey und ich werden hier speisen.«

Der junge Grey sagte nichts, bis der Steward den ersten Gang serviert hatte und sie allein waren. Seine Stimme zitterte. »Ich kenne diesen Durbanville, ich war auf der gleichen Schule wie er. Natürlich nicht allzulange, weil ich bald aufs Königliche Marinecollege ging. Und außerdem bin ich drei Jahre jünger. Ich kenne ihn also nicht gut und weiß auch nicht, ob ich ihn wiedererkannt hätte, wenn nicht ... Ich meine, es ist lange her, und er hat an Gewicht ziemlich zugenommen.«

Phillip sah ihn nachdenklich an. »Sie haben ihn also nicht gesehen, seit er an Bord kam?«

»Nein, Sir. Ich habe nicht mit ihm gesprochen. Ich sah nur, wie er in der Caique des Botschafters ankam. Das haben wir alle beobachtet, da war mächtig viel los. Und wir haben Paddy O'Hara deswegen angemacht, denn er hat Mr. Laidlaw gemeldet, Seine Exzellenz sei auf dem Weg zu uns. Und da ließ der an der Relingspforte das Begrüßungskommando und eine Ehrenwache antreten.« Der Fähnrich grinste, als er an den Spaß zurückdachte. »O'Hara war natürlich wütend, aber wir ließen es ihn nicht vergessen.«

Phillip erinnerte sich lebhaft, was Fähnriche aus einem solchen Ereignis machen konnten, und unterdrückte mit Mühe ein Lächeln. »Der Fehler war verständlich«, sagte er nur.

»O ja, Sir, natürlich. Den hätte jeder von uns machen können.« Er aß mit großem Genuß die gewaltige Portion gebratenes Lamm, die der Steward ihm serviert hatte, und meinte anerkennend: »Das hier ist ganz hervorragend, Sir!«

»Ich freue mich, daß Sie ihm Ehre antun!«

»O ja, Sir. Ich frage mich, ob Durbanville das auch getan hätte. O'Hara hat ihn gestern in seiner Kajüte besucht – der Erste Offizier hatte ihn geschickt, um herauszufinden, wie es ihm und Major Leach ging. Und der berichtete, daß er Durbanville in einem erschreckenden Zustand vorfand.«

»Erschreckend seekrank, lautete sicher O'Haras Urteil, habe ich recht?« entgegnete Phillip.

»Nicht nur das, Sir.« Robin Grey sah ihn mit seinen freundlichen blauen Augen plötzlich sehr ernst an. »Paddy, ich meine natürlich O'Hara, Sir, sagte, der Bursche war in Tränen aufgelöst. In Tränen, Sir, können Sie sich das vorstellen?«

Seltsamerweise konnte Phillip sich das vorstellen und wunderte sich wieder über diesen Henry Durbanville. Lag der Schlüssel zu seinem unfreundlichen und widersprüchlichen Charakter vielleicht in seiner Schulzeit? Hatte es damals schon Hinweise gegeben auf das, was er heute war?

»Was hat er in der Schule getan, Mr. Grey?« wollte Phillip neugierig wissen. »Erinnern Sie sich daran?«

Mit zufriedenem Seufzen schob Fähnrich Grey den leeren Teller zur Seite. Der Steward servierte den zweiten Gang, und Grey wartete mit nachdenklich zusammengezogenen Brauen, bis der Mann die Kajüte verlassen hatte.

»Ja, Sir«, sagte er dann, »ich erinnere mich. Durbanville hat sich immer wie ein Schwein benommen. Nicht mir gegenüber, aber gegen viele andere, vor allem gegen die Neuankömmlinge. Als ich da war, war er noch nicht so lange auf der Schule, daß er schon einen eigenen Diener haben durfte. Das war nur den Präfekten und den Jungen aus der sechsten Klasse erlaubt. Nun ja, er änderte einfach die Regeln und ließ andere seine Aufgaben erledigen. Wenn sie sich weigerten, schlug er sie. Ich erinnere mich daran sehr genau, denn ein armer Teufel kam auf die Krankenstation, als ich mit Fieber dort lag. Durbanville hatte es diesmal zu toll getrieben, Sir. Er hatte diesen Jungen mit seinem Stock quer über das Gesicht geschlagen, und der hatte überall Schlagspuren, nicht nur auf seinem Gesäß, und konnte sie nicht verbergen.«

»Hat Durbanville deswegen nicht Probleme bekommen?« wollte Phillip wissen.

Grey schüttelte den Kopf. »Nein. Der Junge war so eingeschüchtert, daß er ihn nicht verriet. Nur mir hat er gesagt, wer ihn geschlagen hatte. Es überraschte mich nicht, daß es Durbanville war, Sir.«

»Und warum nicht?«

»Nun, Sir, er hieß ja allgemein nur Durbanville, *der Schläger*, und ein paar nannten ihn den *Verhaßten Harry.* Keiner mochte ihn wirklich, nicht einmal die Jungen aus seinem eigenen Haus – ich glaube, er hatte keinen einzigen Freund auf der Schule.« Der junge Mann zögerte, sah auf seinen vollen Teller und dann, etwas unsicher, zu Phillip hinüber. »Er hat immer mächtig angegeben mit der Bedeutung seines Vaters und dessen Einfluß, mit all den Leuten, die er kannte, und mit seinem großen Vermögen. Damals hatte sein Vater noch keinen Titel, er war nichts weiter als ein einfacher Mister Durbanville. Deswegen merkte ich nicht gleich, daß Lord Henry Durbanville der Bursche ist, mit dem ich zur Schule ging. Eigentlich hätte es mir aber auffallen müssen, weil der Name selten ist. Und ich erinnere mich auch, daß er sagte, sein Vater würde einen Titel von einem Cousin erben. Aber das nahm damals keiner ernst. Er hat ja immer Sachen behauptet, die niemand für wahr halten konnte, also haben wir ihm das auch nicht geglaubt. Das einzige, was wir glaubten, war der Reichtum seines alten Herrn, denn das Geld ging Harry nie aus. Er hatte immer eine Börse voller Goldstücke und gab sie leichtsinnig aus. Er schien zu glauben, daß man mit Geld alles kaufen kann.«

»Aber Sie glauben das nicht?« warf Phillip fragend ein.

Der junge Grey schüttelte den Kopf. »Nicht alles, Sir. O ja, man kann damit vieles kaufen, aber nicht das, was Durbanville haben wollte. Sachen wie«, der junge Mann wurde rot,

»also so etwas wie Freundschaft oder Beliebtheit, die man sich verdienen muß. Er wollte einfach, daß die Leute ihn mochten, aber das schaffte er nicht. Also machte er gute Miene zum bösen Spiel und tat so, als ob ihm alles gleichgültig sei. Er war ruppig gegen uns alle und widerborstig gegen die Lehrer, und er redete immer großmäulig, als hoffte er, damit Leute beeinflussen zu können.« Der Junge errötete noch etwas mehr. »Ich hab' ein bißchen was von dem mitgehört, was er Ihnen sagte, als Major Leach und ich draußen im Gang warteten. Um die Wahrheit zu sagen, Sir, dieser Durbanville klang hier genau so wie damals auf der Schule. Und haben Sie die Narbe auf seinem Gesicht bemerkt, Sir?«

»O ja. Ich nehme an, sie stammt aus einem Duell, wie sie Studenten auf deutschen Universitäten schlagen. War er je auf einer deutschen Universität?«

Der Fähnrich nickte. »Ja, ich glaube, er war auf einer, Sir, aber die hat ihm nicht viel genutzt. Ich meine, in Deutschland benehmen sich die Offiziere wie eiserne Götter, oder? Jedenfalls die Heeresoffiziere. Durbanville ist noch nicht lange im Heer, und er denkt wahrscheinlich, er muß sich so benehmen, weil man das von ihm erwartet. Verstehen Sie, Sir?«

Wahrheit aus dem Mund von Narren und Kindern, fiel Phillip ein. Grey war zwar kein Kind mehr, aber der junge Mann hatte den komplizierten Charakter von Lord Henry Durbanville genau durchleuchtet. Jetzt mochte Phillip den arroganten jungen Gardeoffizier zwar immer noch nicht, aber er verstand jedenfalls einiges besser. Wenn Grey recht hatte, war er das Produkt eines übermächtigen und schwerreichen Vaters, der ihm ohne Zweifel auch das Hauptmannspatent in einem der teuersten Regimenter des britischen Heeres gekauft hatte, um den Ruhm seiner Familie noch zu vergrößern. Er war ohne jede soldatische Erfahrung hierher gekommen und hatte die Absicht, sein Recht auf den Hauptmannsrang unter Beweis zu stellen. Dabei fürchtete er vielleicht, daß andere ihm den Rang absprechen könnten. Ein rauhes Erwachen schien so gut wie sicher. Doch vielleicht würde er lernen, wie auch andere Männer vor ihm in der brutalen Welt des Krieges gelernt hatten, daß Soldatsein mehr war, als in glänzender Uniform herumzulaufen und Männern vom Schlage eines Major Leach Befehle zu erteilen. Wenn er überlebt, wird er sich vielleicht ändern, dachte Phillip, und in der Zwischenzeit mußte man Henry Durbanville eben aushalten. Er hoffte inbrünstig, daß es keine Verzögerung damit geben würde, den jungen Mann an Land zu setzen. Irgendwie schien es schlimm, daß das Wetter sich gebessert hatte. Solange er seekrank in seiner Kajüte gefangen war, hatte er keine Probleme gemacht. Aber jetzt ...

»Habe ich recht, Sir, was meinen Sie?« Fähnrich Grey hatte seinen Teller geleert und sah Phillip erwartungsvoll an.

»In bezug auf Durbanville? Nun, es ist eine interessante Theorie, und ich werde mich an Sie erinnern, junger Mann. Doch ich wäre Ihnen dankbar, wenn Sie Ihren Messekameraden davon nichts mitteilen. Wir behalten es für uns, einverstanden?«

»Natürlich, Sir, selbstverständlich.« Der Junge stimmte sofort zu, sah aber ein wenig enttäuscht aus, und Phillip lächelte ihn an. »Wie wär's mit einer zweiten Portion von dem Pudding, Mr. Grey?« lud er ihn ein.

Die Versuchung aus einem gesunden Appetit verlor den Kampf gegen die Rolle als Amateurpsychologe und Berater der Kapitäns. »Gerne, Sir«, gab er wahrheitsgemäß zu, »wenn ich darf.«

Der Steward erhielt den Auftrag, den Teller wieder zu füllen und tat dies reichlich. Amüsiert stellte Phillip fest, daß von dem Essen, das eigentlich für vier Personen bestimmt war, nicht viel übrig blieb. Doch in der gesamten britischen

Flotte waren die Messen für die Fähnriche immer schlecht versorgt, ihre Portionen waren klein und alles, was man ihnen erlaubte, war unbedeutend. Es war also kein Wunder, wenn die »jungen Herren« bei Einladungen durch ihre Vorgesetzten die Gelegenheit ausnutzten und sich vollstopften. Der junge Grey, der jetzt eine gewaltige Portion von dem klebrigen, aber sättigenden Pudding mit gutem Appetit in sich hineinschaufelte, fiel wieder in die Rolle des ewig hungrigen Fähnrichs zurück. Als der Kaffee serviert wurde, pfeifend heiß und in großen Tassen, lag ein glücklicher und müder Ausdruck über seinem knochigen Gesicht. Phillip war einigermaßen sicher, daß er seinen Freunden eher einen übertriebenen Bericht über die Gastfreundschaft in des Kapitäns Kajüte geben würde, als zu wiederholen, was er dort gesehen und gehört hatte, das eingeschlossen, was er selber zur Unterhaltung beigesteuert hatte. Essen interessierte seine Messekameraden immer und mehr als Henry Durbanville, den bis auf O'Hara noch kein Fähnrich zu Gesicht bekommen hatte.

Und so sollte es auch bleiben, bis Durbanville das Schiff verließ, entschied Phillip und verabschiedete Durbanvilles Schulkameraden mit dem Wunsch, er solle sich ausschlafen. Er wollte keine Streitereien zwischen seinen Offizieren und dem seltsamen Passagier, und er wollte diesem keinen Anlaß für weitere Beschwerden geben – egal ob die nun Admiral Dundas erreichten oder nicht. Die Beziehungen zwischen Heer und Marine waren insgesamt gut, denn Seeleute und Soldaten standen Seite an Seite in den Batterien auf dem Hochland, verteidigten sie gemeinsam, griffen manchmal gemeinsam an oder schützten den Rückzug der anderen. Abgesehen von der Marinebrigade mit mehr als 1700 Offizieren und Mannschaften, waren 1500 Seesoldaten und Seeleute an Land gegangen, um an der Belagerung teilzunehmen. Viel von dem, was eigentlich Heeressache war, war in Kriegsschiffen transportiert worden, und so war es wichtig, Respekt und Herzlichkeit zwischen Marine und Heer aufrecht zu halten, wie Phillip sehr wohl klar war. Passagiere auf einem Kriegsschiff wurden nie richtig herzlich begrüßt, weil es zu eng wurde und man sich gegenseitig behinderte. Doch er hoffte, daß auf seinem Schiff nichts die positive Grundeinstellung ändern würde.

Mit Major Leach als kommandierendem Offizier müßte er sich keine Sorgen machen, doch mit Lord Henry Durbanville ... Er zog nachdenklich die Brauen zusammen. Die Gefahr lag in Durbanvilles gänzlichem Mangel an militärischer Erfahrung, aber morgen würde, wenn alles gut ging, der Mann von Bord verschwinden. Und bis dahin ..., Phillip seufzte. Er konnte nur hoffen, daß mit einiger Vorsicht kein unschicklicher Zwischenfall zu Problemen führen würde.

3

Phillips Hoffnung zerschlug sich jedoch schnell und gründlich. Leutnant Laidlaw, der die Wache hatte, ließ ihn dringend an Deck rufen, und als er eilig nach oben kam, sah er, daß Durbanville seine Soldaten hatte antreten lassen. Sie bildeten jetzt drei Seiten eines Quadrats, er selbst, zwei Fähnriche und ein halbes Dutzend älterer Unteroffiziere bildeten die vierte. Sie brauchten jeden Quadratmeter des vorderen Oberdecks. Jeder Mann trug Paradeuniform. Nur drei Männer waren lediglich mit Hemden und blauen Overalls bekleidet. Sie standen bewacht in der Mitte des Vierecks. Ihre Kleidung machte deutlich, was Durbanville mit ihnen vorhatte, und Phillip fluchte leise vor sich hin.

»Ich dachte mir, ich lasse Sie besser kommen«, erklärte Leutnant Laidlaw, »obwohl Hauptmann Durbanville mir versicherte, Sie hätten Ihre Zustimmung zu dieser Parade gegeben.«

»Ich habe ihm erlaubt, sie zur Inspektion antreten zu lassen, Mr. Laidlaw«, antwortete Phillip schmallippig. »Aber nicht für das hier, wie ich Ihnen nicht weiter erklären muß.« Er fühlte plötzlich kalte Wut in sich aufsteigen und ihren sauren Geschmack in seinem Mund. »Hat er sie denn inspiziert?«

»Ja, das hat er, Sir«, antwortete Laidlaw angewidert. »Dazu hat er mehr als eine Stunde gebraucht und ...«

Die Ankunft von Martin Fox unterbrach ihn, der ihm gerade noch melden konnte, daß Leach zu ihm unterwegs war. Aber da war der Major schon auf dem Achterdeck und trat zu ihnen.

Sein Gesicht war weiß und voller Schweißperlen. Er sprach mit mühsam beherrschter Stimme: »Commander Hazard, die Männer, die dieser unausstehliche kleine Schuft auspeitschen lassen will, sind meine Männer, alle aus dem 7ten Regiment. Zwei wurden an der Alma schwer verletzt, einer ist erst kürzlich von der Cholera genesen. Er wird sie töten, selbst wenn er nur die Hälfte der Schläge ausführt, die er angeordnet hat. Ich kann nicht einfach dastehen und zusehen. Meinen eigenen Arrest habe ich ja über mich ergehen lassen, in der Hoffnung, Ihnen dadurch ein paar Unannehmlichkeiten zu ersparen. Das war natürlich ein Fehler, und ich stehe für meine Falschbeurteilung gerade. Aber jetzt muß ich Sie in Gottes Namen als Kommandant dieses Schiffes bitten, Ihre Autorität einzusetzen und zu verhindern, was sich da gerade abspielen soll.«

Phillip zog scharf den Atem ein. Er hatte es dazu nicht kommen lassen wollen. Doch der arrogante junge Idiot hatte genau das torpediert, und im Interesse von Gerechtigkeit und Menschlichkeit war nun klar, was er selber tun mußte. Er konnte nicht zulassen, daß Männer, die erst kürzlich aus dem Lazarett entlassen worden waren, für kein schwereres Vergehen als eine verpatzte Inspektion ausgepeitscht wurden. Doch leider war seine Autorität als Kommandant der *Trojan* nicht eindeutig genug definiert. Er wußte, daß er die Bestrafung nicht verbieten konnte, aber er konnte eine Erklärung verlangen und sogar versuchen, notfalls mit Durbanville zu argumentieren. Der Junge würde natürlich alles zurückweisen, aber ... Er zögerte nur einen Augenblick, stellte sich plötzlich vor, was jemand später aus seinem Eingreifen machen könnte, drehte sich zu Martin Fox um und sagte ganz formell: »Mr. Fox, seien Sie so freundlich, überbringen Sie Hauptmann Lord Durbanville meinen Gruß und bitten Sie ihn, zu mir aufs Achterdeck zu kommen, damit ich mit ihm sprechen kann.«

»Aye, aye, Sir!« Martin Fox bestätigte, und seine Augen blitzten verstehend, als er Phillip kurz anblickte.

Aus Gründen der Disziplin durfte nicht einmal Durbanville in Sicht- und Hörweite seiner Untergebenen abgekanzelt werden, doch Fox würde seinen Befehl richtig überbringen, wie Phillip wußte, indem er daraus einen Wunsch formulierte und es so dem jungen Gardeoffizier erlaubte, sich zurückzuziehen, ohne die Würde zu verlieren. Er konnte sich natürlich dem Ersuchen widersetzen, wurde Phillip klar, aber das Risiko mußte er auf sich nehmen. Er konnte keinem Heeresoffizier befehlen, zu ihm auf das Achterdeck zu kommen, es sei denn, es gab dafür gute und ausreichende Gründe. Die Tatsache, daß er die Art der Bestrafung, für die sich der Offizier entschieden hatte, nicht billigte, war ganz und gar kein ausreichender Grund. Er nickte Fähnrich O'Hara zu, der als wachhabender Fähnrich aufmerksam neben ihm stand.

»Begleiten Sie den Ersten Offizier, Mr. O'Hara.«

O'Hara gehorchte umgehend und konnte ein Grinsen nicht unterdrücken, als er hinter Fox hereilte. Phillip hörte, wie Major Leach neben ihm erleichtert ausatmete.

»Danke, Commander.« Er sprach leise. »Es tut mir leid, daß ich Sie in diese unangenehme Lage gebracht habe. Aber seien Sie versichert, daß ich voll und ganz hinter jeder Maßnahme stehe, die Sie ergreifen werden. Diese unangenehme Sache ist ganz und gar mein Fehler. Ich hätte nicht zulassen sollen, daß dieser widerliche Jüngling mir das Kommando abnahm.«

»Nein, Major Leach. Ich habe genauso schuld«, gestand ihm Phillip bedauernd ein. »Ich hätte ihm die Parade nicht erlauben dürfen. Ich gab ihm leider die Erlaubnis, weil ich fürchtete, meine Geduld mit Durbanville zu verlieren. Mir schien das die leichteste Art, ihn loszuwerden. Ich war dämlich. Ich hätte es besser wissen müssen.«

»Ich habe zufällig gehört, wie er Ihre Erlaubnis einholte«, gestand Leach ein. »Und an Ihrer Stelle hätte ich genau das gleiche getan, Hazard. Oder noch schlimmer – ich hätte bestimmt die Geduld verloren.«

Dieses Eingeständnis war zwar tröstend, aber Phillip beobachtete mit wachsender Besorgnis, wie Martin Fox sich offenbar in einer Diskussion mit Durbanville befand. Er hatte gehofft, daß nicht einmal jemand wie Durbanville die sorgfältig formulierte Einladung, die der Erste Offizier höflich überbrachte, ablehnen würde. Doch genau das schien der Fall zu sein. Wie zur Bestätigung seiner Besorgnis sah er Fähnrich O'Hara das scharlachrote Viereck der angetretenen Soldaten verlassen. Er eilte zu ihm auf das Achterdeck.

»Sir!« Der junge Mann hatte rote Wangen vor Erregung und war offensichtlich auch entsetzt über das, was die Meldung bedeutete, die er zu überbringen hatte. »Er – das heißt Hauptmann Durbanville, Sir – hat dem Ersten Offizier mitgeteilt, daß er die Ausführung seiner soldatischen Pflicht nicht unterbrechen könne, um Ihren Wunsch zu erfüllen. Aber er würde es gerne tun, nachdem die Männer weggetreten sind. Er bittet um Ihr Verständnis, Sir. Aber«, O'Hara schluckte heftig und gebrauchte dann seine eigenen, weniger formellen Worte, indem er atemlos fortfuhr, »das ist Augenwischerei, Sir, denke ich. Er hat die Grätings schon am Gang aufriggen lassen, Sir. Und ein Mann steht schon mit der Katze da. Als wir hinkamen, las er gerade die Kriegsartikel vor. Ich glaube nicht, daß er zu Ihnen kommen wird, ehe die

Auspeitschungen stattgefunden haben, Sir. Ich habe auch gehört, wie ein Soldat gesagt hat ...«

Phillip unterbrach ihn mit einem knappen: »Danke, Mr. O'Hara, machen Sie weiter.«

Aber der junge Mann bewegte sich nicht und sah ihn erstaunt und stumm an. In seiner gesamten, wenn auch kurzen Marinelaufbahn hatte Fähnrich O'Hara noch nie erlebt, daß ein Befehl angezweifelt wurde, weder auf diesem noch auf einem anderen Schiff und schon gar nicht ein Befehl, der vom Kommandanten selber kam, wie auch immer er formuliert worden war. Also war sein Staunen nur zu verständlich. Und unter dem Befehl von Kapitän North ... Phillips Mund wurde hart. Hätte in einer solchen Situation North sich um die Vorschriften gekümmert oder sein Recht angezweifelt, diese notfalls aufzuheben?

»Sir«, meldete sich O'Hara vorsichtig wieder und blickte sich kurz um, »dies ist doch sicherlich Meuterei, Sir, nicht wahr?«

»Nein, Mr. O'Hara«, antwortete Phillip knapp.

Technisch gesehen war es das nicht, erinnerte er sich, wenn er die Vorschriften aus dem Militärgesetz, das ihm Major Leach geliehen hatte, richtig interpretierte. Es schien geraten anzunehmen, daß auch Durbanville das wußte. Denn auch er hatte sicherlich das Handbuch zu Rate gezogen und wußte, daß der Offizier, der den Soldaten vorgesetzt war, auch an Bord eines Schiffes für ihre Ordnung und Disziplin verantwortlich blieb. Die Vorschriften beinhalteten nichts, was dem Kommandanten eines Schiffes erlaubte, Befehle aufzuheben, die der Heeresoffizier seinen Männern gegeben hatte – es sein denn, ihre Ausführung würde die richtige Führung des Schiffes gefährden oder unmöglich machen, und das hieß in der Tat ... Phillip ballte seine Hände zu Fäusten, als er Martin Fox nach achtern zurückkommen sah. Er ging langsam und gemessen, hielt sich stocksteif – ein deutliches Zeichen, daß man ihn bis aufs Blut gereizt hatte.

»Commander Hazard«, die Stimme von Major Leach klang dringend und leise, »nach meiner Meinung haben Sie alles getan, was Sie in dieser unglücklichen Angelegenheit offiziell tun konnten. Ich glaube, ich bin jetzt dran, also werde ich mit Ihrem Einverständnis …«

»Was schlagen Sie vor, Major?« fragte Phillip ihn ohne Umweg. »Offiziell stehen Sie immer noch unter Arrest, wie Sie sicher wissen.«

»Das weiß ich«, antwortete Leach mit einiger Wärme. »Aber …« er deutete nach vorn. Da stand einer seiner Füsiliere mit nacktem Oberkörper und den Handgelenken an die Gräting gefesselt, die vorne quer über den Gang geriggt war. »Dieser verdammte Sadist legt es in der Tat darauf an, wie Sie sehen können. Ich kann's mit meinem Gewissen nicht vereinbaren, dabeizustehen und zuzuschauen, wie ein guter Soldat fast totgepeitscht werden soll … noch dazu einer aus meinem eigenen Regiment. Ich kann das nicht, Hazard, und ich pfeife auf die Folgen. Ich schlage vor, wir vergessen meinen Arrest, oder ich bitte Sie, als Kommandanten dieses Schiffes, mich daraus zu entlassen. Mir ist es egal, wie wir aus den Schwierigkeiten kommen. Ich übernehme da drüben das Kommando und lasse den Mann losbinden. Und man wird mir gehorchen, seien Sie versichert. Die meisten Männer sind vom 7ten Regiment. Sie werden mit Freuden meine Befehle ausführen.«

»Das bezweifle ich nicht, Major«, gab Phillip zu.

Leach wollte gehen, aber Phillip legte ihm die Hand auf die Schulter und hielt den älteren Mann zurück, gerade als Martin Fox dazu trat.

»Die Konsequenzen könnten Sie zerbrechen, Sir. Ob wir das nun mögen oder nicht, Durbanville handelt immer noch ganz korrekt.«

»Und das weiß er auch sehr genau, Major«, warf Fox ein, und seine Stimme zitterte vor unterdrückter Wut. »Er hielt mir jede einzelne Vorschrift, die ihm einfiel, vor und bombardierte mich mit den Kriegsartikeln. Er ist entweder vollständig verrückt oder weiß Gott was. Aber Commander Hazard hat recht, Sir, als höherer Heeresoffizier handelt er nach den Vorschriften. Außerdem hat er noch einen Arzt der Armee dabei, der die Bestrafung beenden kann, falls nötig. Ich habe für diesen Fall seine Zustimmung einhandeln können.« Er senkte seine Stimme: »Glauben Sie mir, ich könnte dieses verdammte junge Schwein mit dem größten Vergnügen ermorden, und ich kann ihn überhaupt nicht akzeptieren – aber wenn Sie versuchen einzuschreiten, kann er genügend gegen Sie vorbringen, um Sie zu ruinieren. Das hat er mir praktisch eben gesagt, und ich glaube fest, daß er genau das vorhat. Jemand soll eingreifen, Sie oder einer von uns – also kann ich nur zur Bedachtsamkeit raten.«

Von der Gräting war ein schriller Schmerzensschrei zu hören, und sie konnten auch hier hinten noch ganz deutlich das Sausen der Katze hören, die mit großem Können angewandt wurde.

Leach war fast außer sich und sah kreidebleich die beiden Marineoffiziere an: »Wenn Sie nicht eingreifen, Mr. Fox, wer dann? Die göttliche Vorsehung vielleicht? Ich glaube nicht länger an Wunder, ich ...«

Phillip unterbrach ihn hart. »Warten Sie bitte, Major.« Sein Gehirn arbeitete plötzlich ganz klar und kühl. Er hatte eine Idee und sprach erleichtert, als er nach Luv in den Himmel blickte, woher die Idee offensichtlich gekommen war: »Die Vorsehung greift ein, wenn wir ihr Hilfe zuteil werden lassen, und ich denke, das können wir, Martin, wenn Sie sehen, was ich sehe!«

Martin Fox folgte seinem Blick zunächst ausdruckslos.

Aber dann breitete sich ein verständnisvolles Grinsen auf seinem Gesicht aus, als er auf die ominösen Wolken blickte, die da heranzogen. »In der Tat, ein Wunder«, sagte er aus vollem Herzen erleichtert. »Und nicht zu früh. Soll ich Laidlaw informieren?«

Auch Leutnant Laidlaw hatte auf der Leeseite die heranziehenden Schauer bemerkt. Er folgte festen Regeln und den üblichen Maßnahmen bei Schauerwetter, indem er sich vorbereitete, die Segel zu kürzen und abzufallen. Er würde sich viel Zeit nehmen, die Toppgasten sicher an Deck kommen zu lassen und den Rest der Mannschaft aus dem Regen nach unten zu schicken, ehe der Schauer über das Schiff zog. Es sah alles nach einem schweren Schauer aus, doch er entschied, er brauche etwa fünf bis zehn Minuten, um das Schiff entsprechend vorzubereiten. Er merkte, wie der Kommandant und der Erste Offizier zu ihm herüberkamen, und er gab dem Mann am Ruder einen Befehl, ehe er sich an den ältesten Gehilfen des Bootsmannes wandte.

»Pfeifen Sie die Männer auf die Stationen zum Reffen. Lassen Sie den Besan, die Toppsegel und die Fock einholen. Und dann holen Sie die unteren Rahen dicht. An die Leeschoten und Brassen und …«

»Kommando zurück, Mr. Laidlaw«, unterbrach ihn Phillip und wandte sich an den Rudergänger. »Kurs halten, Rudergänger. Sehr gut so.«

»Sir?« rief Laidlaw und schien seinen eigenen Augen nicht zu trauen. Er deutete in Richtung auf die heranjagenden Wolken, die schwer vor Regen waren. »Sir, da ist …«

»Ich möchte gern zwei Mann am Ruder haben, Mr. Laidlaw, bitte. Zwei gute Leute«, wiederholte Phillip knapp. »Wir werden in den Schauer hinein anluven!«

»Anluven, Sir? Aber …« der junge Duncan Laidlaw starrte ihn mit offenem Mund ungläubig an. Nach seiner Ausbildung und seiner Erfahrung führte das Anluven eines Square-Riggers unter diesen Umständen nur dazu, daß die Segel back standen und das Schiff nicht mehr zu manövrieren war.

Er wollte gerade eine entsprechende Warnung äußern, doch er änderte seine Meinung sofort, als Martin Fox ihn anfuhr: »Sie hörten doch, was der Kapitän befohlen hat, Mr. Laidlaw!«

»Aye, aye, Sir!« bestätigte Laidlaw.

Sein Gesicht war bemerkenswert, als er von einem zum anderen blickte, als hätten beide Vorgesetzte unerklärlicherweise auf einmal ihren Verstand verloren. Natürlich hatte er die Bestrafung gesehen, aber weil er mit den Pflichten eines Wachhabenden beschäftigt und – unter Kapitän Hazard dienend – gegen solche Brutalitäten war, hatte er sich absichtlich nicht darum gekümmert. Folglich sah er keinen Zusammenhang zwischen den Befehlen, die gerade gegeben wurden und der Meldung, daß auf dem Vorschiff ein Soldat brutal ausgepeitscht wurde. Doch er war zu wohl erzogen, als daß er eine Frage zu stellen gewagt hätte. Und Phillip hatte gerade jetzt zu viel im Kopf, um ihm alles zu erklären. Er beobachtete mit dem Glas den Himmel in Luv, um die Kraft und die Geschwindigkeit des Wetters abzuschätzen, das gleich über sein Schiff herfallen würde.

Duncan Laidlaw nahm das ohne ein weiteres Wort hin und wartete dicht neben ihm. Auch die beiden Gehilfen des Bootsmanns standen erwartungsvoll da. Er gab die Befehle seines Kommandanten weiter und führte schnell und fehlerfrei aus, was ihm befohlen worden war. Immer wieder mal, als die Wache noch nicht zum Reffen auf die Stationen gepfiffen worden war, blickte er zu den drohenden Sturmwolken hinüber und runzelte besorgt die Stirn. Er sah klar, daß das Schiff für den weiter zunehmenden Wind zu viele Segel trug. Nachdem der Kommandant die Wache übernommen hatte,

hatte er nur noch die Aufgabe, Befehle auszuführen. Langsam wurde ihm klar, daß seine beiden Vorgesetzten keineswegs den Verstand verloren hatten, sondern sehr wohl wußten, was sie da taten – und das in Einklang miteinander.

Er sah den Ersten Offizier nach vorn gehen, hörte ihn etwas rufen, was wie eine Warnung an die im Viereck angetretenen rotberockten Soldaten klang. Doch keiner von ihnen bewegte sich, und Fox kam schnell zurück und schüttelte nur den Kopf.

»Es hat keinen Zweck, Sir«, hörte er Laidlaw sagen. »Er gibt vor, taub zu sein.«

»Nun, seine Chance hat er jedenfalls gehabt«, antwortete Phillip knapp. »Die Sache wird heikel, Martin, und ich möchte nicht mehr Risiken als unbedingt nötig eingehen. Ich denke, wir brauchen beide Wachen oben. Wenn es soweit ist, werden wir viel Wasser übernehmen, und die Toppgasten müssen schnell arbeiten und dürfen keine Fehler machen. Die Soldaten müssen nach unten, wir können Sie hier oben nicht länger gebrauchen – an Deck rumstehend.«

»Sie fühlen sich schon jetzt nicht wohl, Sir«, berichtete Fox, »und wenn's gleich ruppig wird, geht's ihnen noch schlimmer.«

In der Mitte des Vierecks dicht beieinander stehender Männer spürte Henry Durbanville zunächst nichts von der wachsenden Unruhe um sich herum. Er war ganz und gar nur darauf aus, zu beenden, was er sich vorgenommen hatte. Was der Erste Offizier ihm sagen wollte, hatte er nicht recht verstanden. Der Bursche hatte ihn durch eine Art Sprechrohr angebrüllt, das seine Stimme veränderte. Wie auch immer, Fox hatte schonmal verlangt, er solle aufs Achterdeck kommen, was er – mit vollem Recht – abgelehnt hatte. Er wußte, von wem die Forderung wirklich kam. Major Leach hatte sie veranlaßt. Die Absicht war völlig lächerlich, seinen widerborstigen, ungepflegten Füsilieren die Strafe zu ersparen, die sie wegen ihrer schmutzigen Uniformen verdient hatten. Diese ganze Horde sogenannter Helden der Alma mußte diszipliniert werden und nicht sanft behandelt, wie Leach offensichtlich glaubte.

Er verachtete Leach sowohl für den sanften Umgang mit den Männern, die er zu kommandieren hatte, als auch für die Tatsache, daß er ganz und gar kein Gentleman war. Er besaß zwar ein Patent der Königin, aber man wußte ja allgemein, daß Berufsoffiziere in Linienregimentern nicht zum Stand gehörten. Sie waren abhängig von ihrem Sold und konnten sich eine Beförderung nicht erkaufen. Ein Gentleman, der auf sein Regiment stolz war, hätte nie einen derartigen Zustand zugelassen, wie Leach ihn seinen Füsilieren erlaubte – er hätte ihnen neue Uniformen kaufen müssen, notfalls eben mit seinem eigenem Geld. Er …

»Hauptmann Durbanville«, erregt stand der Arzt vor ihm, »nach meiner Ansicht als Militärarzt kann der Gefangene keine weitere Bestrafung aushalten. Ich wäre ihnen dankbar, wenn Sie die Bestrafung sofort beenden lassen würden.«

Henry Durbanville gefiel der fordernde Ton ganz und gar nicht. Er wollte den Wunsch ablehnen, aber dann sah er den halb bewußtlosen Mann, der nur noch in den Seilen hing, mit denen seine Handgelenke oben an die Gräting gefesselt worden waren. Der Rücken des Mannes war blutiger Matsch. Immer noch war er verwundert, daß der Mann, nach dem ersten Schmerzensschrei, als die Peitsche in sein Fleisch schnitt, die Bestrafung in stoischer Ruhe über sich ergehen ließ.

»Wie viele Hiebe hat er bekommen?« fragte er, weil er zu zählen vergessen hatte, als Leutnant Fox ihn angebrüllt hatte.

»Eineinhalb Dutzend, aber er …«

»Ich habe zwei Dutzend befohlen. Schneiden Sie ihn los,

wenn Sie meinen, mehr hält er nicht aus. Medizin ist Ihr Geschäft, nicht meins.«

Zwei weitere von Leachs Füsilieren standen noch zur Bestrafung an. Durbanville hoffte, daß sie aus härterem Stoff waren als dieser erste Bursche und daß Leach das Ganze von Deck aus beobachten konnte, auch wenn es das Verlassen des Arrests bedeutete. Er seufzte, als er sah, wie der Körper von der Gräting rutschte. Selbst der Eimer Seewasser, mit dem man den Mann übergoß, führte zu keiner Reaktion. Durbanville strich sich mit der Zunge über die Lippen, die sich seltsam trocken anfühlten.

Er hatte bisher noch keiner Auspeitschung beigewohnt, obwohl er natürlich jedes Detail der Prozedur aus Büchern kannte und der eine oder andere Offiziersbruder ihm die Szene beschrieben hatte. Bis eben war ihm nicht bewußt gewesen, welch einen dramatischen Eindruck das alles machte. Das ernste Dröhnen der einzigen Trommel, die Verlesung des entsprechenden Kriegsartikels und des Urteils, der verschlossene Blick der Männer und die nackte Furcht des Gefangenen, der an die Gräting geführt wurde ... Wieder seufzte Durbanville.

Das alles beeinflußte seine Gefühle sehr viel stärker als die unerlaubten Hahnenkämpfe, die er als Knabe in einer der Scheunen seines Vaters beobachtet hatte. Hier hatte er das Kommando, hatte fast die Macht über Leben und Tod, und alle Blicke ruhten auf ihm. Rebellisch schauten wenige, furchtsam die meisten, die dort schweigend und unbewegt standen, weil er es befohlen hatte. Sie würden sich erst wieder bewegen, wenn er das Wegtreten erlaubte. Er hatte sich, unter diesen Umständen völlig korrekt, gegen den zeitweisen Kapitän des Schiffs durchgesetzt, und er würde es auch weiterhin tun und sich einen Dreck um die Boten kümmern, die der ihm schickte, bis seine Pflicht hier erledigt war. Er würde sie lehren, ihn zu achten, vom Kapitän bis zum Schiffsjungen, von Leach bis zum jüngsten Trommelbuben. Er spürte das Schiff rucken und wurde sich klar, daß das Deck unter seinen Füßen keineswegs mehr so ruhig wie vorher lag. Es hatte einige Bewegung gegeben, aber er dachte eigentlich, daß sein Magen sich daran gewöhnt und sein früheres Flattern überkommen hätte. Doch jetzt, als Übelkeit ihm hochstieg, war er sich dessen keineswegs mehr sicher.

Wenn jetzt das gleiche ruppige Wetter wiederkäme, dieses verdammte üble Wetter, das während der letzten Tage geherrscht hatte! Er war immer ein schlechter Seefahrer gewesen, er haßte die See, aber er konnte sich natürlich vor diesen Männern keine Blöße geben, gerade jetzt nicht, da er ihnen die Lehre zumaß, die sie alle verdient hatten. Lieber Gott, ihm durfte nicht übel werden. Ungeduldig schob er die Einwände weg, die der Arzt über den zweiten Verurteilten machte. Der Schurke war immerhin Soldat, also ... Das Schiff schien jetzt etwas ruhiger zu laufen, und er las das Urteil vor, fühlte sich ungewöhnlich gut dabei und vergaß seine aufsteigende Übelkeit. Der Gefangene sah ihn stumm flehend an. Er erwiderte den Blick unbewegt.

Es handelte sich um einen älteren Mann mit bleichem dünnen Gesicht und ergrauendem Haar. Und als man ihm sein Hemd auszog, wurde eine schlecht verheilte Narbe sichtbar, die als rote Spur von einer Seite seines knochigen Brustkorbs auf die andere lief.

»Was zum Teufel stimmt mit dem Mann nicht?« fragte Durbanville den Arzt. Der Anblick der riesigen Narbe erschreckte ihn nun doch.

»Der Mann wurde von den Russen niedergesäbelt und für tot erklärt und liegen gelassen, Hauptmann Durbanville. Von seinem Vorgesetzten wurde er wegen Tapferkeit belobigt.«

Der Arzt war jung und verlor jetzt zusehends die Geduld mit diesem arroganten Gardeoffizier, der zwar jünger als er, aber im Augenblick jedenfalls sein militärischer Vorgesetzter war. Anders als Durbanville hatte er die Warnung des Ersten Offiziers über das sich nähernde Wetter gehört und machte sich Sorgen. Wenn sie zu lange an Deck blieben, um diese widerlichen Bestrafungen zu Ende zu bringen, könnten die Männer schnell verletzt werden. Bei schlechtem Wetter gehörten Soldaten wie Passagiere nach unten. Durbanvilles Schweigen gab ihm Mut, und er wies nachdrücklich darauf hin, als das Schiff wieder zu rollen begann und erste Regentropfen seine Worte unterstrichen. Er hatte einen Wutausbruch erwartet, doch zu seiner Überraschung nickte Durbanville.

»Verdammtes Wetter«, sagte er überraschend sanft. »Eigentlich sollte es mir egal sein, aber diese verdammten Seeleute machen ihre eigene Regeln. Wie auch immer, wenn dieser Mann keine zwei Dutzend Schläge aushalten kann, lassen sie ihn losbinden. Was ist mit dem Dritten?«

Das Schiff stampfte und rollte jetzt wild, und der Wind jagte ihm wie ein losgelassener Teufel schmerzenden Regen ins Gesicht. Sein Magen hob sich verräterisch, und er mußte beißend Saures, das sich in seinem Mund fand, mit Mühe hinunterwürgen. Dennoch schaffte er es, sich auf den Beinen zu halten. Um ihn herum hatten die Männer Schwierigkeiten, ihre Reihen zu halten.

»Nun?« Durbanville starrte den Arzt an, hoffte darauf, daß der einen Grund fand, mit dem er sein Gesicht nicht verlor, wenn er den dritten von Leachs Füsilieren begnadigte, aber zu seinem Ärger hob der Arzt nur die Schultern.

»Füsilier Denton kann die Strafe empfangen, Sir«, sagte er kühl. Und dann fügte er hinzu, wobei er kein Hehl aus der Verachtung über die ganze Prozedur machte: »Wenn Sie Ihr

Urteil ausführen lassen wollen, das ich für unverdient und ungerecht halte und das im Augenblick auch uns alle in Gefahr bringt.«

Unter anderen Umständen hätte Durbanville gewußt, wie er mit solcher Insubordination umgehen mußte, doch jetzt war er in seiner eigenen Falle gefangen, wie er mit üblem Entsetzen feststellen mußte. Entweder ließ er jetzt das Urteil vollstrecken, oder er gab der widerborstigen Verachtung durch den Arzt nach. Dabei beobachteten ihn ohne Zweifel Leach und Hazard und alle anderen Offiziere. Er hoffte beim Himmel, daß sie sich beeilen und schnell mit allem fertig würden, wenn er jetzt den Befehl gab.

Und den gab er. Seine Stimme war hoch und klang angestrengt, und er bereute seine Entscheidung sofort. Die Narren nahmen sich so viel Zeit, wie sie konnten. Sie schwankten auf dem rollenden und stampfenden Schiff, stolperten immer wieder übereinander und konnten ihre Reihen nicht mehr halten. Selbst der Trommler, der die Katze hielt, beteiligte sich an dieser absurden Pantomime. Mit ohnmächtiger Wut sah Durbanville, wie der Mann zuerst gegen seine Ablösung geschleudert wurde und dann die Peitsche verlor, die in die Speigatten rutschte.

»Verflucht noch mal, verflucht«, schimpfe er lauthals, wobei ihm egal war, wer ihm zuhörte.

Er hatte gehofft, daß die Wucht der Gefühle, die er bei der Auspeitschung empfand, seine wachsende Übelkeit unterdrücken würde. Der Gefangene war jetzt zwar sicher an die Gräting gebunden, aber die Peitsche fehlte. Eine Stentorstimme aus größter Nähe befahl seine Männer nach unten, und als sie in ihren schwankenden, gelockerten Reihen zögerten, damit Durbanville den Befehl gäbe, schrillten die Pfeifen der Bootsmannsmaaten über dem Röhren des Windes. Und dann stand plötzlich Leach neben ihm ruhig und gelassen, eine Autorität in all dem Durcheinander. Er gab den Befehl wegzutreten, der sofort von allen befolgt wurde bis auf die beiden Trommler, die auf den Befehl des Majors hin erst noch den Füsilier Denton von der Gräting losmachten.

»Kommen Sie, Durbanville«, hörte er die verhaßte Stimme, »ich helfe Ihnen in Ihre Kajüte.«

Leach hielt ihn am Arm und versuchte, ihn dabei aufrecht zu führen. So bewegten sie sich zum Niedergang, doch die Übelkeit meldete sich bei Durbanville in Stößen wieder und war nicht mehr zu unterdrücken. Die letzte Erniedrigung konnte er nicht verhindern. Er zog seinen Retter mit sich im Sprung zur Reling, als das Schiff sich wie wild zu bewegen begann und sein Magen sich unkontrolliert zusammenzog. Er konnte nicht reden, als er versuchte, sich aus dem Griff des einarmigen Majors zu befreien, aber der hielt ihn eisern fest, stand über ihm, als sie die Schiffsseite erreicht hatten und ein Schwarm Matrosen in die Wanten aufenterte als Reaktion auf das laute Brüllen ihrer Unteroffiziere.

»Lassen Sie sich Zeit, mein Junge«, forderte Leach ihn überraschend sanft auf.

Die Toppgasten verschwanden im Rigg über ihren Köpfen, doch nur ein paar Schritte entfernt holten andere die Brassen dicht. Er blieb, wo er stand, hielt Durbanvilles zuckende Schultern mit seinem Arm umfaßt und verbarg ihn vor den Blicken.

»Ihnen geht's gleich besser.«

»Verdammt noch mal«, gurgelte Durbanville zurück. »Verdammt noch mal, lassen Sie mich allein.«

Leach kümmerte sich um diesen Wunsch nicht, und als der junge Gardist sich endlich von der Reling lösen konnte, half er ihm über den glitschigen Niedergang nach unten und führte ihn in seine Kajüte.

»Jetzt brauchen Sie einen Brandy, mein Junge«, sagte er mit

fester Stimme. »Ich habe eine Flasche in meinem Quartier. Ich hole sie, und dann trinken wir ein Glas oder zwei, ja? Ich fühle mich fast so übel wie Sie, und ich finde, Brandy ist das einzige, was dagegen hilft.«

Auf seine Koje gesunken, vermied Henry Durbanville seinen Blick. »Danke, Major«, murmelte er beschämt, »ich, ich bin Ihnen sehr dankbar.«

»Ich seltsamerweise auch«, gab Major Leach zu, »aber aus diesem Anlaß nicht Ihnen. Dennoch haben Sie mir einiges beigebracht, was ich nicht kannte. Also sollte ich Ihnen das Kompliment zurückgeben.«

Dann verschwand er, die Tür schlug unter den wilden Schiffsbewegungen hinter ihm zu, und Durbanville lag mit geschlossenen Augen elendiglich auf seiner Koje.

Vom Achterdeck beobachtete Phillip erleichtert, wie die Toppgasten wieder sicher an Deck kamen. Die Toppsegel und der Klüver waren ohne Zwischenfälle gerefft worden, und jetzt hatte er das Schiff durch den Wind gebracht, ganz allein mit den Hauptsegeln und dem Ruder. Laidlaws Wache hätte in 20 Minuten zur Ablösung antreten müssen und hatte die Hängematten schon verlassen. Also waren sie fast so schnell auf Station wie die Männer oben. Und beide Wachen, die Steuerbordwache an Steuerbord, die Backbordwache an Backbord, hatten ihre Arbeit gut und schnell verrichtet und hatten damit fast seine absichtliche Verzögerung beim Reffen wieder ausgeglichen. Was Durbanville und seine Soldaten anbelangte, hatte der improvisierte Plan gewirkt. Nirgendwo war mehr ein Soldat zu sehen, bis auf ein oder zwei Ausnahmen, die an der Reling hingen, ganz offensichtlich seekrank. Als er sie jetzt beobachtete, schwankten sie, sich gegenseitig stützend, zum Niedergang und verschwanden nach unten.

Neben ihm mußte Martin Fox schreien, um sich gegen den

Wind verständlich zu machen. »Haben Sie die beiden erkannt, Sir? Ich glaube, das waren Leach und Durbanville.«

»Unmöglich«, warf Phillip ein.

»Aber sie waren es wirklich, Sir!« bestätigte Laidlaw.

Jetzt hatte er den Sinn der scheinbar so widersprüchlichen Befehle begriffen, die sein Kommandant ihm gegeben hatte, als die Regenwolke sichtbar wurde. Er blickte Phillip mit erneutem Respekt an. »Durbanville hat die Seekrankheit erwischt, Sir. Major Leach ist ihm zu Hilfe geeilt. Er stand neben mir und brüllte ganz plötzlich laut. Er sagte was von einem jungen Idioten, der über Bord fallen würde. Und dann hatte er nichts Eiligeres zu tun, als quer übers Deck zu ihm zu laufen!«

Wunder gibt es eben immer wieder, mußte Phillip sich – wenn auch mit leichtem Zynismus – eingestehen. Doch er fragte sich, ob er an Leachs Stelle riskiert hätte, das nasse tobende Deck zu überqueren, um einem Mann zu helfen, der ihn so wie Durbanville behandelt hatte. Und er war sich klar, daß er noch viel weniger dort geblieben wäre, wo die Gefahr, über Bord zu gehen am größten war, und wo ihn die Seeleute leicht hätten umwerfen können, die auf ihre Stationen rannten. Dann hob er die Schultern. Ohne Zweifel war Major Francis Aloysius Leach, vom 7ten Füsilierregiment Ihrer Majestät, ein herausragender Offizier – und ein christlich gesinnter Gentleman, wie er im Buche stand. Wirklich. Das Schiff glitt in das tiefe Tal einer gewaltigen Dünung, und Phillips Gedanken kehrten zurück zu seiner Aufgabe an Deck. Es wurde jetzt Zeit, auch das Großsegel zu reffen und Laidlaws Wache nach unten zu schicken. Sie hatte genug geleistet und sollte abgelöst werden. Master Burnaby stand in seiner Nähe, wie es sich für einen Mann von seinem Pflichtbewußtsein gehörte.

»Alles in Ordnung, lassen Sie die Wache ablösen«, sagte

Phillip. Als er in Burnabys hellblaue Augen blickte, nickte er als Antwort auf die nicht gestellte Frage. »Holen Sie die Großrah dicht, Master Burnaby, und setzten Sie die Rolltaljen fest. Schicken Sie die Männer fürs Großsegel hoch, wenn die Rah gesichert ist. Wir werden das Groß ganz wegnehmen.«

Er gab die Befehle aus der Sicherheit langer Erfahrung. Er wußte, daß das Risiko, auf das er sich eingelassen hatte, praktisch vorbei war. Sollte er je seine Handlung rechtfertigen müssen, konnte er das leicht schaffen.

Der Regen prasselte herunter und ließ ihn trotz des Ölzeugs, das sein Diener ihm gebracht hatte, quatschnaß werden. Wie eine Sündflut brach Wasser in diesem Augenblick über das Vorschiff und verbarg es vor seinem Blick. Die *Trojan* lehnte sich weit über und nahm vorn und achtern Wasser. Der Commander befahl dem Rudergänger, etwas abzufallen. Burnaby hatte die Großrah gesichert, und seine Männer waren bereits oben. Als das Großsegel eingerefft war, richtete das Schiff sich wie erleichtert auf, und der Bug hob sich dem Ruder folgend. Der böige Wind drehte weiter, und die Wache war eifrig mit Trimmen und Reffen beschäftigt. In einer weiteren halben Stunde hatte der Schauer sich ausgeweht. Phillip überließ das Deck dem erfahrenen alten Master und ging zusammen mit Martin Fox nach unten, um in trokkene Kleider zu wechseln.

4

Kurz nach sieben Glasen in der Morgenwache wurden die roten Sandsteinklippen von Balaklava gesichtet, und Phillip blickte entsetzt voraus, als er die vielen Schiffe sah, die vor der Hafeneinfahrt ankerten oder kreuzten. Es waren zwei-, ja dreimal so viele wie damals, als er mit seinen Verwundeten nach Konstantinopel ausgelaufen war. Die meisten waren Versorger und Truppentransporter. Er war sich sicher, daß wenigstens zwei von ihnen dort schon vor Anker gelegen hatten, als er auslief. Von der *Agamemnon*, dem Flaggschiff von Admiral Sir Edmund Lyons, war nichts zu sehen, aber er erkannte die Dampfregatten *Retribution*, *Niger*, *Vulkan* und *Vesuvius*, die dicht unter Land lagen. Phillip setzte seine Identifikationswimpel und erhielt, wie befürchtet, nach einiger Zeit von der Signalstation an Land den Befehl, mit den anderen vor dem Hafen zu ankern. Seine Meldung, die *Prinz* betreffend, wurde ebenfalls nach einiger Zeit bestätigt, und als er wissen wollte: »Wo soll ich ankern?« erhielt er keine präzisere Antwort als: »Wo es Ihnen paßt.«

Seit dem gestrigen Abend hatte der Wind deutlich abgenommen, aber er wehte immer noch in Böen und drehte häufig. Phillip gefiel die Art und Weise nicht, wie die wartenden Schiffe sich verteilt hatten, und so sagte er Martin Fox, als sie näher kamen: »Wir warten im Augenblick am besten mit nur einem Anker. Wenn es wieder anfängt zu wehen, liege ich nicht gern zu dicht unter Land.«

Fox blickte auf die hoch ragenden Klippen und schüttelte den Kopf. »Das sehe ich auch so. Das Glas ist immer noch viel zu niedrig, als daß ich mich wohl fühlen würde.« Er deutete nach vorn. »Da liegt doch die *Niger* immer noch draußen. Sagtest du nicht, daß Kapitän Heath Kapitän Dacres als Hafenkommandanten ablösen soll?«

Phillip hob die Schultern: »Das hat man mir gesagt. Der arme Dacres war wirklich ziemlich krank, als ich ihn das letzte Mal auf der *Sanspareil* sah. Aber warten wir's ab, wir werden es bald wissen. Wie auch immer, wenn Kapitän Heath Hafenkommandant ist, wird er das Kommando über die *Sanspareil* übernommen haben, und die *Niger* hat einen neuen Kapitän. Laß uns zwei Kabellängen backbord hinter der *Niger* ankern, dann werden wir's schnell wissen.«

Kaum hatte die *Trojan* geankert, da legte auch schon ein Boot von der *Niger* ab mit einer Einladung für Phillip, mit ihrem Kommandanten zu frühstücken. Leopold Heath erwartete ihn auf der Dampffregatte mit ihren 14 Kanonen und bestätigte beim Essen die meisten von Phillips Vermutungen.

»Der arme Dacres ist zwar immer noch offiziell Hafenkommandant, aber es geht ihm sehr schlecht, Hazard, und ich nehme ihm die meiste Arbeit ab. Meine Beförderung ist bestätigt worden, aber gratulieren Sie mir nicht«, wehrte er ab. »Ich soll sein Nachfolger werden, und dieses Kommando übernehme ich ganz und gar nicht gerne.« Er seufzte und sah mit dunklen Augen ziemlich bedrückt in die Welt. »Ich nehme an, Sie haben die Flotte gesehen? Die noch immer beladenen Versorger auf diesem gefährlichen Ankerplatz?«

»In der Tat, Sir. Und ich bin Ihrer Meinung, was die Gefährlichkeit dieses Ankerplatzes angeht«, sagte Phillip. Kapitän Heath war ein alter Freund, zu dem er offen sprechen konnte. »Warum liegen all die Schiffe hier, Sir? Warum dürfen sie nicht einlaufen, um endlich ihre Ladung zu löschen?«

Leopold Heath sah bedrückt aus. »Kapitän Dacres hat eben seine Befehle. Ihnen kann ich ja anvertrauen, Hazard, warum er immer noch das Kommando hat. Er möchte nicht, daß ich von diesen Befehlen belastet werde, die er genausowenig liebt wie ich. Er ist ein feiner und fairer Kerl und weiß, daß ich als sein Nachfolger die bessere Chance habe, wenn ich seine Befehle aufheben kann. Und ich brauche Ihnen doch sicher nicht zu erklären, wer uns aus welchem Grund befohlen hat, den Hafen von Balaklava von Schiffen frei zu halten.«

Admiral Lyons, dachte Phillip, und nickte zum Zeichen, daß er die Andeutung verstanden hatte. Der Admiral mochte einen Befehl, zu dem man ihn gezwungen hatte, bestimmt nicht.

»Soll der Hafen also aufgegeben werden?« fragte er.

»Es scheint so, als ob der Oberbefehlshaber des Heeres das wünscht«, gab Heath zögernd zu. »Seit der Schlacht auf den Inkerman-Höhen am fünften, denken sicher die meisten, daß die Verteidigung von Balaklava viel zu viele Truppen bindet, also strategisch nicht klug sei, wenn nicht gar unmöglich ist. Ich nehme doch an, Sie haben von der Schlacht gehört?«

»Einzelheiten habe ich nicht gehört, Sir. Nur, daß sie stattgefunden hat und daß die Russen geschlagen wurden.«

»Und zwar mehr durch das Heldentum und die Kampfqualitäten der beteiligten Regimenter als durch die strategische Weisheit der Generäle, die die Schlacht führten«, erklärte ihm Heath bitter. Er beschrieb kurz und knapp den Verlauf. »Die Garde zu Fuß hat großartig gekämpft, hörte ich, aber jetzt geht es ihnen wie der Leichten Kavalleriebrigade – als kampfstarke Einheit gibt es sie nicht mehr, die armen Teufel. Ihr Divisionskommandeur, der Herzog von

Cambridge, hat sich, wie Kapitän Drummond sagt, mit gebrochenem Herzen auf die *Retribution* zurückgezogen. Das glaube ich gern, obwohl ich seine Königliche Hoheit lange nicht mehr gesehen habe. Sir George Cathcart ist gefallen und der alte Brigadier Strangeways auch, ebenso Goldie und Torrens. Sir George Brown ist schwer verwundet worden, und John Campbell soll auf der *Agamemnon*, die bei der Flotte vor dem Katscha ankert, im Sterben liegen – vielleicht sind beide schon tot, was weiß ich. Auf Männer wie sie kann man schwer verzichten, Hazard.«

Der Kommandant der *Niger* klang sehr bewegt, auch als er jetzt fortfuhr, Namen von Gefallenen und Verwundeten zu nennen, die sie beide kannten. Phillip hörte betroffen und schweigend zu.

»Und der Gegner?« fragte er, als Heath endlich schwieg.

»Ich kann mich für die Genauigkeit der Zahlen nicht verbürgen, aber ich habe gehört, er hat 5000 Tote und dann noch dreimal so viele Verwundete und Gefangene. Aber den Russen macht es nichts aus, ihre armen Soldaten zu opfern. Es hieß, sie haben mit mehr als 60000 angegriffen, und sie haben immer noch genügend als Kanonenfutter. Wir haben nicht genügend Soldaten hier. Ich glaube, wir haben 2500 Männer verloren an Toten, Verwundeten und Vermißten. Die Inkerman-Höhen waren noch tagelang nach der Schlacht ein Schandfleck – mit unbegrabenen Toten, Gefallenen des Feindes. Die Russen haben es uns überlassen, sie zu beerdigen.«

»Und die Franzosen?« wollte Phillip wissen. »Waren die auch in der Schlacht?«

»O ja – aber zu spät und mit zu wenigen Männern, und das ist wohl zu oft der Fall, denke ich.« Seine Stimme verriet seinen Tadel. »Bosquets Division wurde uns zur Verstärkung geschickt, doch der ganze Rest blieb in Reserve. Die Franzosen hatten kurz davor einen Scheinangriff erlebt, und Canrobert hat sich lange geweigert zu glauben, daß der Hauptangriff gegen unsere Zweite Division ging. Er wollte nichts riskieren, bis er sich selbst überzeugt hatte. Wie auch immer, Bosquet ist ein tapferer Mann, und wie immer haben seine Zuaven besessen und mutig gekämpft. Ihre Verluste sollen halb so hoch wie unsere sein – und diese Tatsache spricht ja wohl für sich selbst.«

Das war auch Phillips Meinung. Kapitän Heath teilte ihm noch dies und das mit, und auch, daß es Admiral Sir Edmund Lyons gutgehe, aber daß er bedrückt schien. »Vor zwei Tagen war er hier. Die *Vulcan* brachte ihn, und dann hat er seine Flagge auf der *Miranda* gesetzt. Jack Lyons hat ihn zum Ankerplatz der Flotte begleitet, er war natürlich erfreut, seinen Sohn zu treffen. Sie sind ihm doch auch begegnet, nicht wahr, in Konstantinopel auf dem Weg hierher?«

»Ja, Sir, das stimmt.«

»Hoffen wir, daß er dem Admiral wieder Mut macht. Noch Kaffee, Hazard?«

»Nein, danke, Sir.

»Ich werde noch eine Tasse trinken. Erzählen Sie mir, was in Konstantinopel geschieht?« Kapitän Heath goß sich eine zweite Tasse Kaffee ein, und während er sie trank, berichtete Phillip ihm, was er bei seinem kurzen Aufenthalt in der türkischen Hauptstadt gesehen und gehört hatte.

»Wenigstens einer unserer Offiziere ist mit großem Ruhm aus den Kämpfen auf der Inkerman-Höhe herausgekommen«, warf der Kapitän plötzlich ein. »Ich hätte beinahe vergessen, Ihnen das zu berichten. Dabei ist es in diesem Krieg schon fast ein besonderes Ereignis, wenn die britische Flotte ihren Offizieren und Mannschaften eine Chance gibt, sich auszuzeichnen. William Peel, Kapitän der *Diamond*, ist das gelungen – als Infanteristem! Er und sein Adjutant, ein Fähnrich namens Daniel, der mit ihm in der Marinebrigade kämpft, waren zufällig auf den Höhen, als die Russen angriffen. Ich hörte, die beiden machten einfach mit und waren maßgeblich daran beteiligt, eine der Regimentsflaggen der Garde zu retten. Der Herzog belobigte sie, und ich hörte, daß Lord Raglan sie beide auch in seinen Berichten erwähnt hat.« Sein schweres Gesicht mit dem Backenbart entspannte sich etwas. »Er ist ein bemerkenswert angenehmer Mann, dieser Peel, und er wird es weit bringen, wenn er diesen Krieg überlebt. Sie sind ihm doch sicher schon mal begegnet?«

»Ja, natürlich, Sir«, antwortete Phillip. »Und auch seinem Fähnrich, dem jungen St. John Daniel, der immer mitten im dicksten Getümmel steckt, wenn ich ihn treffe.«

Er mochte und bewunderte William Peel, den stellvertretenden Kommandeur der Marinebrigade unter Kapitän Lushington und jüngsten Offizier der Schwarzmeerflotte, der bereits Kapitän mit vollen Rang war. Als Phillip sich erinnerte, was Fähnrich Daniel ihm über seinen Vorgesetzten erzählt hatte, mußte er lächeln. Mit diesem Ruhm würde es Kapitän Peel bestimmt weit bringen, wie der Kommandant der *Niger* richtig erkannt hatte … vorausgesetzt, er lebte lange genug. Nach den Worten seines jungen Adjutanten kümmerte er sich wenig um seine eigene Sicherheit und hatte erst kürzlich eine 42-pfündige russische Granate, die ohne zu explodieren in eine Marinebatterie gefallen war, aufgehoben und kaltblütig über die Schanze hinabrollen lassen, wo sie dann doch explodierte, allerdings ohne Schaden anzurichten.

»Sie lächeln?« bemerkte Kapitän Heath. »Schön, daß Sie das noch können. Ich denke mir, in einer Woche haben Sie es verlernt, wenn Sie hier liegen müssen.«

»Ich habe Truppen an Bord«, erinnerte Phillip ihn.

»Die werden mit Leichtern an Land gebracht, mein Junge.

Sie dürfen nicht in den Hafen einlaufen, egal welche Gründe Sie auch vorbringen. Einige von den Versorgern liegen seit mehr als zwei Wochen hier, manche noch länger. Und sagen Sie mir bloß nicht, ihre Ladung wird dringend gebraucht. Das weiß ich selber. Die Kommandanten bringen Kapitän Dacres fast zur Verzweiflung mit ihrem Drängen, die Ladung zu löschen, um zurückzusegeln ... aber der arme Kerl kann nichts für sie tun, solange Lord Raglan entscheidet, daß Balaklava nicht zu verteidigen ist.«

»Und was wäre die Alternative?« Phillips Lächeln verschwand. »Sich Kamiesch mit den Franzosen zu teilen oder Kazatch zu übernehmen. Wir brauchen doch unbedingt einen Hafen ...«

Plötzlich sah Leopold Heath alt und sehr vergrämt aus. »Ich fürchte, Lord Raglan ist der einzige, der Ihre Frage beantworten kann, Hazard, ich kann's nicht. Und deswegen sollte Ihre Meldung über die *Prinz* auch an Seine Lordschaft gerichtet sein, nicht an die, die nur nominell Kommandanten des Hafens sind. Die *Prinz* kann Lecks haben wie ein Sieb, das bringt sie immer noch nicht in den Hafen. Gott helfe ihr, wenn wir böses Wetter bekommen. Wenn ich auf das Glas sehe, scheint es sich anzukündigen.« Dann lenkte er ein. »Aber gehen Sie in Ihrer Gig an Land oder mit dem Dampfboot mit Ihren Passagieren, wenn Sie wollen, und reden Sie wegen der *Prinz* mit Kapitän Dacres. Ich habe gehört, daß das Heer dringend auf neue Truppen wartet. Übrigens, General de Lacy Evans werden Sie an Bord der *Sanspareil* treffen.«

»Ist er verwundet, Sir?«

»Nein, Hazard, er ist krank wie der arme Dacres und das schon, seit seine Division auf den Inkerman-Höhen angegriffen wurde. Er war dabei, aber das taktische Kommando hat er General Pennefather, seinem Stellvertreter, überlassen. Da wir gerade von Stellvertretern reden, mein junger Freund«, fragte Kapitän Heath mit einem angedeuteten Lächeln, »wie lange werden Sie noch das Kommando über die *Trojan* behalten?«

Phillip hob die Hände. »Ich weiß es nicht, Sir. Ich hatte gehofft, daß Sie es mir vielleicht sagen könnten.«

Kapitän Heath schob eine Kiste Zigarren über den Tisch. »Nein«, sagte er, »ich weiß es auch nicht. Ich weiß nur, daß Kapitän Crawford zusammen mit General Bentinck und anderen verwundeten Offizieren mit der *Caradoc* nach Konstantinopel segelte. Bentinck ist auf dem Weg nach Hause. Aber Ihr Kommandant kann sich dort erholen und dann sein Kommando wieder übernehmen.« Er steckte seine Zigarre an und zog heftig. Er sah plötzlich nachdenklich aus. »Ich habe keine Instruktionen für Sie oder Ihr Schiff, also nehme ich an, daß Sie vorerst das Kommando behalten werden. Sie können sich glücklich schätzen, mein Junge. Eine Dampfschraubenfregatte mit 30 Kanonen ist in Ihrem Alter schon eine beachtliche Auszeichnung.«

»Das weiß ich nur zu gut«, versicherte ihm Phillip.

Der ältere Mann lächelte noch breiter. »Wenn Sie meinen Rat akzeptieren wollen«, bot er an, »halten Sie sich am besten vom Ankergrund der Flotte und vom Marinebefehlshaber frei. Sie haben dann ...« es klopfte an der Tür, und ein Fähnrich trat ein, die Mütze in der Hand. »Ja, Mr. Race, was ist los?«

»Eine Nachricht für Commander Hazard, wenn Sie erlauben, Sir«, erwiderte der junge Mann. »Sie werden gebeten, sich sofort an Bord der *Sanspareil* bei Kapitän Dacres zu melden, Sir«, fügte er hinzu und wandte sich damit an Phillip. »Ihre Gig ist schon längsseits!«

War dies die Aufforderung, die er befürchtet hatte, fragte sich Phillip und verabschiedete sich von dem gastfreundlichen Kapitän Heath. Würde er von seinem zeitweisen Kommando entbunden werden, und falls das der Fall wäre, würde ihn dann Admiral Lyons wieder in seinen Stab aufnehmen? Seine Gig wartete, Fähnrich O'Hara führte sie. Phillip hockte sich ins Heck, und seine Mannschaft begann den langen Pull in den Hafen, während er seinen Gedanken nachhing.

Die *Sanspareil* lag auf ihrem alten Liegeplatz im Hafen und überragte alle anderen Schiffe, die – bis auf die *Diamond* – von ihren Kanonen und den meisten Mannschaften befreit, hauptsächlich kleine Frachter waren, die Verwundete an Bord nahmen. Es waren nicht allzu viele Schiffe, der Hafen war weniger voll als sonst, das fiel Phillip auf. Nur Lord Cardigans eigene Yacht hatte immer noch ihren privilegierten Liegeplatz an der Hafeneinfahrt, und wahrscheinlich war ihr Besitzer an Bord bei seinem französischen Chefkoch. Auf der Lazarettpier war Bewegung sichtbar. Auf der restlichen Pier lungerten Soldaten in einer Trägerkette herum und warteten auf Ladungen zum Abtransport. Wie immer stank das Wasser am Ende der schmalen Bucht nach vergammelnden Abfällen.

Phillips Gespräch mit Kapitän Dacres war kurz. Der Hafenkommandant begrüßte ihn freundlich, doch er war ganz offensichtlich ein sehr kranker Mann, wie Kapitän Heath schon gesagt hatte. Er erkundigte sich nach der *Prinz* und war dabei mehr an Phillips Meinung über ihre Seetüchtigkeit interessiert und an der Fähigkeit der Besatzung, sie trotz des Lecks schwimmend zu halten, als an der Ladung, die sie mit sich führte.

Mit spürbarer Bitterkeit sagte er: »Ich kann ihr nicht gestatten, in den Hafen einzulaufen, Hazard, ich wünschte beim Himmel, ich könnte es. Aber ich habe meine Befehle und keine Wahl, als sie zu befolgen – ohne Ausnahme.«

»Ich habe heute morgen mit Kapitän Heath auf der *Niger*

gefrühstückt, Sir«, sagte Phillip und hoffte, daß er dem kranken Mann keine langen Erklärungen geben müßte.

Kapitän Dacres schien erleichtert. »Sehr gut, dann muß ich mich Ihnen gegenüber nicht rechtfertigen!«

»Nein, Sir!«

Der Kapitän bewegte sich in seinem Sessel, schloß für einen Augenblick seine fieberglänzenden Augen, und Phillip erwartete Schlimmes, als er sie wieder öffnete und auf seinem Tisch nach Papieren suchte. »Ich habe Befehle für Sie vom Admiral, der vor ein paar Tagen hier war, um seinen Sohn zu treffen. Sie erinnern sich sicher an Jack Lyons. Ich meine sogar, Sie haben mal unter ihm gedient. Nun ja, hier sind Ihre Instruktionen, Mr. Hazard!« Er sah hoch, traf überrascht Phillips Blick und lächelte mitfühlend. »Nein, nein, keine Sorge. Sie werden Ihr Kommando noch nicht los. Doch die Wahrscheinlichkeit ist groß, daß Kapitän Crawford bald wieder in der Lage ist, das Schiff zu übernehmen. Bis dahin führen Sie das Kommando und haben ihr Schiff sofort nach Eupatoria zu bringen.«

»Sehr gut. Sir.« Phillip konnte seine Erleichterung nicht verbergen. Er hörte den Rest seiner Instruktionen und sagte dann obenhin: »Ich werde ankerauf gehen, sobald ich die Truppen an Land gesetzt habe, die wir hergebracht haben, Sir. Ich habe verstanden, daß sie mit Leichtern an Land gebracht werden sollen ...«

Der Hafenkommandant unterbrach ihn schnell. »Nein, Mr. Hazard, Sie nehmen die Truppen mit. Sie werden dringend benötigt, um die Garnison in Eupatoria zu verstärken. Der Ort ist in letzter Zeit einige Male angegriffen worden und ist aus Krankheitsgründen unterbesetzt. Also können Sie sofort Segel setzen, und Sie werden solange Lord George Paulets Kommando unterstellt, wie es nötig ist, um den augenblicklichen Notstand zu beheben. Ich glaube kaum, daß sie lange dort bleiben werden, weil Ihre Fregatte hier gebraucht wird. Lord George hat außerdem seine eigene, die *Bellerophon* und einige kleine Dampfer und, wie ich meine, auch den französischen Dreidecker *Henri Quatre*, der dorthin geschickt wurde. Die Sorge von Kapitän Brock, dem Kommandeur der Garnison, muß man verstehen. Er mußte fast 400 Seesoldaten aus der Garnison freistellen, um eine Forderung von Lord Raglan zu erfüllen. Und jetzt ist seine Streitkraft an Land reichlich ausgehöhlt.«

Phillip hatte interessiert zugehört. »Ja, Sir, ich verstehe. Ist das alles, Sir?«

»Das ist alles, Mr. Hazard. Und viel Glück.«

»Das wünsche ich Ihnen auch, Sir. Ich hoffe, Sie werden sich bald wieder Ihrer Gesundheit erfreuen. Und das wünsche ich auch Sir George Brown, von dessen schwerer Verwundung mir Kapitän Heath berichtete.«

Wieder unterbrach ihn Kapitän Dacres schnell: »Dank für Ihre guten Wünsche, die ich dem General übermitteln werde. Was mich angeht, glaube ich an keine Besserung meines Gesundheitszustands, bis ich Balaklava verlasse. Gebe Gott, daß das bald geschieht.« Er seufzte. »Auf Wiedersehen, Hazard. Ich hoffe, Sie finden Kapitän Heath in dieser Kajüte, wenn Sie nächstes Mal zurückkehren.«

Phillip verließ ihn und kehrte auf seine Gig zurück. An Bord informierte er Martin Fox über ihr neues Ziel und befahl ihm, so schnell wie möglich ankerauf zu gehen. Einen Fähnrich schickte er unter Deck, um Major Leach und Durbanville diese Information zu übermitteln.

»Nun ja«, meinte Fox trocken, »ich glaube, ich ziehe Eupatoria unserem jetzigen Liegeplatz vor. Das bedeutet aber leider, daß wir Lord Henry Durbanville hier nicht losgeworden sind, was zu bedauern ist.«

»Ich glaube auch nicht, daß Durbanville daran seine helle

Freude haben wird«, entgegnete Phillip. »Er wird keine Freude an Eupatoria haben, weit weg von all den einflußreichen Freunden seines Vaters. Er wird nicht mal in der Lage sein, den schmutzigen Zustand unseres Schiffes dem Befehlshaber zu melden.« Sie lachten beide laut auf, und dann sagte Fox immer noch lächelnd: »Aber unser junger Held wird bald an ein paar Gefechten teilnehmen, und genau das will er ja unbedingt, wie ich sicher glaube.«

»Glaubst du das wirklich, Martin? Ich teile deine Meinung nicht, gebe ich zu. Aber was uns angeht, hoffe ich, daß du bald Gelegenheit für Kanonendrill findest. Sag das bitte in jedem Fall Master Burnaby. Und dann laß bitte alle Mann auf Station pfeifen. Ich bin im Kartenraum, falls du mich suchst.«

»Aye, aye, Sir! Ich muß dir sicher nicht extra sagen, wie ich mich freue, daß du immer noch dieses Schiff führst.«

»Ich freue mich auch, mein lieber Martin«, gab Phillip zu.

Er war mit Master Burnaby im Kartenraum, als Henry Durbanville erschien und reichlich beunruhigt aussah. Doch er drückte sich sehr höflich aus, redete Phillip mit Sir an und äußerte seinen Wunsch, vor dem Absegeln an Land gesetzt zu werden, fast unterwürfig.

»Meine Division ist hier, Sir, nicht in diesem Eupatoria. Mein Befehl lautet, mich meinem Regiment anzuschließen. Wenn Sie mir also ein Boot geben könnten, wäre ich Ihnen sehr dankbar.«

»Aber Sie führen diese Truppe«, wies Phillip ihn zurecht und vermied dabei geflissentlich, Master Burnaby in die Augen zu schauen.

»Ich kann das Kommando Major Leach übergeben, Sir«, bot der junge Gardeoffizier eifrig an. »Er ist ein sehr kompetenter Offizier, und dann sind ja auch die meisten Soldaten hier seine 7ten Füsiliere. Ich habe nur meinen Diener – mein

Sergeant wurde, wie Sie sich erinnern werden, zurückgelassen, das heißt, versehentlich in Konstantinopel zurückgelassen. Ich habe ihn nach …«

»Ich erinnere mich sehr genau an die näheren Umstände«, versicherte ihm Phillip ohne ein Lächeln. »Aber auch ich habe meine Befehle, und die heißen, sofort los zu segeln. Also kann ich Ihnen kein Boot überlassen, denn das würde heißen, unsere Abfahrt zu verzögern. Aber«, lenkte er ein, »wenn Sie wollen, setzte ich ein Signal zum Land ab, das Sie betrifft. Wenn man Ihnen ein Boot schickt, werde ich warten, bis es längsseits ist.«

»Ich bin Ihnen überaus dankbar, Commander Hazard«, antwortete Durbanville. »Hm, also, ich meine, am besten übergebe ich Major Leach sofort das Kommando und …«

»Major Leach steht unter strengem Arrest«, erinnerte Phillip ihn kühl.

»Ach was. Ich nehme zurück, was ich ihm vorgeworfen habe.« Durbanville wurde rot. »Ich wollte das sowieso nicht an die große Glocke hängen, verstehen Sie, Commander. Es ging einfach nur darum«, äußerst verlegen schurrte er mit den Füßen, »bitte, entschuldigen Sie mich. Ich werde Major Leach aufsuchen und ihm die ganze Situation erklären.«

»Sehr gut«, stimmte Phillip ihm zu. »Ich nehme an, Sie können sofort an Land gehen, wenn nötig.«

»O ja, Sir, wirklich sofort. Meine Sachen sind gepackt. Ich werde das Boot nicht warten lassen oder Sie länger aufhalten als unbedingt nötig. Würden Sie jetzt bitte meinetwegen die Wimpel hissen, Sir?«

Phillip und Master Burnaby sahen sich an, als er auf der Suche nach Major Leach verschwand. Die blauen Augen des Masters blitzten amüsiert, als er wissen wollte: »Werden Sie das Signal wirklich setzen, Sir?«

»Ganz bestimmt, Master Burnaby«, versicherte Phillip ihm. »Aber ob ich eine passende Antwort bekomme, ist eine ganz andere Sache, fürchte ich!«

Die Bitte wurde übermittelt und bestätigt. Doch obwohl Durbanville zwischen seinem Gepäck und vor seinem Diener hoffnungsfroh an der Relingspforte wartete, wurde kein Boot gesichtet. Mit einiger Verzögerung kam schließlich von Land ein nichtssagendes: »Von Land an *Trojan*: Laufen Sie aus!« Es schien, als würden die Dienste von Hauptmann Durbanville an Land nicht sehr benötigt.

Fähnrich Grey gab die Nachricht mit unverhohlener Genugtuung an den mies gelaunten, jungen Gardeoffizier weiter, indem er die Signale des Semaphors schnell hintereinander übersetzte. Er näherte sich Phillip mit ernstem Gesicht, doch einem verdächtigen Glitzern in den Augen, um für Durbanville zu erfahren, ob er nicht auf ein anderes Kriegsschiff übersetzen könne, das vor Anker zurückblieb. Der Ernst verschwand, als Phillip den Kopf schüttelte.

»Ich habe keinen Befehl, Hauptmann Durbanville überzusetzen!«

»Aye, aye, Sir! Soll ich ihm das so übermitteln, Sir?«

»Ja, Mr. Grey.« Phillip sah ihn ernst an. »Aber geben Sie es ihm nicht zu dicke.«

»Nein, Sir, bestimmt nicht. Nicht dicker, als es sein muß, Sir«, versprach Grey und grinste jetzt ganz offen. Er hatte Spaß an seiner Rolle. »Danke, Sir!«

Die *Trojan* ging ankerauf und lief in böigem, ständig wechselnden Wind, der der Wache an Deck viel Arbeit machte, um Cap Kershon herum und nahm dann Kurs auf Eupatoria, die alte ottomanische Stadt. Das kleine Eupatoria hatte sich mit ihrer gemischten Bevölkerung von Tartaren, Kosaken, Griechen, Armeniern und Deutschen am 13. September den Alliierten ergeben. Die beiden Flotten waren unterwegs zur

Calamita-Bucht, um die Invasionstruppen zu landen. Eine Garnison von Seesoldaten unter Kapitän Saumarez Brock blieb an Land zurück, um die Stadt zu halten. Sie lag etwa zehn Meilen vom Landeplatz entfernt. Phillip erinnerte sich an sie als eine hübsche Ansiedlung, mit weiß bemalten Häusern aus Stein oder Holz und roten Ziegeldächern. Die Bevölkerung war unerwartet freundlich und leistete der Landung der Briten keinerlei Widerstand, ja, sie schien sie sogar zu begrüßen. Ihre Lage war von strategischer Bedeutung, und das, nahm Phillip an, war auch der Grund, warum der Ort so oft angegriffen wurde. Die Straße nach Perekop führte nördlich über eine Ebene, an deren Rand Eupatoria lag. Eine zweite Straße, die sich im Süden durch eine Kette flacher Hügel wand, führte nach Simpheropol, wo Prinz Menschikoff, der russische Oberbefehlshaber, sein Feldquartier bezogen hatte. Die meisten Verstärkungen für Odessa waren über Perekop gekommen, erinnerte Phillip sich an Berichte seines Bruders, und zwar in langen Märschen über Land, die die alliierte Seeblockade nicht verhindern konnte. Die Russen fürchteten einen Landangriff auf ihre Nachschublinie von Eupatoria aus oder wollten der verbündeten Flotte nicht den Hafen mit seinen Annehmlichkeiten überlassen. Aus welchem Grund auch immer – jetzt war Eupatoria gut bewacht vom britischen Dreidecker *Bellerophon* und der *Henry IV.*, dem besten Schiff erster Klasse der Franzosen, vor fünf Jahren gebaut und 100 Kanonen führend.

Phillip blieb fast die ganze Nacht über an Deck. Er machte sich Sorgen wegen des Wetters, das sich ständig verschlechterte. Ein östlicher Wind, der gelegentlich Sturmstärke annahm, peitschte wild die See. Und anstatt gegen Wind und See anzukämpfen, befahl er, Dampf zu machen, und setzte den Kurs ab von der gefährlichen klippenübersäten Küste. Um fünf Uhr morgens lief die *Trojan* unter Motor und trug nur die dreifach gerefften Toppsegel. Doch auch so nahm sie noch viel Wasser über, und die Pumpen arbeiteten die ganze Nacht über. Er hatte gehofft, beim ersten Morgenlicht den Hafen auszumachen. Weil er sich fürchtete, bei Dunkelheit auf die Küste getrieben zu werden, hielt er sich klug in sicherer Distanz von den Felsen. Er wußte, daß die Karten nicht immer genau waren und erinnerte sich, wie die *Tiger* auf ihrem Weg nach Odessa hier Schiffbruch erlitten hatte. Damals hatte ein dichter Nebel zu dem Unglück geführt, aber dieser starke, ständig wechselnde Wind war noch gefährlicher, wie er wohl erfahren hatte.

Master Burnaby teilte seine Vorsicht. Der weißhaarige Master war in der königlichen Marine alt geworden, und Phillip hatte gelernt, die Instinkte zu respektieren, mit denen Burnaby die Vorzeichen und das Verhalten des Wetters deuten konnte. Als Martin Fox um vier Uhr morgens die Wache übernahm, begleitete Burnaby ihn und blieb etwa 20 Minuten an Deck, um das zu tun, was ein Fähnrich einst als das Wittern eines Bluthunds beschrieben hatte. Er begrüßte Phillips Entscheidung, die Schraube herabzulassen, und als er am Ende der Morgenwache wieder auf dem Achterdeck erschien, sah er offen besorgt drein. Doch er schwieg, bis er die Karten studiert und ihre Position geprüft hatte, und nach den üblichen zehn Minuten Wittern trat er zu Phillip, der sich neben Martin Fox mit einiger Schwierigkeit aufrecht hielt und sagte ganz direkt: »Commander Hazard, Sir, ich mag das hier nicht, ich mag das ganz und gar nicht!«

»Es bläst«, antwortete Phillip besorgt und mußte brüllen, um sich verständlich zu machen.

»Und es wird noch sehr viel stärker blasen«, sagte der Master bestimmt. »Der Wind hat auf Süd bei West gedreht und das Glas ...« Er hob die Schultern und sah besorgt auf den Himmel. »In meinem ganzen Leben habe ich das Glas noch nie so niedrig gesehen, Mr. Hazard. Ich fürchte, wir haben einen Orkan vor uns!«

»Einen Orkan, Master Burnaby?« Phillip wechselte einen besorgten Blick mit seinem Stellvertreter. »Wann meinen Sie, wird er loslegen?«

»Innerhalb einer Stunde, Sir!« Der alte Mann klang ganz und gar überzeugt. Und dann sagte er grimmig: »Nach meiner Ansicht haben Sie zwei Möglichkeiten, Sir!«

»Und die lauten?«

»Sie kennen sie genausogut wie ich, Sir!

»Sie meinen, in den Hafen von Eupatoria einzulaufen, oder aber es gar nicht erst zu versuchen und den Orkan mit Hilfe unserer Maschine draußen auszureiten, weit weg von der Küste«, äußerte Phillip.

Der Master nickte grauhäuptig. »Aye, aye, Sir! Beide Möglichkeiten haben ihre Gefahren, wie Sie auch wissen.«

Phillip war sich voll darüber im klaren, daß er sich entscheiden mußte und niemand ihm die Entscheidung abnehmen konnte. Er ließ Burnaby und Fox stehen und schritt allein auf und ab und bedachte jeden Aspekt des Problems, das er zu lösen hatte.

Die Bucht von Eupatoria bot Schutz. Unter Maschinen konnte man leicht einlaufen. Doch sie lag offen für südliche Winde, die sie gänzlich bestrichen. Zwar hielt der Grund, doch zum Ankern war es nicht sicher genug. Der Wind kam jetzt aus Süd bei West. Weil bereits viele Schiffe in der Bucht ankerten, bestand immer die zusätzliche Gefahr, daß Anker slippten oder Ketten brachen und Schiffe sich ineinander verhakten, wenn sie nicht gar auf Land geworfen wurden.

Die *Trojan* hatte alle Luken dicht, die Kanonen waren mit extra Trossen gesichert, die oberen Rahen lagen festgezurrt an Deck, und aus der Maschine waren keine Probleme gemeldet worden.

Wenn er auf See hinaus lief, bestand keine Gefahr, an Land getrieben oder von einem Dreidecker gerammt zu werden, und auch die Gefahr slippender Anker würde es nicht geben. Man mußte nur den Bug des Schiffs im Wind halten, unter nackten Masten, wenn nötig, und warten, bis der Orkan sich ausgetobt hatte. Andererseits transportierte er Verstärkungen für die Garnison, die unterbemannt war und angegriffen werden könnte. Sein Befehl lautete, die Soldaten so schnell wie möglich an Land zu bringen. Aber war das überhaupt möglich? Wenn er strandete, welchen Nutzen brachten seine Passagiere dann der Garnison? Ein Schiff, das an dieser Küste an Land getrieben wurde, war verloren, fand ein unglückliches Ende. Zu allem Unglück war die Küste in der Hand des Feindes, Schiffbrüchige durften also keine Gnade erwarten. Männer, die sich an Land retteten, mußten damit rechnen, von umherstreifenden Kosakenhorden beschossen zu werden. Auch das Schiff konnte aufgebracht werden, wie die *Tiger* ... Phillip holte tief Atem und erinnerte sich an die russischen Kanonen, die glühende Kugeln in die Decks der wehrlosen *Tiger* gefeuert und sie in Brand gesetzt hatten.

Dieser Gedanke brachte schließlich die Entscheidung. Das Risiko, die *Trojan* zu verlieren, durfte er nicht eingehen. Man hat mir das Kommando anvertraut, sagte er sich, und die Sicherheit der Passagiere und Mannschaften steht ganz oben an. Doch während er das Achterdeck überquerte und sich wieder zum Ersten Offizier und dem Master gesellte, war ihm sehr bewußt, was die Einsamkeit eines Kommandanten bedeutete. Er hielt als Kapitän eine einsame Position, und die blieb so einsam, bis die Gefahr vorüber war.

Er gab seine Entscheidung bekannt und sah Erleichterung im Gesicht des alten Burnaby und das zustimmende Lächeln von Martin Fox. Sofort fühlte er sich besser. Keiner sagte mehr als das formelle »Aye, aye, Sir!«, aber er spürte, daß beide gefürchtet hatten, er könnte sich strikt an den Befehl halten. Ein grimmiges Lächeln spielte um seine Lippen. Kapitän North hätte genau entgegengesetzt gehandelt, wahrscheinlich mit Recht. Doch ob nun richtig oder falsch, Phillip hatte entschieden, und die kommenden Ereignisse würden zeigen, welche der Alternativen die richtige gewesen war …

5

Der Tag war lang und zerrte an den Nerven. Er war seelisch und körperlich einer der aufreibendsten, den Phillip je erlebt hatte. Wie der Master vorhergesagt hatte, steigerte sich der Wind kurz nach sechs zu einem Orkan und tobte ohne Unterbrechung den ganzen Tag. Eine gewaltige See baute sich auf, stürzte über das Schiff und schickte Hunderte Tonnen Wasser von vorn nach achtern über sie, so daß die *Trojan* manchmal wie unter einer Sündflut begraben schien. Ihr exponiertes Oberdeck war ein höchst gefährlicher Ort geworden.

Selbst mit zwei Mann am Ruder, die alle Stunde abgelöst wurden, hatte Phillip größte Schwierigkeiten, das Schiff mit dem Bug im Wind zu halten. Es gab Augenblicke, in denen die *Trojan* trotz der Hilfe der Maschinen dem Ruder nicht mehr gehorchte und wie ein Baumstamm im Wasser trieb, die Leereling im Wasser. Er selbst blieb den ganzen Tag auf dem Achterdeck. Er laschte sich an das Achterstag des Großmastes und hielt sich dort Stunde um Stunde, naß und frierend bis ins Mark, ohne recht zu wissen, ob es Tag oder Nacht war, weil der Himmel so düster drohte, und die Zeit so langsam dahinkroch. Jede Art von Unterhaltung war unmöglich. Wenn er einen Befehl geben mußte, brüllte er ihn ins Ohr eines Matrosen, der ihn dann von Mann zu Mann weitergab, bis er den Offizier erreichte, an den er gerichtet war.

Es war selten nötig, einen Befehl zu geben, denn man konnte kaum noch etwas tun, weil Phillip alles hatte sichern lassen, ehe der Orkan losbrach. Die oberen Rahen waren schon an Deck, ehe die Entscheidung fiel, das Wetter auf See abzureiten. Ein einziges Sturmstagsegel blieb noch gesetzt. Die *Trojan* war allein in einer wilden grauen Wasserwüste, trieb herum wie ein Korken, stieg jetzt auf den Kamm einer gewaltigen Welle und rutschte aus schwindelerregender Höhe in das tiefe Wellental. Der Wind heulte grausame Melodien, und es klang, als ob ein gigantischer Musikant mit riesigen Fingern an Wanten und Stagen zupfte, um ihnen krankmachende, bedrückende Töne zu entlocken, die auf ihr drohendes Ende hinweisen sollten.

Aber sie blieben fast wie durch ein Wunder schwimmend, und manchmal war Phillip an diesem endlosen Tag fast am Verzweifeln und sicher, die falsche Entscheidung getroffen zu haben. Er wagte nicht, sich vorzustellen, was seine armen Passagiere in ihren engen Quartieren unter Deck erdulden mußten. Die meisten seiner Männer waren ebenfalls unten. Und nur einmal, als eine Kanone auf dem Achterdeck sich losmachte, befahl er einen Teil der Wache an Deck. Er ließ die Kanone ohne viel Federlesens über Bord werfen, um nicht Verletzungen seiner Seeleute zu riskieren, während sie 95 Zentner gefährliches Metall bändigten. Doch als er den 68-Pfünder in der tobenden Schwärze achtern versinken sah, bezweifelte er wieder einmal die Klugheit seiner Entscheidung. Jetzt mußte er aber durchhalten, einfach die Entscheidung durchstehen. Ihm wurde klar, daß der Verlust der Kanone ihm weniger bedeutete als der mögliche Verlust eines einzigen Mannes. Um jedoch sein Gewissen zu beruhigen, befahl er den zweiten 68-Pfünder mit doppelten Tauen zu sichern. Er ließ das Leutnant Sutherland mit einem Arbeitstrupp machen und befahl auch, das Kanonendeck sorgfältig zu prüfen, damit so ein Mißgeschick nicht ein zweites Mal passierte.

Es gab andere unvermeidbare Zwischenfälle. Zwei Heizer wurden böse verbrüht, als eine Dampfleitung platzte, ein anderer verbrannte sich beide Hände, als er gegen die Tür des Feuerlochs geschleudert wurde, das er füttern wollte. Und ein Soldat, der eine Lukenleiter hinabstürzte, erlitt Schädelverletzungen und brach sich ein Bein. Vollmatrose O'Leary, die Ordonnanz als Verbindungsoffizier bei Sir Colin Campbell in Kadi-Koi, wurde als einer von drei Verletzten nach unten getragen. Er hatte dämlicherweise versucht, die Achterdeckskanone zu halten, als sie sich losarbeitete. Phillip war dankbar, als er erfuhr, daß keiner der drei ernstlich verletzt war. O'Leary hat einen zerschmetterten Fuß, meldete der Arzt, aber er war voller Optimismus, nachdem der geschient und richtig verbunden war.

Um vier Uhr nachmittags, als die Wache wechselte, hatte der Wind wieder nach Norden gedreht und war ein bißchen schwächer geworden. Noch immer schlug die See unbarmherzig auf die hölzernen Wände der *Trojan* ein, doch das Glas fing endlich an zu steigen. Als Phillip sich eine halbe Stunde später mit einiger Mühe ins Kartenhäuschen schleppte, äußerte Burnaby die vorsichtige Hoffnung, daß das Schlimmste des Sturmes vorüber sei. Natürlich war das Schiff vom Kurs abgetrieben worden und lag jetzt viele Meilen südwestlich seines Ziels, ergab die Berechnung.

»Falls Sie sich Sorgen machen wegen der Verspätung beim Landen der Truppen in Eupatoria«, meinte der Master und sah Phillip, der bleich und erschöpft mit Stoppeln im Gesicht dastand, mitfühlend aus alten Augen an, »dann sage ich Ihnen, daß wir bald mit Hilfe der Schraube wieder in die Bucht einlaufen werden – mit aller Vorsicht natürlich.«

Auch Phillip hatte bereits daran gedacht, seinen Auftrag

jetzt endlich zu erfüllen. Er hatte nicht so viel Kohle verbraucht, wie befürchtet, und verlangte jetzt einen Schadensbericht und das Messen der Bilge. Beide Berichte waren ebenso ermutigend wie der Report des Maschinen-Unteroffiziers. Die meisten Schäden konnten mit Bordmitteln repariert werden. Der einzige ernste Verlust war der der Achterdeckskanone. Und obwohl die *Trojan* viel Wasser gemacht hatte, leerten die Pumpen langsam die Bilge, deren Höhe keinen Anlaß zur Sorge gab. Alle Masten waren intakt, und auch das Ruder hatte den Druck und die Kraft von Wasser und Sturm ausgehalten.

»Wir haben Glück gehabt«, meinte Martin Fox und pustete sich in seine frostblauen Hände, um sie zu wärmen. »Ich hatte einige Male befürchtet, wir könnten den Fockmast verlieren. Und als die Bugspritwante brach und die 68er sich losarbeitete ...« er zitterte. »Es ist wirklich ein Wunder, daß nicht mehr Männer verletzt wurden. O'Leary hatte Glück, er schrie rechtzeitig, und die meisten konnten zur Seite springen. Er ist ein guter Mann, dieser O'Leary, wenn's drauf ankommt. Wenn er die anderen nicht noch gewarnt hätte, hätte es seinen Fuß nicht erwischt ...«

Phillip erinnerte sich lebhaft, wie gut O'Leary auch bei ihm an Land gewesen war, und stimmte seinem Stellvertreter aus vollem Herzen zu. »Wie du sagst, wir hatten Glück, Martin – außerordentlich viel Glück. Um ehrlich zu sein, ich habe mich heute einige Male gefragt, ob ich wohl richtig entschieden habe, nach See auszulaufen, statt Schutz im Hafen von Eupatoria zu suchen.«

»Ich bin ganz sicher, daß es die richtige Entscheidung war, Phillip«, lächelte Martin ihm zu. »Viel von unserem Glück bestand in der Tatsache, daß du unser Kommandant bist, weil niemand die *Trojan* besser hätte führen können als du. Ich meine das ganz ehrlich, und ich weiß, kein Seemann und kein Offizier werden mir widersprechen.« Er legte Phillip die Hand auf den Arm. »Sollte ich dir nicht empfehlen, jetzt nach unten zu gehen, etwas zu essen und die Kleider zu wechseln? Du bist die ganze Zeit oben gewesen, und du wirst ohne Zweifel wieder oben sein wollen, wenn die Küste in Sicht kommt. Aber weil das mindestens noch ein paar Stunden dauert, kannst du doch die Chance nutzen und etwas ausruhen.«

Phillip dankte ihm zustimmend. »Hoffentlich haben wir weiter Glück«, sagte er nach einer kurzen Beratung mit dem Master, nach der er eine Kursänderung befahl. »Der Zahlmeister soll allen eine Extraportion Rum aushändigen, Martin. Sie haben es weiß Gott verdient und brauchen den Rum gegen die Kälte. Und bitte um ein warmes Essen, sobald der Koch es schafft. Sorg dafür, daß inzwischen jeder Mann auf Wache einen Becher Kakao bekommt, auch wenn sich dadurch das Essen verzögert. Und laß den Kakao unten trinken, abwechselnd in Gruppen. Die Maschine müßte eigentlich genügend heißes Wasser für den Kakao schaffen mit dem neuen Destillierapparat, auf den die Erfinder so stolz sind, falls es die Kombüse nicht schafft. Gestern war der Tank noch voll, und Ross beschwerte sich, daß niemand das Wasser trinken wollte.«

Fox schnitt eine Grimasse. »Es schmeckt ziemlich faulig. Aber mit Kakao wird es vielleicht trinkbar.«

»Ich glaube nicht, daß die Männer heute etwas dagegen haben«, bemerkte Phillip trocken. Er schwankte ein bißchen mit dem rollenden Schiff und konsultierte seine Taschenuhr. »Ich möchte, daß die Freiwache gegessen hat, bis sie die Wache oben ablöst. Falls wir dann Probleme bekommen, haben wir alle wenigstens etwas im Bauch. Das Feuer der Kajüte kann ja wieder gelöscht werden, ehe wir in die Bucht einlaufen, falls nötig. Was machen eigentlich die Soldaten?«

Fox zuckte mit seinen breiten Schultern. »Einigen sind Seebeine gewachsen. Sie helfen jetzt beim Klar-Schiff-machen, aber den meisten geht es ziemlich schlimm. Die Offiziere eingeschlossen. Ich habe nur einen jungen Leutnant auf den Beinen gesehen. Major Leach hat sie am Nachmittag mal kurz aufgesucht. Aber man kann sagen, daß er auf den Beinen war. Zumindest machte er einen tapferen Versuch. Durbanville andererseits fiel durch Abwesenheit auf.«

Sie besprachen noch das eine oder andere und verließen dann gemeinsam das Kartenhaus. Phillip sah sich genau um, wappnete sich dann gegen den immer noch starken Wind, wartete den rechten Moment ab, eilte zum Niedergang und stieg in seine Kajüte. Er rieb seinen tauben Körper heftig ab, um sein Blut wieder zirkulieren zu lassen und wechselte dann in trockene Kleider, rasierte sich, so gut er konnte, und stürzte eine Tasse pfeifend heißen Kaffee hinab, die sein Steward ihm gebracht hatte. Dann suchte er die Verletzten auf. Er fand sie alle guten Mutes, auch O'Leary, der seinen dick verbundenen Fuß mit einer Art spöttischem Stolz präsentierte und nicht sehr zu leiden schien. Er roch stark nach Alkohol und grinste breit mit seinen Zahnlücken.

»Medizinisch nötig, hat der Arzt gesagt, Sir. Aber als er mir das Glas gab, und ich roch, wie stark der Schnaps ist, da hab' ich fast Todesangst gekriegt, denn ich fürchtete, er wollte mir den Fuß abnehmen. Ich hab' das Glas also geleert und ihm den Gedanken ausgeredet. Mehr hab' ich nicht getan, und jetzt fühl' ich, wie gut mir der Schnaps tut, ich habe überhaupt keine Schmerzen.«

Phillip lachte. Er dachte, daß dies typisch für O'Leary und die anderen Männer war. Im Frieden würde man sie als schlimme Finger bezeichnen, aber im Kriege und wenn es wirklich darauf ankam, waren sie die Besten.

»Sie haben sich heute nachmittag sehr tapfer benommen,

O'Leary«, erklärte er dem großen Iren. »Wenn der Fuß ausgeheilt ist, werde ich mit dem Stückmeister reden, damit er Sie zu seinem Gehilfen macht. Und wenn ich nicht mehr hier sein sollte, sorge ich in jedem Fall dafür, daß derjenige, der nach mir das Schiff führt, das rechtzeitig erfährt.«

»Das ist perfekt von Ihnen, Sir. Aber«, das Grinsen des Seemanns verschwand, »ich dachte, Sie haben das Kommando. Die werden Ihnen doch niemand vorsetzen, Sir, doch bestimmt nicht!«

»Das wird man sehen«, wich Phillip aus. Er spürte das bekannte Kratzen in der Kehle, wenn er sich diese Möglichkeit vorstellte.

Argumentationslustig rückte O'Leary sich zurecht, um seine Meinung klar zu äußern, aber um ihn nicht aufzuregen, entschuldigte Phillip sich und suchte Fraser, den Arzt, auf, den er mitten in der Behandlung eines großen blonden Gardisten fand, des Dieners von Durbanville, der gestürzt war.

Als der Soldat gegangen war, erkundigte er sich nach O'Leary, und Frasers Gesicht verdunkelte sich. »Ich hätte den Fuß abnehmen sollen. Das Ganze sieht fürchterlich aus. Aber ich Narr habe mich überreden lassen und es nicht getan. Wenn er Blutvergiftung bekommt ...« Hilflos breitete der Arzt seine Arme und die gepflegten kleinen Hände aus. »Dann muß ich ihn doch noch abnehmen und das Bein wahrscheinlich gleich mit. Aber er ist schon ein ganz besonderer Bursche, und er hat so seine eigenen Mittelchen für die Heilung, von denen er sehr überzeugt ist. Er bat um einen zweiten Becher Whisky, als ich kaum den Fuß ein bißchen gerichtet hatte, und weil ich sicher war, daß er große Schmerzen litt, hab' ich ihm den gegeben. Und was glauben Sie, hat er damit gemacht?«

»Wie ich O'Leary kenne, hat er sich was Besonderes einfallen lassen«, lächelte Phillip. »Hat er den Whisky über die Wunde gekippt?«

Der Arzt nickte mit seinem kahler werdenden Kopf. »Ja, genau das hat er getan, Sir. Und ich fürchte, damit hat er guten Whisky verschwendet. Nun ja ...« er seufzte und sah seinen Besucher dann direkt und mit professioneller Neugier an, »was macht eigentlich Ihr Bein? Sie haben ihm heute ziemlich viel zugemutet, sage ich mal.«

»Machen Sie sich keine Sorgen, Doktor – ich habe nichts gespürt.«

»Ohne Zweifel, weil Sie taub vor Kälte waren«, entgegnete ihm Angus Fraser knapp. »Ich werde es mir mal eben ansehen, wenn Sie schon hier sind.« Und dann tat er genau das, blieb gegen Phillips Proteste stur und war nicht eher zufrieden, bis er die alte Wunde untersucht und das Bein mit einem festen neuen Verband versehen hatte. »So ist es besser, Commander Hazard. Sie sollten das Bein nicht vernachlässigen, denn wenn die Wunde sich wieder öffnet, dann bin ich für die Folgen nicht verantwortlich. Wie fühlen Sie sich sonst?«

»Ein bißchen erschöpft«, gab Phillip zu. »Wie Sie auch, Doktor, und hungrig, wenn ich's mir recht überlege. Ich werde mal versuchen, uns was zu essen zu besorgen, kommen Sie mit?«

»Na klar.« Der Arzt erhob sich und streckte seine müden Glieder. »Was für ein Tag und was für ein Sturm. Ich habe so was noch nie erlebt. Sie schon mal? Nicht zum erstenmal frage ich mich, warum ich Narr wieder auf See gegangen bin. Aber darauf gibt es keine Antwort. Nimmt der Wind ab?«

»Master Burnaby sagt voraus, daß er sehr bald schwächer weht, und wie Sie wissen, ist er ein ziemlich verläßlicher Wetterprophet. Also bete ich, daß er auch diesmal recht hat.« Die beiden Männer gingen nach achtern in die Offiziersmesse. »Wenn ich kann, möchte ich heute nacht gern in der Bucht von Eupatoria Schutz suchen«, fuhr Phillip fort. »Der Wind dreht auf Nordnordwest, und das Glas ist um eine Winzigkeit gestiegen, also wird es uns dort bessergehen.«

»Und dann können Sie auch die Passagiere an Land setzen, Sir, nicht wahr?« Angus Fraser trat zur Seite und hielt die Messetür auf, damit Phillip als erster eintreten konnte. In seinen Augen glänzte etwas, das keinen Spaß verstand. »Auch den so liebenswürdigen Lord Durbanville?«

»Nach Ihnen, Doktor«, winkte Phillip ihn vor. »Ja, in der Tat«, stimmte er dann zu. »Wenn wir noch eine Nacht unter Maschinen laufen, geht unser Kohlevorrat gefährlich zur Neige. Als Segelschiffsmann gebe ich das zwar nicht gerne zu«, meinte er schulterzuckend, »aber heute haben uns die Maschinen gerettet, und ich bin sehr dankbar dafür. Ich hoffe, das Einlaufen in die Bucht mit Hilfe unserer Schraube wird nicht zu schwierig, selbst wenn der Wind wieder auf Südwest drehen sollte.«

»Dann werden meine Gebete den Ihren folgen, Commander«, sagte der Arzt mit gespielter Frömmigkeit. »Wegen meiner Patienten und um meinetwillen. Und jetzt ans Essen, wenn wir Glück haben.«

Er betrat die Messe, und Phillip folgte ihm. Sie hatten gerade mal den ersten Gang beendet, als Fähnrich Grey eintrat und ihm, die Mütze unter dem Arm, mit Bedauern eine Nachricht von Martin Fox ausrichtete.

»Wenn Sie erlauben, Sir«, wandte er sich an Phillip. »Der Erste Offizier schickt mich, um Ihnen zu melden, daß er etwas gesichtet hat, das eine Notrakete zu sein schien, Sir. Das war weit Backbord voraus, Sir, aber er meinte, Sie sollten es erfahren.«

»Danke, Mr. Grey. Sagen Sie dem Ersten Offizier, daß ich gleich oben bin.«

Phillip runzelte die Stirn. Notraketen bedeuteten, daß ein

Schiff in Gefahr war. Und da die verbündeten Seestreitkräfte das Schwarze Meer beherrschten, konnte das gefährdete Schiff mit großer Wahrscheinlichkeit ein britisches oder französisches sein. Die Blockade der Küste hielt andere Schiffe davon ab, in diese Wasser einzulaufen.

»Ich bitte um Verzeihung, Sir«, fuhr der junge Grey fort, »der Erste Offizier trug mir auf, Sie zu bitten, erst Ihr Essen zu beenden, ehe Sie an Deck kommen. Er wird die Raketen weiter beobachten und melden, wenn er ihren Ursprung und den Grund kennt.«

Als Phillip später zu ihm kam, konnte Martin Fox kaum mehr vermelden. Er nannte die Richtung, aus der die Raketen kamen. Als sie gemeinsam die Karte studierten, kamen sie zu dem Schluß, daß sie von einem Schiff stammten, das entweder an Land getrieben worden war oder in Gefahr stand, 15 oder 20 Meilen westlich von der Bucht von Eupatoria auf die felsige Küste zu laufen.

»Es sind keine Raketen mehr abgefeuert worden, seit ich Sie informieren ließ, Sir«, sagte der Erste Offizier ernst. »Das heißt entweder, daß man in die Bucht eingelaufen oder daß man untergegangen ist.«

»Wie auch immer«, entschied Phillip, »wir müssen das herausfinden, nicht wahr? Wenn sie ...« Er unterbrach sich, als etwas weiter westlich eine weitere Rakete aufstieg und einen leuchtenden Pfad in den dunkler werdenden Himmel riß. Eine zweite folgte kurz danach. Phillip befahl entschlossen einen Kurswechsel. »Wer immer das Schiff ist, sie schwimmen noch. Und anscheinend brauchen sie Hilfe. Also müssen wir so schnell wie möglich hin. Pfeifen Sie die Männer zum Segelsetzen nach oben, Mr. Fox. Wir laufen auf Steuerbordbug mit soviel Segeln, wie wir gerade tragen können, halsen dann und nähern uns schließlich unter Maschine.«

»Aye, aye, Sir! Bootsmannsmaat ...«

Martin Fox gab den Befehl weiter, und als die Pfeife schrillte, sagte Phillip: »Wenn Mr. Cochrane dich ablöst, Martin, dann geh nach unten und iß. Ich bleibe oben und rufe dich, wenn nötig. Wir brauchen mindestens eine Stunde, bis wir nahe genug sind, selbst bei diesem Wind. Und zu viel Leinwand will ich nicht riskieren …« Er blickte hoch in den Mast und kniff die Augen zusammen, eher er befahl, welches Segel gesetzt werden sollte. »Wir müssen auf den Bugsprit achten, geben Sie ein bißchen nach, wenn wir das Segel setzen, Rudergänger.« Wieder wandte er sich an seinen Stellvertreter. »Du hast noch mindestens eine Stunde, Martin. Laß dir also Zeit, klar!«

»Aye, aye, Sir!« Fox erlaubte sich ein kurzes Lächeln. »Danke, Sir, ich bin schon ganz scharf darauf, den Kakao zu probieren, das gebe ich zu.«

Es war schon ganz dunkel, als Anthony Cochrane ihn ablöste. Phillip erklärte dem jungen Wachoffizier die Lage und fragte sich dabei insgeheim, wie man in der pechschwarzen Dunkelheit das unbekannte Schiff finden sollte, das die Notsignale abgeschossen hatte. In der schweren See, die immer noch lief, Boote auszusetzen, würde schwierig und gefährlich werden. Doch er wußte, daß er den Hilferuf nicht überhören konnte. Notfalls müßte er also in der Dunkelheit in der Nähe bleiben und sich gut frei vom Ufer halten. Wieder sah er besorgt nach oben in die gerefften Toppsegel und spürte das Schiff unter seinen Füßen schwanken und zittern. Der wachsame Cochrane befahl, die Rahen zu trimmen, aber Phillip bemerkte, daß auch er sich Sorgen machte. Der Wind hatte allerdings einiges von seiner Wut verloren. Auf diesem Bug bestand keine Gefahr, auf Land getrieben zu werden, doch gelegentliche Böen machten dem Commander immer noch Sorgen, und wenn man halsen müßte … Er zitterte, und nur zum Teil wegen der Kälte.

Er wußte, daß in den Bunkern genügend Kohle lag, um die *Trojan* in die Bucht von Eupatoria zu bringen, doch eine Nacht draußen, auf- und ablaufend, um dem gestrandeten Fahrzeug nahe zu sein, konnte man nicht ohne Hilfe der Schraube wagen. Vielleicht war es doch besser, Boote auszusetzen und die Mannschaft abzubergen – doch auch das würde in der Dunkelheit vor einer feindlichen Küste, die von umherstreifenden Kosakenhorden geschützt wurde, sehr riskant sein. Phillip lief über das Deck, um sein Problem zu lösen, und als das Schiff sich wieder einmal weit überlegte, wurde er gezwungen, sich an die Schutznetze zu klammern, um nicht zu fallen.

Eine halbe Stunde verging, noch eine Viertelstunde, und dann nahm der Wind zu Phillips unendlicher Erleichterung unerwartet ab, und hinter den treibenden Wolken wurde ein bleicher Mond sichtbar. Er rief dem Mann am Ruder einen Befehl zu, hob sein Nachtglas und suchte nach Anzeichen des unbekannten Schiffes, doch bis auf eine schäumende Linie von Brechern weit voraus konnte er nichts entdecken. Man hatte keine weiteren Raketen mehr abgeschossen, nahm er an. Könnte das bedeuten, daß sie den gefährlichen Punkt überwunden hatten und sich jetzt auf dem Weg in die Bucht von Eupatoria befanden? Oder war die Mannschaft gezwungen, das Schiff zu verlassen? Oder – noch schlimmer – waren sie zerschmettert worden und untergegangen? Eine Antwort gab es nicht, doch Phillip konnte für die *Trojan* keinen Kurs auf die Bucht absetzen, ehe er nicht eine Antwort gefunden hatte. Er ... Plötzlich ertönte über dem müden Seufzen des Windes und dem Knarren des gequälten Holzes des Schiffes das unverwechselbare Geräusch von Kanonendonner.

Phillip spannte sich und hob wieder sein Glas ans Auge.

Leutnant Cochrane rief ihm aufgeregt zu: »Kanonen, Sir, Kanonen, nehme ich an, sie feuern am Ufer!«

»Ja«, bestätigte Phillip grimmig und sah in der Dunkelheit voraus den Blitz eines Mündungsfeuers. »Ja, Mr. Cochrane, wir brauchen unser Schiff in Not nicht länger zu suchen. Ich fürchte, sie sind aufgelaufen, und die Russen versuchen, sie zu nehmen.«

Ihm schien, als wiederhole sich die Geschichte. Phillip sank das Herz, als er sich an das kurze und blutige Gefecht erinnerte, an dem er neben der Mannschaft der unglücklichen *Tiger* teilgenommen hatte, die in dickem Nebel an der feindlichen Küste gestrandet war. Die Russen hatten eine bespannte Batterie herangaloppieren lassen, die abprotzte und von der Höhe der Klippen aus die Fregatte beschoß, die sich unten nicht verteidigen konnte. Die Kanonen des Schiffes konnten nicht genügend schräg nach oben gerichtet werden, um dem mörderischen Hagel von Kartätschen und glühenden Kugeln zu begegnen, die auf sie regneten. Sie brannte schnell, und Matrosen und Seesoldaten kämpften verzweifelt und tapfer gegen das rasende Feuer und weigerten sich, die Flagge zu streichen, bis ihr sterbender Kapitän es ihnen befahl, um weiteres Blutvergießen zu verhindern. Eine explodierende Granate hatte damals sein Bein erwischt, und Phillip spürte, wie seine alte Wunde jetzt wieder schmerzte, als von oben auf der Klippe eine zweite Kanone das Feuer eröffnete.

Er stieg mit dem Fernglas um den Hals in den Wanten des Großmastes nach oben, weil er hoffte, von dort mehr zu sehen. Jetzt feuerten die beiden Kanonen auf der Klippe schneller, und man konnte ihre Position genau ausmachen. Die des gestrandeten Schiffes war unklar. Sie wurde klarer, als die Distanz zwischen der *Trojan* und dem Land sich verringerte. Schließlich war sie mehr als deutlich, denn ein Feuer brach mittschiffs aus. Nach der Explosion und dem schnellen Ausbreiten nahm Phillip an, ein glücklicher Schuß habe die Munition getroffen, die auf dem Schiff zu den Kanonen an Deck gebracht wurde. Daß man sie an Bord nicht einsetzen konnte, wurde ihm schnell klar. Denn wie die *Tiger* lag auch dieses Schiff zu dicht unter den Klippen und konnte keine einzige Kanone schräg stellen, um ein Ziel zu finden. Man versuchte es dennoch, aber die wenigen Kugeln, die man feuerte, blieben harmlos im Überhang der Klippen stecken oder jagten hoch über die Köpfe der russischen Kanoniere hinweg. Nach diesem winzigen Zeichen ihres Widerstands bekämpfte die gesamte Mannschaft das Feuer an Deck und gab – für den Augenblick jedenfalls – die eigenen Kanonen auf.

Die Russen fühlten sich in ihrer Stellung weit oben so sicher, daß sie ein großes Feuer entzündeten, das wie Phillip annahm, nur den einzigen Zweck hatte, den eigenen Kanonen das Schußfeld zu beleuchten. Bald konnte man die Kanonen und die Kanoniere unterscheiden, dunkle Schatten vor der roten Glut der lodernden Flammen. Ganz offensichtlich hatte man die sich nähernde *Trojan* weder gesehen noch gehört. Das Brüllen der eigenen Kanonen und das Rauschen der Brecher gegen die Klippen unter ihnen würden ohne Zweifel den Lärm der Maschine übertönen. Vielleicht konzentrierten die Russen sich auch so sehr auf ihr hilfloses Opfer, daß sie die Navigationslichter eines Schiffes auf dem Meer gar nicht bemerkten.

Natürlich war die *Trojan* außerhalb ihrer Reichweite und die Russen leider außerhalb der des Schiffes, mußte Phillip enttäuscht feststellen. Um sie mit einer Kanone vom Oberdeck zu treffen, müßte er gefährlich dicht unter Land laufen, und selbst dann blieb unsicher, ob die gut trainierten Mannschaften mehr erreichen würden, als den Feind zu zwingen, sich eine Zeitlang zurückzuziehen. Das mochte zwar der Mannschaft des gestrandeten Schiffes eine willkommene Pause geben, aber auf die Dauer würde es sie nicht retten. Phillip könnte nicht lange in dieser Position bleiben und wagte nicht, in tiefem Wasser zu ankern, damit die *Trojan* nicht dasselbe Schicksal erlitte, wie das Schiff, dem sie zu Hilfe kommen wollte. Die Dunkelheit erhöhte die Gefahr ebenso wie der Nebel damals, als die *Tiger* strandete. Ein so fernes Ziel genau zu treffen war keineswegs leicht.

Er stieg an Deck zurück und sah den 68-Pfünder, der gerade vor ihm seinen Platz hatte. Seine Reichweite war größer als die der anderen Kanonen auf dem Oberdeck, und so wie die *Trojan* stand, könnte es gelingen, den Feind so lange zum Abrücken zu zwingen, bis er die gestrandete Mannschaft mit mehreren Booten abgeborgen hatte. Wenn man Boote zu Wasser bringen könnte, die sich hielten ... er wandte sich an Cochrane.

»Lassen Sie bitte den Ersten Offizier und den Geschützmeister kommen, Mr. Cochrane. Und dann lassen Sie die Wache auf Station zum Halsen gehen. Ich werde«, er wurde von einer Stimme unterbrochen, die eindringlich seinen Namen rief.

»Commander«, ein bleicher Major Leach erschien, der keineswegs akzeptabel aussah. Doch entschlossen hangelte er sich mit seinem einzigen Arm vom Niedergang heran. Anthony Cochrane eilte ihm entgegen und half ihm auf dem Weg zu Phillip. »Ich hörte Kanonenfeuer«, begann der Füsilieroffizier, unterbrach sich und beobachtete, was da vor ihm geschah. Er murmelte eine Entschuldigung, kreuzte zur Steuerbordreling und blieb dort stehen, klammerte sich fest und starrte über die unruhige Schwärze des Wassers auf das Bild auf der Klippe.

»Geben Sie das dem Major, Mr. Cochrane«, sagte Phillip und reichte dem Wachhabenden sein Glas.

Da erschien Martin Fox von unten. Auch er sah sofort die russischen Artilleristen vor dem lodernden Feuer und zuckte zusammen, als die 12-Pfünder sich wieder meldeten.

»Das also war's!« Er sprach leise, und seine Stimme zitterte. Nach kurzem Einschätzen der Szene wandte er sich neugierig an Phillip. »Ich erkenne sie nicht, und du? Ich glaube nicht, daß es ein Schiff von den unseren ist, obwohl man das in dieser scheußlichen Dunkelheit nur schwer ausmachen kann. Ich sehe auch keine Flagge, falls die dort drüben überhaupt eine gesetzt haben. Was unternehmen wir, Phillip? Was können wir überhaupt unternehmen?«

Phillip blieb stumm. Die Männer der Wache gehorchten der Pfeife und sammelten sich auf ihren Stationen, und er nickte Cochrane zu weiterzumachen. Mit zusammengezogenen Brauen richtete er seine ganze Aufmerksamkeit auf die Antwort zu der Frage, die der Erste Offizier ihm gerade gestellt hatte. Er entwickelte einen Plan, verwarf ihn sofort wieder als undurchführbar, entwickelte einen zweiten und mußte auch den aufgeben, weil auch der genauso unmöglich zu realisieren war. Schließlich sagte er: »Das Schiff liegt mit dem Heck zum Land, Martin, und ich nehme an, es ist ein Truppentransporter, ein französischer wahrscheinlich, obwohl man das, wie du selbst sagtest, nur schwer feststellen kann. Nach dem bißchen, was ich erkennen kann, scheinen sie nicht schwer beschädigt zu sein. Das Heck schwimmt wohl noch, aber nur Gott allein weiß, was mit dem Bug los ist.«

»Vielleicht ist er kaum beschädigt«, meinte Fox. »Wenn das Heck klar ist, kann sie nicht allzuhart aufgelaufen sein.«

»Genau«, stimmte Phillip ihm zu. »Ich würde sie gern abschleppen, wenn ich könnte. Aber wir müßten sehr nahe herankommen, um eine Trosse auszubringen, auch dann noch, wenn wir sie mit einer Rakete hinüberschießen. Das ist immer noch verdammt gefährlich, weil wir auch auflaufen könnten. Wenn's mit einer Trosse nicht geht, schicken wir Boote rüber, die die Männer von Bord nehmen. Ich weiß, in dieser See ist das riskant, doch es ist das kleinere Risiko. Aber was immer wir auch vorhaben, wir müssen erst mal die feindlichen Kanoniere vertreiben, damit wir genügend Zeit gewinnen.«

»Die beiden Achterdeckskanonen?« fragte Martin Fox.

»Eine Achterdeckskanone«, verbesserte Phillip ihn. »Wir ...«

Der Stückmeister, der junge Sutherland, tauchte atemlos neben ihm auf. »Sie haben mich rufen lassen, Sir?«

»Ja, Mr. Sutherland.« Phillip erklärte ihm kurz seine Wünsche. »Nehmen Sie acht Ihrer besten Leute, und machen Sie den 68-Pfünder klar. Ich werde halsen und näher unter Land gehen. Steigen Sie nach oben, schauen Sie sich die Feldkanonen genau an und peilen Sie sie ein. Sie werden nicht viel Zeit zum Zielen haben und die Entfernung ist extrem.« Er gab noch ein paar technische Instruktionen, entließ den jungen Geschützmeister und wandte sich wieder an Martin Fox. »Mehr können wir im Augenblick nicht tun, fürchte ich. Die anderen kriegen so vielleicht ein bißchen Luft und eine Chance, die Pumpen zu bedienen und das Feuer zu löschen. Sutherland wird die Aufmerksamkeit des Feindes ablenken, jedenfalls zeitweise, obwohl seine Chance, den Gegner zu treffen, reichlich dünn ist.«

Fox nickte nachdenklich zustimmend. »Soll ich Freiwillige aufrufen und sie in Bereitschaft halten?«

»Ja, bitte. Und dann gib mir mal dein Glas, Martin, meines hat der Major.« Phillip suchte die Küste besorgt und sorgfältig ab.

Und als auf Cochranes Befehl hin das Schiff auf dem neuen Kurs lief, ging er auf die andere Seite und suchte die felsigen, kaum erkennbaren Konturen ab, die hier und da von schäumenden Brechern gezeichnet waren, heller als das dunkle Wasser, aus dem sie stammten. Als die *Trojan* auf dem Backbordbug immer näher ans Ufer kam, senkte er das Glas und rief den Fähnrich der Wache zu sich herüber, als er sah, wie Sutherland und seine Männer aufmerksam an der Kanone warteten.

»Sir?« O'Hara meldete eifrig wie immer, nur seine hohe Stimme verriet seine Anspannung.

»Bitte, lassen Sie die Geschützmannschaft meine Befehle ausführen, Mr. O'Hara«, bat Phillip ihn und kletterte wieder in die Webleinen des Großmastes.

Hier oben konnte er nur wenig mehr sehen als an Deck, und er fluchte leise auf die dunkle Nacht und die sturmgepeitschten Wolken, die wieder einmal das fahle Licht des Mondes ausgelöscht hatten.

Während er jetzt mit dem Nachtglas vor den Augen in den Wanten hing, wußte er, wie hilflos sich die Mannschaften auf den Schiffen des Geschwaders der *Tiger* gefühlt haben mußten, als das Schiff angegriffen wurde. Nebel hatte damals ihre Sicht behindert, so wie die Dunkelheit jetzt. Sie hatten die Kanonen gehört, aber sie konnten sie nicht sehen und auch nicht erkennen, wo die hilflose Fregatte lag. Gott sei Dank konnte er heute wenigstens gelegentlich einen Blick auf sein Ziel werfen, und das lodernde Feuer der Russen, das durch die Dunkelheit flackerte, erlaubte ihm, die Szene in Sicht zu behalten. Er rief dem Rudergänger einen Befehl zu, den O'Hara weitergab, so laut es ein junger Mann mit kräftigen Lungen konnte. Phillips eigene Stimme blieb ruhig, und als die Peilung stand, gab er den Befehl zum Feuern.

Die Männer unter Sutherland leisteten gute Arbeit und schossen schnell hintereinander, aber wie Phillip bereits befürchtet hatte, lag das Feuer nicht im Ziel. In den wenigen Minuten, die er ihnen zugestanden hatte, gaben sie sich unendliche Mühe, den Fehler auszugleichen, doch die letzten paar Schüsse lagen viel zu kurz. Um das gestrandete Schiff nicht zu gefährden, befahl er, das Feuer einzustellen. Noch zweimal ging er über Stag, lief vorbei und verringerte die Entfernung so weit wie möglich. Doch erst beim dritten Anlauf zeigte ihm der laute Jubel der Männer, daß sie fast im Ziel lagen und die feindlichen Kanoniere flohen. Aber die *Trojan* war jetzt gefährlich nahe unter der Küste, und Phillip war gezwungen abzudrehen. Wenigstens ihr erstes Ziel hatten sie erreicht und die Russen verjagt. Das Feuer, dem jetzt Holz fehlte, sank zu einem kleinen roten Gluthaufen zusammen.

»Damit haben die armen Kerle auf dem Transporter ein bißchen Zeit gewonnen«, meinte Martin Fox, als Phillip auf das Achterdeck zurückkehrte. »Hoffentlich nutzen sie sie gut. Sie ...«

Ein lauter Ruf blieb ihm im Halse stecken, als eine Leuchtrakete in den Himmel stieg, die einen Augenblick lang alles mit goldenem Licht erhellte. Phillip sah ein Boot, das wie wild auf sie zu gepullt wurde. Da meldete es auch schon der Ausguck im Großtopp. Er konnte nur einen kurzen Blick darauf werfen, es war eine kleine Gig. Zwei Männer saßen an den Riemen, und zwei andere arbeiteten wie wild mit Pützen, um ihr winziges Boot schwimmend zu halten. Dann verglühte das Leuchten, und er konnte nur noch blind in die Dunkelheit starren und war sich gar nicht mehr sicher, ob er überhaupt ein Boot gesehen hatte. Doch der Ausguck hatte es ja gemeldet, und als Phillip sich mit seiner unausgesprochenen Frage an Martin Fox wandte, nickte der.

»Da war ein Boot, Sir. Sollen wir versuchen, es aufzunehmen?«

»Natürlich«, sagte Phillip und fragte sich, wie ihnen das in dieser Dunkelheit gelingen sollte. Er gab seine Befehle mit einer Sicherheit, die er kaum empfand. Dann war er angenehm überrascht, als die *Trojan* in den Wind ging, eine zweite Rakete vom gestrandeten Transporter aufsteigen zu sehen. In ihrem Licht sah er die Gig keine 20 Meter entfernt. Zwei Männer hingen ohne Rücksicht auf ihre eigene Sicherheit bereits in den Rüsten der Fregatte und halfen der Gig festzumachen. Andere lehnten sich gefährlich weit über die Reling und zogen die vier Schiffbrüchigen an Deck.

6

Die Geretteten waren, wie Phillip vermutet hatte, Franzosen. Einer von ihnen war der Zweite Offizier, der sich als Gaspard vorstellte, und der zweite Mann an den Riemen war Leutnant Lejeune von den Afrikanischen Jägern.

Phillip ließ Martin Fox an Deck zurück und befahl dem Stückmeister, das Feuer des Gegners bei jeder sich bietenden Gelegenheit zu erwidern. Er hatte die Matrosen unter Deck geschickt und begleitete jetzt die beiden Offiziere in seine eigene Kajüte. Seinen Steward ließ er heißen Kaffee holen und bot in der Zwischenzeit Gaspard und Lejeune Rum an. Sie hockten in Decken gehüllt und tranken dankbar, während sie ihm berichteten, was sie hatten aushalten müssen, nachdem ihr Schiff an der felsigen Küste gestrandet war. Ihr Schiff, die *Rapide*, war ein Dampftransporter, schonergeriggt, hatte zwei Armeeärzte und zwei Nonnen als Krankenschwestern an Bord und transportierte medizinischen Nachschub, der für das französische Lazarett in Kamiesch bestimmt war. Vor allem aber beförderte sie 50 Kavalleristen mit ihren Pferden. Die *Rapide* war nach Eupatoria unterwegs und hatte gehofft, dort Schutz zu finden, aber zu Beginn des Sturms bekam sie einen Ruderschaden. Die gewaltigen Seen hatten den Maschinenraum unter Wasser gesetzt. Hilflos trieb sie bis zur Strandung vor drei Stunden.

»Wir feuerten sie ab«, erklärte Gaspard in leidlich verständlichem Englisch, »in der vagen Hoffnung, daß jemand sie sehen und uns zu Hilfe kommen würde. Und Sie kamen ja auch, Monsieur, Gott sei Dank. Aber da hatte uns der Feind schon angegriffen, denn die Rakete informierte auch die Russen. Ihre Kanonen hätten uns zerstört oder in Flammen aufgehen lassen, wenn Sie sie mit Ihrem Feuer nicht vertrieben hätten. Sie gaben uns die Zeit, die wir brauchten, um das Feuer im Bug zu löschen.«

Phillip erkundigte sich genau nach den Schäden und erfuhr, daß der Maschinenraum inzwischen leer gepumpt und das Ruder behelfsmäßig repariert worden war. Abgesehen von Schäden, die das Feuer verursacht haben könnte, war das Schiff, soweit Gaspard es beurteilen konnte, wieder seetüchtig.

»Unsere Ladung wird dringend im Lazarett in Kamiesch gebraucht«, fügte der Zweite Offizier hinzu, »ebenso wie die Ärzte und die beiden Schwestern, die Nonnen. Mein Kapitän hat mich geschickt, Sie zu bitten, unser Schiff von den Felsen loszuschleppen. Haben Sie schon mal überlegt, Monsieur, ob das möglich ist?«

»Ja«, versicherte Phillip ihm. »Darüber habe ich lange nachgedacht. Aber ehe ich eine Trosse an Bord bringen kann, müssen wir die Russen zum Rückzug zwingen. Ich kann nur mit einer einzigen Kanone auf sie schießen, Monsieur Gaspard, und wie Sie gemerkt haben, kann man in der Dunkelheit und bei dieser See kaum genau zielen. Aber wenn ich versuchen soll, Sie abzuschleppen, dann liegt die beste Zeit dafür vor dem Tagesanbruch, kein Zweifel.«

»Aber Sie haben doch sicher mehr als eine Kanone«, warf der Jägerleutnant ein. »Ist dies nicht eine englische Fregatte von mindestens 20 Kanonen?« Er streckte dabei seine Hände aus.

»Mein Schiff hat 31 Kanonen«, bemerkte Phillip trocken, »oder ganz genau 30, denn wir haben unseren zweiten 68-Pfünder im Orkan verloren. Aber ich kann meine Kanonen vom Hauptdeck nicht einsetzen, ohne das Risiko einzugehen, wie Sie auf den Felsen zu landen. Verstehen Sie?« Er versuchte das alles dem skeptischen jungen Kavalleristen zu erklären, als Major Leach darum bat, sich zu ihnen gesellen zu dürfen.

»Ich habe Ihnen einen Vorschlag zu machen, Commander Hazard. Darum habe ich gewagt, hier einzudringen.«

»Sie dringen nicht ein, Major«, versicherte ihm Phillip.

Er machte die Männer miteinander bekannt und hörte dabei, daß die Kanonen an Land ihr Feuer wieder aufgenommen hatten.

Major Leach erriet offenbar seine Gedanken und sagte ernst: »Ja, sie feuern wieder auf die *Rapide* und jetzt mit einer Batterie von vier Kanonen, vermutlich in der Absicht, Ihr Schiff fern zu halten, Commander. Die feindlichen Kanonen stehen weit auseinander und sind also noch schwerer zu treffen als vorher. Und das führt zu meinem Vorschlag, wenn Sie gestatten!«

»Natürlich, Sir.« Die Zeit wurde knapp. Wenn sie überhaupt eine Chance hatten, die Passagiere und Mannschaften des gestrandeten Transporters zu retten, dann nur in der Dunkelheit, die die sich nähernden Boote der *Trojan* verbarg. Und auch die *Trojan* selber, während sie eine Trosse auszubringen versuchte. Bei Tageslicht würden die Russen noch mehr Kanonen heranführen und sie zusammenschießen, sobald sie nahe genug war.

Wieder sagte Leach, als habe er Phillips Gedanken gelesen: »Mr. Fox sagte mir, Sie würden die *Rapide* gern abgeschleppt sehen, wenn man die Batterie des Gegners zum Verstummen bringen könnte – stimmt das?« Phillip nickte, und der Soldat fuhr fort und wandte sich dabei kurz an den jungen Jägeroffizier: »Einer Ihrer Männer sagte mir, daß sie einen Pfad gefunden haben, der nach oben auf die Klippen führt, und daß sie selbst eine Gruppe nach oben geführt haben, mon lieutenant, um die Kanoniere des Gegners mit Musketenfeuer zu erledigen?«

Der Kavallerist sah ihn verständnislos an, bis Leach alles in fehlerfreiem Französisch wiederholte. Jetzt lächelte der andere strahlend und antwortete in einem ganzen Wortschwall.

»Er sagt, daß der Pfad nur ungefähr 50 Meter von ihrem Schiff entfernt ist«, übersetzte Leach. »Und daß er oben eine Stelle zwischen den Felsen gefunden hat, die einer Gruppe von etwa zehn, zwölf Leuten hervorragenden Schutz gibt. Ich würde gern eine Gruppe von acht meiner Leute, alles hervorragende Schützen, den Pfad nach oben führen, wenn Sie mich an Land bringen. Wenn ich erst mal oben zwischen den Felsen bin, garantiere ich, die Aufmerksamkeit der feindlichen Kanoniere so lange auf uns zu lenken, bis Sie das französische Schiff abgeschleppt haben. Sollte das nicht möglich sein, können Sie wenigstens die Passagiere und die Mannschaften übernehmen. Wollen Sie sich meinen Vorschlag durch den Kopf gehen lassen?«

Das ist der einzig praktische Weg, den man überhaupt einschlagen konnte, dachte Phillip. Dennoch zögerte er und runzelte die Stirn. »Wie kam's, daß Leutnant Lejeune keinen Erfolg bei seinem Versuch hatte?« wollte er wissen.

Gaspard antwortete mit resigniertem Schulterzucken. »Das Boot, mit dem Sie zum Pfad übersetzten, schlug um, Monsieur. Das Pulver und auch die Karabiner wurden naß. Als sie oben auf der Höhe waren, konnten sie das Feuer nicht eröffnen und mußten wegen frischer Munition an Bord zurück. Man hat sie beim Aufstieg oder Abstieg nicht entdeckt. Sie wären ohne Zögern wieder an Land gegangen, wenn wir nicht inzwischen ihre Fregatte entdeckt hätten. Ich bin ganz sicher, daß Lejeune Ihre Gruppe zum Pfad oder bis ganz oben führen wird, n'est pas, mon lieutenant?«

»Aber sicher«, stimmte Lejeune enthusiastisch zu.

»Gut«, sagte Phillip. Er schaute auf seine Taschenuhr und dachte bereits über die Möglichkeiten nach, die jetzt vor ihm lagen. »Wie lange, schätzen Sie, dauert es, bis Sie Ihre Männer oben auf der Klippe zwischen den Felsen haben werden, Major?« fragte er Leach.

»Der Franzose brauchte 35 Minuten – wir werden, wenn Lejeune uns führt, 25 bis 30 brauchen, wenn wir erst mal am Strand sind.« Der Major klang zuversichtlich und fügte dann leiser hinzu:»Ich kann Sie noch von einem kleinen Problem befreien, das Sie vielleicht bedrückt, Commander. Sie müssen sich nicht den Kopf darüber zerbrechen, wie wir zurück an Bord kommen. Eupatoria ist ganze 14 Meilen entfernt in der Luftlinie, nach meiner Karte jedenfalls, und 20 auf der Straße, die wir aber natürlich meiden sollten.«

»Aber wir können Sie nicht in Feindesland zurücklassen«, widersprach Phillip. »Das Boot, mit dem Sie landen, wartet und bringt Sie zurück.«

»Sie werden wahrscheinlich alle Boote für die Rettungsarbeiten brauchen, Hazard, wenn Sie die *Rapide* nicht abschleppen können«, entgegnete der Major mit unschlagbarer Logik. »Ich bin ganz sicher, daß wir mit acht gut ausgebildeten Soldaten und genügend Munition unseren Weg zur Stadt finden werden.« Und als Phillip den Mund öffnete, um noch einmal zu protestieren, fuhr er fort: »Erlauben Sie mir das letzte Wort, denn dies hier ist ein rein militärisches Problem. In der Seemannschaft unterwerfe ich mich Ihrem Urteil, Hazard, aber hier ...« Er erhob sich lächelnd. »Wenn Sie mich jetzt bitte entschuldigen! Ich werde meine Männer aussuchen und dafür sorgen, daß ihre Waffen gegen plötzliche Wassereinbrüche geschützt sind.«

Phillip ließ ihn mit einigem Zögern gehen. Als er ihn wiedersah, näherte sich die *Trojan* dem Land, und die Mannschaften warteten, um das erste Boot zu Wasser zu lassen. An der Relingspforte hatte Leach seine kleine Gruppe gesammelt. Jeder Mann hatte sein Gewehr sorgfältig in Ölhaut gewickelt, und jeder trug einen geborgten Marine-Wachmantel über seiner scharlachroten Uniform. Phillip sah, daß der junge französische Leutnant ähnlich ausgerüstet war und fand zu seiner Überraschung Lord Henry Durbanville unter ihnen, auch mit einer eingewickelten Muskete in der Hand, doch trug er den grauen Mantel der Garde. Sein Diener stand neben ihm.

Phillip kommentierte nichts, aber seine Überraschung hatte man wohl bemerkt.

Durbanville sagte aus der Gruppe heraus: »Ich schieße ganz gut, Commander. Ich habe sogar schon Medaillen gewonnen. Und dann kann ich, wie ich Major Leach schon gesagt habe, dieses verdammte Rollen und Stampfen Ihres Schiffes nicht mehr aushalten. An Land fühle ich mich viel wohler.« Er streckte seine Hand aus. »Auf Wiedersehen, Sir!«

Phillip ergriff die ausgestreckte Hand und spürte zum erstenmal in ihrer kurzen Bekanntschaft etwas wie Sympathie für den Jungen. Er war sicherlich arrogant und unfreundlich, aber ihm fehlte keinesfalls der Mut. »Au revoir«, sagte er, »Hauptmann Durbanville, ich wünsche Ihnen viel Erfolg.«

»Danke, Commander Hazard. Ich habe keinen Zweifel daran, daß wir Erfolg haben werden. Und Sie auch.« Dieser Zusatz kam mit kalkulierter Hochnäsigkeit. Dann nahm er Haltung an und salutierte. »Vielleicht treffen wir uns wieder.«

»Vielleicht«, gab Phillip steif zurück.

Sein Abschied von Major Leach und Leutnant Lejeune war

herzlicher. Leach, der seinen Dank für all seine Hilfe äußerte, schüttelte ihm fest die Hand.

»Ich habe hier einen Brief. Darf ich mir erlauben, Sie zu bitten, ihn zu befördern, Hazard? An meine Frau! Sollte ich mich mit meinem militärischen Urteil wider Erwarten getäuscht haben, wäre ich Ihnen sehr verbunden, wenn Sie ihn auf den Weg bringen würden. Auf Wiedersehen, mein Freund, und viel Glück.«

»Viel Glück auch Ihnen, Sir«, antwortete Phillip herzlich. »Das Boot wird auf Lejeune warten. Wenn Sie also Ihre Meinung ändern und doch zu uns zurückkehren wollen, können Sie das bis dahin entscheiden.«

Er kehrte auf das Achterdeck zurück und beobachtete, wie das Boot unter Martin Fox' Kontrolle ohne Verzögerung zu Wasser gelassen wurde. Man half den Männern von Major Leach hinein, und dann legte das Boot unter Führung von Leutnant Laidlaw ab. Es verschwand in der Dunkelheit, während auch die *Trojan* wieder Fahrt aufnahm. Vom Land aus feuerten die Russen weiter erbarmungslos auf den französischen Transporter. Beim Warten darauf, daß Leach und seine Männer den Fuß der Klippe erreichten, entschloß sich Phillip, einen letzten Versuch zu unternehmen, die russischen Kanonen mit dem 68-Pfünder zum Schweigen zu bringen. Wie die früheren waren auch die ersten Schüsse weit weg vom Ziel, doch mit dem nächsten traf Sutherland eine schlecht plazierte Holzabdeckung, unter der offenbar das Reservepulver und die Reservemunition der Batterie lagerten. Die Männer an der Kanone schrien sich heiser, als sie den grellen Blitz sahen, der in den Himmel fuhr. Die feindlichen Kanoniere stoben in Panik davon, als ihnen erst das Holz um die Köpfe flog und Granaten dann mit dumpfem Röhren explodierten.

»Sehr gut, Mr. Sutherland«, rief Phillip über den Lärm hinweg, und der Geschützmeister sah ihn mit rauchgeschwärztem Gesicht strahlend vor Stolz an. Zu Martin Fox, der neben ihm stand, meinte Phillip zufrieden: »Und es kam genau zur rechten Zeit, denke ich. Das Boot sollte jetzt wohl unten am Ende des Pfades angekommen sein, wenn es sich schwimmend gehalten hat. Haben Sie ein Signal bemerkt?«

Fox schüttelte den Kopf und versuchte, mit dem Glas die Dunkelheit zu durchdringen. Einen Augenblick später korrigierte er sich: »Da sind sie. Ich erkenne das Signal mit der Laterne. Sie haben den Strand erreicht, Sir.« Er überschlug sich fast. »Wie Sie richtig sagten, Sir, der Schuß traf zur richtigen Zeit. Und wenn das wirklich ihre Reserven waren, dann werden die Kanoniere bald nichts mehr zum Feuern haben, was uns ja nur recht sein kann. Und was machen wir jetzt, Sir?«

»Wir müssen jetzt 25 bis 30 Minuten warten, bis Leach oben und in Stellung ist«, antwortete Phillip. Trotz des eisigen Windes waren seine Stirn und seine Hände feucht von Schweiß. »Wir laufen für Sutherland noch einmal an, um den Feind abzulenken, und dann marschieren wir unter Dampf, Martin.« Er deutete auf den Strand. »Hörst du, sie haben aufgehört zu feuern. Wenn sie Nachschub holen müssen, gibt es wieder eine Pause, für die unsere Franzosen dankbar sind. Die *Rapide* hat übrigens zwei Frauen an Bord, Nonnen als Krankenschwestern, wußtest du das?«

»Nein.« Martin Fox setzte das Glas ab und starrte Phillip entsetzt und überrascht an. »Was die armen Seelen alles aushalten müssen!« Er gab Cochrane und Sutherland die nötigen Befehle, kehrte auf seinen Posten zurück und beobachtete mit dem Glas weiter die Küste. Über die Schulter sagte er: »Ich wünschte, es wäre nicht so infernalisch dunkel. Hast du schon beschlossen, wie wir die Trosse rüber bekommen wollen?«

»Noch nicht«, gab Phillip zu. »Das hängt von den Umständen ab und davon, wieviel wir sehen können, wenn wir nahe genug an der *Rapide* sind. Wenn Leach die Gegner unten hält, ist eine Rakete der schnellste Weg, stimmst du zu?«

»Ja, aber wenn er sie nicht niederhalten kann?«

»Dann nehmen wir das Boot. Boote müssen wir sowieso zu Wasser lassen, um die Passagiere zu übernehmen, die beiden Nonnen, die Armeeärzte und die Verwundeten. Denn selbst wenn wir ein Trosse rüber kriegen, können wir die *Rapide* vielleicht immer noch nicht los kriegen.«

Soweit war sein Plan gediehen, aber jetzt mußten die Details geplant werden. Er mußte genau wissen, was weiter zu tun war. Der Plan mußte notwendigerweise sehr flexibel sein – noch im letzten Augenblick konnte manches schiefgehen, und gegen alle Eventualitäten konnte auch Phillip sich nicht wappnen. Doch wenn er Martin Fox die Boote übergab und ihm alle Entscheidungen überließ, auch die, eine bewaffnete Gruppe an Land zu schicken, die die Evakuierung der Passagiere und der transportfähigen Verwundeten decken sollte, dann hatte er die gewünschte Flexibilität. Sein Erster Offizier würde entscheiden müssen, ob ein Versuch, die *Rapide* abzuschleppen, sinnvoll war oder nicht. Er war ein erfahrener, absolut verläßlicher Offizier, der solche Entscheidung fällen konnte. Wenn das französische Schiff nach Fox' Meinung nicht wieder zum Schwimmen gebracht werden konnte, dann würde er eben die Einschiffung der Passagiere und Mannschaften in die Boote überwachen. Wenn das der Fall sein sollte ... Phillip seufzte. Die Boote müßten wahrscheinlich zwei oder dreimal hin- und herlaufen, es sei denn, auch die Boote der *Rapide* wären noch verwendbar. Er würde die *Trojan* so dicht wie möglich unter Land halten, damit die Ruderentfernung möglichst kurz war. Mindestens ein Boot müßte er als Reserve zurückhalten, falls eines der anderen voll lief oder sonstwie in Gefahr geriet.

Doch wenn Fox andererseits entschied, es lohne sich zu versuchen, das französische Schiff abzuschleppen, dann würde ein Boot reichen, um O'Haras vier Passagiere von Bord zu bringen. Die Verwundeten könnten an Bord bleiben. Ein bewaffnetes Landungskommando könnte nötig sein, um Major Leach zu unterstützen. Phillip runzelte die Stirn. Er wünschte, er hätte mehr Seesoldaten, doch die meisten, zwei Drittel ihrer Mannschaft, standen unter ihrem Hauptmann Alex Murray an Land zur Verteidigung von Balaklava. Den meisten Schiffen der britischen Flotte ging es ähnlich. Die Männer, die an Bord geblieben waren, führte Leutnant Smithson, der im aktiven Dienst wenig Erfahrung gesammelt hatte. Phillips Stirnrunzeln verschwand. Cochrane konnte den Landungstrupp führen, den erfahrene und verläßliche Seeleute verstärkten. Ein Boot müßte sich bereit halten, sie wieder aufzunehmen, sobald die *Rapide* schwamm. Wenn irgend etwas schief ging, hätten der Landungstrupp und die Bootsmannschaft noch eine Chance das französische Schiff zu erreichen. Man mußte ein System von Signalen entwickeln – Fähnrich Grey sollte das übernehmen. Alles, was Phillip jetzt noch bedenken mußte, war die Sicherheit seines eigenen Schiffes. Wie würde er es am besten durch die nächsten Stunden führen?

»Martin ...« so knapp wie möglich erläuterte Phillip ihm, was er vorhatte und war erleichtert, als sein Stellvertreter zustimmend nickte.

»Ich schicke dir den jungen Grey, ja? Und dann stelle ich die Bootsbesatzungen zusammen und den Landungstrupp. Einverstanden?«

»Ja, gern. Grey soll sich Signale ausdenken für jeden Teil der Operation und soll eine Laterne einsetzen, um ja oder nein zu übermitteln. Für den Notfall oder um eine Änderung des Plans zu signalisieren, sollte der Landungstrupp am besten Notraketen mitnehmen. Smithson bleibt an Bord.«

»Aye, aye, Sir! War es das?«

»Ja. Also los, Martin. Ich möchte jetzt mit Master Burnaby reden.«

Phillip trat ins Kartenhaus, als die Achterdeckskanone wieder feuerte. Aufmerksam und besorgt lauschte er, doch diesmal, als er und der Master die Karten studierten, gab es kein Triumphgeschrei der Kanoniere. Der junge Grey meldete sich, als die Kanone zu feuern aufgehört hatte. Er begriff sofort, was von ihm verlangt wurde, und setzte sich mit einem Bleistift und einem Signalblock an den Tisch im Kartenhaus.

»Soll ich das Kommando an Deck führen, Sir?« wollte Burnaby wissen.

Phillip nickte. »Ja, bitte, Mr. Burnaby. Mr. Cochrane führt den Landungstrupp unter dem Ersten Offizier. Nehmen Sie zwei gute Leute zum Loten. Die Karten sind hier nicht sehr genau.«

»Aye, aye, Sir! Noch etwas. Wenn wir das Schiff dicht unter Land bringen – soll der Feind es dann sehen oder möchten Sie lieber ungesehen anlaufen, also ohne Aufmerksamkeit zu erregen?«

Die Frage hatte Phillip sich auch schon gestellt, und er zögerte, weil er sich noch nicht entschieden hatte. Die zweite Möglichkeit bot einige Vorteile, denn der Feind würde seine Absicht bis zum allerletzten Augenblick nicht erkennen können. So hätte er die besseren Chancen. Wenn er andererseits die Positionslichter und die Lichter an Deck löschte, würden die Boote die *Trojan* nur schwer finden. So voll, wie sie wahrscheinlich beladen waren und bei immer noch schwerer See war es entscheidend, die Boote ohne Verzögerung aufzunehmen. Sie mußten das Schiff sehen, um dorthin zurückkehren zu können. Die eigene Position konnte Phillip für einen bestimmten Zeitpunkt nicht vorhersagen, weil er sie auch jederzeit, falls nötig, ändern würde. Die Signale, die Grey entwickelt hatte, konnte man natürlich einsetzen, um die Bootsmannschaften und den Landungstrupp zu informieren, aber ... Phillip seufzte. Man mußte eben viel dem Zufall überlassen. Zwar könnte er versuchen, die Annäherung der *Trojan* zu verbergen, doch der Feind könnte sie dennoch ausmachen und ganz leicht ihre Absicht erraten, wenn sie sich dem Land so sehr näherten.

Er schaute zum alten Master Burnaby hinüber, der immer noch auf eine Antwort wartete, und er war fast versucht, den erfahrenen Mann um seine Ansicht zu fragen. Kapitän North hatte niemals seine Offiziere um ihre Meinung gebeten, erinnerte Phillip sich, hatte niemals Rat gesucht, hatte niemals einen Befehl erläutert oder gar daran gedacht, ihn zu rechtfertigen. Phillip wußte natürlich, daß er als Kommandant das letzte Wort hatte, aber er wußte auch, daß Burnaby so viele Jahre mehr auf See verbracht hatte als er selbst. Er war ein guter Navigator und ein weiser Mann dazu, der seinen Rat niemals anbot, aber wenn er gefragt wurde, ihn frei und immer gut begründet gab.

Phillip brach das Schweigen. »Was würden Sie an meiner Stelle tun, Mr. Burnaby?«

»Das habe ich mich auch schon gefragt«, gab der Master offen zu. »Schon seit wir den Franzosen gesichtet haben. An Ihrer Stelle, Mr. Hazard, würde ich versuchen, das Schiff abzuschleppen, falls ich das schaffen könnte, ohne den Verlust meines eigenen Schiffs zu riskieren.«

Seine Betonung des Wortes Verlust ließ Phillip kurz und verständnisvoll lächeln. Es schloß immerhin ein, daß Burnaby ein gewisses Risiko eingehen würde, daß die *Trojan* beschädigt werden könnte. Erleichtert atmete er auf.

»Das geringste Risiko für dieses Schiff«, fuhr Burnaby fort, »ist unter Land zu laufen, ohne entdeckt zu werden.«

»Offensichtlich«, bestätigte Phillip. »Und weiter Mr. Burnaby?«

»Also, Sir, so schätze ich die Lage ein. Die *Trojan* ist so lange sicher, wie sie außerhalb der Reichweite der Ufer-Batterien bleibt und unter Motor läuft. So wird sie kaum an Land getrieben werden können. Wenn wir also noch einmal vorbeisegeln und ein paar Schüsse vom Achterdeck aus feuern, werden die Boote meiner Meinung nach sicher rüber zu den Franzosen kommen. Denn die Russen werden auf uns und nicht auf die Boote achten. Und das denke ich, beabsichtigen Sie ja auch.« Jetzt lächelte auch Burnaby. »Und dann, Sir«, fuhr er fort, »würde ich mir eine kleine Täuschung einfallen lassen.«

»Eine Täuschung, Mr. Burnaby?«

Der alte Mann mit dem grauen Schädel nickte. »Ja, Sir. Ich würde die Russen in die Irre führen – ich würde sie glauben lassen, wir laufen in die eine Richtung, während wir in Wirklichkeit in die andere segeln. Das geht, Sir!«

»Geht das wirklich?« fragte Phillip interessiert. »Wie?«

Der Master lächelte noch mehr. »Es gibt da so einen kleinen Trick, den wir 1842 bei den Chinesen ausprobiert haben, Sir. Der klappte damals. Die Männer an den Kanonen da oben können kaum was erkennen. Im wesentlichen unsere Navigationslichter und natürlich die Mündungsfeuer. Nehmen Sie mal an, Sir, wir liefen wieder vorbei und hätten die Seitenlichter ausgetauscht – grün an Backbord, rot an Steuerbord. Und dann löschen wir alle Lichter und laufen auf Land zu. Wir laufen dahin, wo sie uns nicht erwarten – und die paar Minuten werden uns sehr nützen, sehr sogar, meine ich, Sir!«

Der junge Grey, der den Ausführungen des Masters genauso interessiert wie Phillip zugehört hatte, konnte seine Begeisterung nicht unterdrücken.

»Ich bitte um Verzeihung Sir, eigentlich sollte ich den Mund halten, aber das ist eine großartige Idee, und sie wird bestimmt klappen. Ich könnte außerdem noch ein paar Signale geben und die an Land ganz und gar verwirren – so als würde da draußen eine ganze Flotte warten. Die werden wir also richtig schön verwirren, Sir!«

»Halten Sie sich ein bißchen zurück, Mr. Grey«, bat Phillip ihn, doch ganz ohne Schärfe, »Sie werden mehr als genug zu tun haben, die Verbindung zwischen uns und den Booten aufrecht zu erhalten. Haben Sie Ihre Signale schon entwikkelt?«

»Ja, Sir.« Grey reichte ihm den Block zur Inspektion.

»Gut.« Phillip studierte sie und gab Grey den Block zurück. »Suchen Sie den Ersten Offizier und Mr. Cochrane, und sorgen Sie dafür, daß beide die Signale verstehen. Instruieren Sie den Signalmeister, daß er ihnen Signalleuchten gibt und daß jedes Boot genügend Raketen mitnimmt. Und noch etwas, Mr. Grey ...«

»Sir?« Gespannt wartete der Junge.

»Sie müssen noch ein Signal hinzufügen. Eine grüne Rakete oder im Notfall auch eine Serie langer und kurzer Töne aus unserer Dampfpfeife ruft alle Boote zurück, und dieser Befehl muß sofort befolgt werden. Verstanden?«

»Aye, aye, Sir!«

Grey rannte mit seinem Auftrag los, und Phillip wandte sich wieder dem grauhaarigen alter Master zu.

»Wie unser junger Mann schon ganz richtig bemerkte, Mr. Burnaby, haben Sie da eine großartige Idee. Vielen Dank. Lösen Sie Mr. Cochrane an Deck ab und bergen Sie alle Segel. Wir laufen nur unter Motor. Und sobald die Boote abgelegt haben, führen Sie Ihren Plan aus. Die Russen da oben können vielleicht Backbord nicht von Steuerbord unterscheiden, ein Versuch lohnt sich auf jeden Fall.«

»Das denke ich auch«, pflichtete der Master bei.

Ohne Lichter zu zeigen näherte die *Trojan* sich langsam dem Land, nur von der Schraube getrieben. Burnaby drehte bei, und die Boote wurden, nicht ohne Schwierigkeiten, zu Wasser gelassen, doch zu Phillips ehrlicher Erleichterung ohne Unfall. Von Major Leachs Landungstrupp gab es noch kein Signal, aber Phillip stellte mit Erstaunen fest, daß erst 30 Minuten vergangen waren, seit das erste Boot am Fuß der Klippe gelandet war. Er befahl dem jungen Grey, scharf auszugucken, und dann sah er, wie die Positionslichter ausgetauscht und wieder angezündet wurden und hörte, wie Burnaby Kursänderung befahl.

Er hoffte, daß dies das letzte Vorbeilaufen war. Sutherlands Mannschaft gab der 68-Pfünder soviel Erhöhung wie möglich und feuerte schnell hintereinander auf die Klippen, von denen zurückgefeuert wurde. Dann kam die enttäuschende Meldung, daß die Kanone Ladehemmung hatte. Sie wurde aufgehoben durch Greys Meldung, daß Major Leach Signale geschickt hatte. Sutherland und der Stückführer arbeiteten an der 68er. Sie waren sicher, sie in 10 bis 15 Minuten wieder feuerbereit zu haben. Phillip wußte, daß er sich auf ihr Versprechen verlassen konnte. Doch die Kanone bereitete ihm die wenigsten Sorgen. Als auch von Martin Fox aus dem Boot signalisiert wurde, daß der Landungstrupp es über die unruhige dunkle See geschafft hatte und sicher gelandet war, gab Phillip den Befehl, alle Lichter zu löschen und dicht unter Land zu laufen.

Er hatte keine Möglichkeit herauszufinden, ob Master Burnabys List die Beobachter auf der Klippe wirklich getäuscht hatte. Es schien unendlich viel Zeit in Anspruch zu nehmen, mit der Schraube unter Land zu laufen.

Phillip stand, das Glas am Auge, neben dem Master und hörte das montone Aussingen der Lotgasten in den Großrüsten. Noch hatten sie genügend Tiefe, aber diese nahm minutenweise alarmierend schnell ab, und schließlich wurde Phillip gezwungen, »Langsamste Fahrt voraus« zu befehlen.

Als sie sich der *Rapide* näherten, konnten sie Lichter ausmachen, die vom unteren Deck kamen. Auf dem Oberdeck war das Feuer offenbar gelöscht worden, und obwohl er nichts sehen konnte, erriet Phillip anhand der Geräusche, die über das Wasser kamen, daß die Mannschaft drüben eifrig beschäftigt war, Kanonen und anderes schweres Gerät über Bord zu hieven, um leichter zu werden. Das wiederum konnte nur bedeuten, daß Martin Fox dort festgemacht hatte mit der Information, daß die *Trojan* versuchen würde, die *Rapide* abzuschleppen. Phillip wandte sich an Burnaby, und der Master nickte, doch da begannen die russischen Kanonen nacheinander auf den Klippen hoch über ihren Köpfen wieder zu feuern. Sie zielten auf die unglückliche *Rapide*, doch ein paar Schüsse, die weit daneben lagen, schlugen ins Wasser zwischen den beiden Schiffen. Burnabys List hatte gewirkt, erkannte Phillip, doch wieviel Zeit sie gewannen, hing vom Glück ab. Der schwierigste Teil des Manövers lag noch vor ihnen. Phillip mußte halsen und dann das Schiff mit dem Heck nahe genug an den Franzosen bringen, um die *Rapide* abzuschleppen, und die Trosse mußte übergebracht werden. Wieder atmete er tief aus und achtete genau auf das Aussingen der Lotgasten.

Und dann hörte er Musketen feuern, die das Donnern der russischen Kanonen fast übertönte. Doch Phillip wußte, daß Major Leach und seine Männer jetzt die feindlichen Kanoniere beschossen. Daß ihr Feuer Wirkung zeigte, war bald zu erkennen. Die Schüsse auf das französische Schiff wurden weniger und verstummten dann ganz. Im stillen segnete er Leach und segnete ihn noch mehr, als O'Hara sie aus einem Boot anrief und ein paar Minuten später an den Steuerbordrüsten festmachte. Die ersten Passagiere von der *Rapide* saßen in seinem Boot, auch die beiden Nonnen. Sie zitterten unter der Leinwand, in die sie O'Haras Männer gewickelt hatten, doch sie hatten den Mut nicht verloren und waren glücklicherweise unverletzt.

30 Minuten schienen nicht enden zu wollen, ehe die *Trojan* in Position war und die Trosse zur gestrandeten *Rapide* überbrachte. Manchmal fühlte sich Phillip fast krank vor Sorge, wenn er daran dachte, daß er weniger als einen Faden Wasser unter dem Kiel hatte. Doch nach außen hin blieb er kühl. Der Wind und der Schwell hatten deutlich abgenommen, doch Phillips Befürchtungen nahmen erst ab, als er endlich sein Schiff wieder in tieferes Wasser führen konnte. Immer noch wartete er, daß die Russen sie wieder beschossen. Sie konnten doch unmöglich ihre Anwesenheit übersehen! Oder konnten Leach und Durbanville und ihr kleiner Trupp sie so lange und so beständig niederhalten? Offenbar war ihnen das gelungen. Aus der Ferne hörte er noch immer Musketenfeuer, das von verschiedenen Teilen der Klippen zu kommen schien. Doch der Wind verwirbelte die Geräusche, und er konnte nicht sagen, ob nur die Füsiliere von Major Leach schossen oder ob die Russen ihren Angriff erwiderten.

Zu seiner Überraschung war das Abbergen der *Rapide* vom steinigen Strand der leichteste Teil der ganzen Operation. Sie rutschte zurück, als habe sie es eilig, in ihr angestammtes Wasser zu kommen. Nur sehr kurze Zeit mußte die Maschine der *Trojan* mit ihren 300 Pferdestärken schwer arbeiten. Dann schwamm die *Rapide* mit dem Heck voraus und mit deutlicher Krängung nach Steuerbord, doch ohne sonstige sichtbare Zeichen von Schäden. Phillip war erleichtert und dankbar.

Wegen dieser Krängung und wegen der Brecher, die sie immer wieder dahin zurückwerfen wollten, woher sie gerade gekommen war, war sie schwer zu schleppen. Es ging erst besser, als Phillip die Umdrehungen der eigenen Maschine erhöhte und ihre Schraube mehr Schub brachte. Den russischen Kanonieren mußte plötzlich aufgefallen sein, daß beide Schiffe entkommen wollten, denn sie feuerten plötzlich wie wild auf sie. Doch sie zielten zu hastig, und die Entfernung vergrößerte sich zu schnell. Die meisten Schüsse lagen also zu kurz. Drei oder vier Kugeln erreichten gerade noch das Heck der *Trojan*, als sie halste, und klatschten wirkungslos ins Wasser. Erst als die Russen Kettengeschosse benutzten, bekamen beide Schiffe Probleme – doch nur für kurze Zeit. Der *Rapide* erging es dabei am schlechtesten.

Sutherland, der seinen 68er wieder schußbereit gemacht hatte, erwiderte die Kanonade vom Ufer, und viele kleine Blitze am Kamm der Klippe verrieten, daß man immer noch mit Leach und seinem Trupp zu rechnen hatte. Phillip bedauerte jetzt, daß er kein Boot zurückgelassen hatte, um die Soldaten aufzunehmen, und er befahl Fähnrich Grey, das Signal für den Rückruf der übrigen Boote zu geben. Weit außerhalb der Reichweite des Gegners drehte die *Trojan* bei, um auf die Boote zu warten. Da meldete der Kapitän der *Rapide* über die Flüstertüte, daß er unter eigener Kraft weiterlaufen könne.

»Ich werde die Schlepptrosse loswerfen, Monsieur, und bin Ihnen zutiefst dankbar für Ihre rechtzeitige Hilfe.« In seinem schlechten Englisch rief er auch, daß sein Schiff viele Lecks habe, aber daß die Pumpen es schafften und er jetzt auf den Ankergrund in der Eupatoria-Bucht zulaufe.

Phillip wünschte ihm alles Gute, und die *Rapide*, die ihre Passagiere an Bord der *Trojan* zurückließ, fiel bald achteraus und war schnell in der Dunkelheit verschwunden.

An Land war heftiges Kanonenfeuer zu hören, und wieder machte Phillip sich schwere Sorgen um die Sicherheit der

Boote und der beiden Landungstrupps. Um ihnen zu helfen, befahl er, daß eine zweite Rakete abgefeuert werden sollte, die sie zurückrief. Und sofort erschienen im kurzen Aufglühen der Rakete die beiden Boote. Der erste, der festmachte, war Laidlaw, und ein paar Minuten später kam Martin Fox längsseits. Zwei Männer halfen dem Ersten Offizier ins Heck und beim Hochklettern. Phillip traf ihn an der Relingspforte. Fox' Schädel war grob bandagiert, und seine rechte Wange schimmerte dunkel von geronnenem Blut.

»Nichts Ernstes, Sir – ein Splitter vom Deck der *Rapide*. Es sieht schlimmer aus, als es ist.« Fox ahnte Phillips Frage und kam ihm mit seiner eigenen zuvor: »Ich bitte um die Erlaubnis, Sir, an Land zurückzukehren, falls Sie keine Einwände haben!«

»In Ihrem gegenwärtigen Zustand hätte ich jeden Grund, Ihnen die Erlaubnis zu verweigern.« Doch dann zog Phillip seinen Stellvertreter an die Seite und fragte leise: »Warum willst du zurück, Martin? Hat Cochrane Probleme?«

Fox schüttelte den Kopf und zuckte dabei ungewollt zusammen. »Ja, ich glaube, er hat Probleme. Ich habe ihn Major Leach zu Hilfe geschickt, aber die Russen erwischten ihn auf dem Weg die Klippe hoch, und er hatte ein paar Ausfälle. Drei Männer haben wir zurückgebracht, Wilks, Strachay und Mackay, Sir.« Er zeigte auf das Boot, das er gerade verlassen hatte. Dort wurde den drei Männern gerade an Bord geholfen. »Aber es gibt noch mehr aus seinem und Leachs Trupp, obwohl Laidlaw bereits zwei Füsiliere mitgebracht hat, Männer die mit Hilfe gerade noch gehen konnten. Die anderen müssen getragen werden.«

»Ich verstehe.« Phillips Herz zog sich zusammen. »Die Lage, bitte, so kurz wie möglich.«

»Ja, Sir. Die Russen haben da oben vier Kanonen, 12-Pfünder, als Batterie plaziert. Offensichtlich ist eine berittene Kosakenpatrouille zu ihnen gestoßen. Als Leachs Männer mit gezieltem Feuer begannen, waren alle Kanonen auf die *Rapide* gerichtet. Der Angriff vom Klippenpfad her überraschte sie offenbar und war ziemlich erfolgreich. Alle vier Kanonen hörten auf zu feuern, berichtete mir ein verwundeter Füsilier. Die Kanoniere rannten in Deckung. Aber ...«

Fox seufzte. »Die Kosaken mischten sich ein und haben wahrscheinlich gemeldet, wie wenig Leute Leach wirklich hat. Das nächste, was wir hörten, nachdem Sie die *Rapide* auf den Haken genommen hatten, war heftiges Kanonenfeuer. Und uns wurde klar, daß sie zwei der Kanonen verrückt hatten und auf Leach zielten. Ich habe zwar von Lejeune gehört, daß er eine gute Stellung da oben hält, zwischen natürlich gewachsenen Felsen, aber die sind kein dauernder Schutz gegen Kanonen. Leach kann nicht hoffen, daß er zu Fuß über Land nach Eupatoria kommt. Die verdammten Kosaken werden ihm den Weg abschneiden. Und er ist außerdem verwundet. Ich glaube, Phillip, wir müssen sie mit Booten abholen, anders geht es nicht. Und darum ...«

Phillip unterbrach ihn. Zwei weitere Verwundete, beide bewußtlos, wurden gerade aus Laidlaws Boot nach oben gehievt. Es waren zwei Seeleute der *Rapide*, die der Schiffsarzt kurz untersuchte und sie dann unter Deck tragen ließ.

»Was ist mit Cochrane, Martin?« fragte Phillip. »Weißt du, wo er ist? Ist er zu Leach gestoßen?«

»Das war jedenfalls seine Absicht«, bestätigte Fox. »Als Alternative wollte er an Leach vorbei vorstoßen, den Gegner ablenken, um es Leach so möglich zu machen, sich über die Klippenpfade zurückzuziehen. Aber ich fürchte, man hat ihn entdeckt, ehe er mit seinem Trupp Deckung fand. Es waren wahrscheinlich Kosaken. Wilks und Strachay wurden verwundet, ehe sie die halbe Strecke nach oben zurückgelegt hatten. Darum möchte ich zurück, verstehst du?«

»Nein.« Wieder unterbrach Phillip ihn. »Tut mir leid, Martin, du bist in keinem Zustand, der das zuläßt. Verwundete die Klippe hinunterzutragen ist eine Aufgabe für starke Männer. Du und deine Bootsmannschaft, ihr seid naß und erschöpft, genau wie die Laidlaws. Du ...«

»Aber, Phillip, ich kann leicht neue Freiwillige für das Boot finden und ...«

»Ich werde selber gehen«, sagte ihm Phillip. »Du übernimmst in meiner Abwesenheit das Kommando über dieses Schiff!«

»Sir, aber es ist mein Recht als Erster Offizier, Boote mit Landungstrupps zu führen«, widersprach Fox. »Und außerdem ...«

»Mr. Fox, ich habe Ihnen einen Befehl gegeben.« Phillips Ton erlaubte keine weitere Diskussion. »Es ist mein Recht als Kommandant, daß meine Befehle ohne Widerspruch ausgeführt werden.«

»Ja, selbstverständlich, Sir. Aber ...« Martin Fox ließ alle Formalitäten fallen und bat: »Phillip, ich bitte dich, du mußt mich gehen lassen. Ich bin ganz in Ordnung, und ich habe den jungen Cochrane in seine Schwierigkeiten laufen lassen.«

»Wir verschwenden nur Zeit«, sagte Phillip barsch. Er ließ den Master kommen und gab seine Befehle mit entschiedener Stimme, ehe er sich wieder an seinen bedrückten Ersten Offizier wandte. »Mr. Sutherland soll versuchen, uns weiter mit dem 68-Pfünder zu unterstützen. Lassen Sie Ihre Wunde richtig versorgen, Mr. Fox, und übernehmen Sie dann das Kommando über das Schiff. Wir benutzen dieselben Signale – mit einem Zusatz. Eine rote Rakete, von einer weißen gefolgt, heißt, daß Sie unter Land zurücklaufen, doch sich außerhalb der feindlichen Kanonen halten. Haben Sie verstanden?«

»Aye, aye, Sir!« Resigniert bestätigte Martin Fox. Dann packte er Phillip am Arm. »Viel Glück.«

»Danke, Martin. Ich wäre dir verbunden, wenn du deine Wunde sofort versorgen ließest. Mr. Burnaby?« Sofort war der alte Master neben ihm. »Bitte, suchen Sie Freiwillige für beide Boote. Wir müssen Verwundete abbergen. Ich werde das Boot von Mr. Fox führen. Und Mr. Smithson soll seine Seesoldaten zwischen den beiden Booten aufteilen. Wir brauchen ein paar Tragen und einen Sanitäter!«

»Aye, aye, Sir!«

Burnaby sah ihn mit Blicken an, in denen eine ungestellte Frage funkelte. Doch Phillip ignorierte das diesmal. Und als Burnaby das merkte, ging er schweigend daran, die Befehle auszuführen. Es war klar, daß Burnaby ganz und gar nicht damit einverstanden war, daß der Kommandant das Schiff verließ, wenn auch ... Laidlaw war naß bis auf die Knochen und erschöpft, und er hatte Martin Fox deutlich genug erklärt, daß die Aufgabe ausgeruhte Männer verlangte. Er mußte selber gehen, er war für die Männer an Land verantwortlich genau wie für das Schiff, sagte sich Phillip, als er an die Relingspforte trat. Die Mannschaft seiner Gig, um drei verstärkt, hatte jetzt Fox' Boot übernommen. Und auch auf Laidlaws Boot, das hinter ihm lag, stieg gerade eine neue Mannschaft unter der Führung von Fähnrich Grey. Leutnant Smithson war bei Phillip, ein Sergeant im anderen Boot, und die Musketen der Soldaten waren wieder gegen die Nässe eingerollt. Grey legte als erster ab, und sein eigenes Boot wurde unten an die Leiter gezogen. Im Heck saß eine kleine Gestalt, gänzlich in Ölzeug gekleidet. Aber erst als er selbst dort Platz nahm, erkannte Phillip, daß der Junge neben ihm O'Hara war.

»Mr. O'Hara«, sagte er streng, »ich habe befohlen, daß nur ausgeruhte Leute sich melden durften. Sie sind schon mit einem Boot an Land gewesen, nicht wahr?«

»Ja, Sir«, gab der Junge zu. »Aber ich bin Fähnrich auf Ihrer Gig, Sir, und dies sind meine Männer. Lassen Sie mich bitte mit, Sir. Ich bin ganz ausgeruht, Sir, glauben Sie mir!«

Um keine Zeit zu verschwenden, gab Phillip nach. »Gut, Mr. O'Hara, kommen Sie mit. Aber Sie bleiben im Boot. Los jetzt!«

»Aye, aye, Sir!« bestätigte O'Hara glücklich. »Vorne los«, rief er dem Bugmann zu. Dann lief das Boot aus dem Schutz des starken Rumpfs der *Trojan*, und man spürte die Kraft des Windes und den Schwell. »Zugleich Männer, auf Männer, alle Kraft in die Riemen. Pullt.« Die Männer warfen sich entschlossen ins Zeug, aber es war ein langer Weg, und sie waren alle erschöpft und atemlos, als sie endlich auf dem felsigen Strand aufliefen. Das Boot, das immer noch auf Laidlaws Rückkehr wartete, lag nur ein paar Schritte entfernt. Der Fähnrich schickte die beiden Männer, die bei ihm waren, zu Phillips Boot. Sie halfen, es hoch auf den Felsen zu zerren.

»Ösen Sie es aus, Mr. O'Hara, während Sie hier warten«, befahl Phillip dem jungen Bootsführer. »Und dann geben Sie, sobald Sie können, dem Landungstrupp ein Signal, damit die Männer wissen, daß wir kommen. Und dann sollten Sie einen Posten an die erste Kehre des Pfads stellen. Wenn die Verwundeten nach unten gebracht werden, beladen Sie zuerst Mr. Malcolms Boot und danach das von Mr. Grey. Sobald eines voll ist, muß es sofort zum Schiff zurücklaufen. Keiner der Bootsführer darf sein Boot verlassen, haben Sie das verstanden?« Beide Fähnriche bestätigten. »Sie kennen das Signal für den Rückruf, Mr. Malcolm?«

»Ja, Sir«, der Junge nickte und wiederholte es.

»Gut. Behalten Sie die Klippe im Auge. Eine rote und eine weiße Rakete sind mein Signal, daß die *Trojan* unter Land kommen soll. Wenn eine zweite rote Rakete folgt, legen Sie sofort ab – ohne noch auf irgend jemand zu warten. Ist das klar, Mr. O'Hara?«

»Aye, aye, Sir! Aber ...« O'Hara zögerte. »Wenn Sie sagen, irgend jemand, gilt das auch für Sie, Sir?«

Phillip lächelte. »Ja, Mr. O'Hara. Wir müssen uns auf alle Möglichkeiten vorbereiten. Und ich möchte nicht, daß Sie zu Helden werden, weder Sie noch einer von den Bootsmannschaften. Sagen Sie das auch Mr. Grey. Sie sind hier, um Verwundete aufzunehmen. Wenn man auf Sie schießt, suchen Sie dicht unter den Klippen Deckung. Falls nötig, ziehen Sie die Boote weiter hoch.«

»Ich verstehe, Sir.« O'Hara streckte ihm scheu die Hand hin. »Viel Glück, Sir. Irgendwie ist das hier wie auf der *Tiger*, nicht wahr?«

Das mußte Phillip sich eingestehen. Er erinnerte sich, daß O'Hara das Boot geführt hatte, das ihn zu der unglücklichen Fregatte gebracht hatte. Herzlich schüttelte er die ausgestreckte Hand.

»Machen Sie sich keine Sorgen, mein Junge – ich habe mir diesmal fest vorgenommen, zurückzukehren.« Er lächelte. Und folgte seiner kleinen Gruppe auf den Strand.

Die Dunkelheit war nicht mehr ganz so undurchdringlich. Das Mündungsfeuer der Kanonen oben gab ihm die Richtung. Mit dem Kopf gegen den Wind führte er seinen Trupp zum Pfad, den er ohne Schwierigkeiten entdeckte. Smithson, der Leutnant der Seesoldaten, deutete über ihre Köpfe, wo das Musketenfeuer schwach zu hören war, und meinte besorgt: »Sie feuern nicht mehr ganz so schnell, Sir, nicht wahr? Ich frage mich, wie viele noch am Leben sind.«

Phillip hatte sich die gleiche Frage gestellt. Als sie einer hinter dem anderen, die Seesoldaten vor den Männern mit den Tragen, den Pfad emporklommen, lauschte er aufmerksam. Das sporadische Feuer machte ihn immer besorgter. Einige aus dem Landungstrupp mußten noch am Leben sein – aber wie viele? Und waren es Leachs Füsiliere oder Cochranes Männer?

Nach zehn Minuten ununterbrochenen Kletterns rief jemand sie auf Englisch aus dem Dunkel an. Als sie eine Kehre im Pfad erreicht hatten, trafen sie auf vier von Cochranes Leuten, alle verwundet, die unter einem Felsen Schutz gesucht hatten. Der Mann, der sie angerufen hatte, berichtete, daß der Rest der Männer, soweit er wußte, sich Major Leachs Trupp angeschlossen hatte.

»Die haben uns da oben erwischt, Sir«, sagte der Matrose. »Kosaken, denke ich mir. Die feuerten auf uns mit Pistolen und Musketen, und wir liefen direkt in ihr Feuer. Mr. Cochrane erwiderte es und vertrieb sie – wir schießen eben besser als sie, Sir. Dann ließ er uns nach hier unten tragen und sagte, wir sollten warten, bis er zurückkommt. Viel mehr hätten wir auch nicht machen können. Dann gingen sie weiter nach oben, Sir, alle Mann – und seitdem haben wir nichts mehr von ihnen gesehen. Den Bootsmannsmaat, Cleary, Sir, hat es ziemlich böse erwischt. Ich habe für ihn getan, was ich konnte. Aber er hat mächtig viel Blut verloren.«

»Guter Mann«, sagte Phillip herzlich. »Wir tragen Sie zu den Booten, so schnell wir können.« Er ließ den jungen Militärarzt zurück, damit er die Verwundeten versorgte. Dann bestimmte Phillip zwei Gruppen, die die Verwundeten auf ihren Tragen zum Strand hinunter bringen sollten. Mit dem Rest des Trupps stieg er weiter bergauf und befahl, sich so leise wie möglich zu bewegen und ja nicht zu reden. Sie trafen niemanden. Der Feind hatte offensichtlich die Ankunft der beiden Boote nicht bemerkt, oder er erwartete nicht, daß es einen Rettungsversuch geben würde. Über ihnen fielen weitere Schüsse, aber sie kamen jetzt vor allem aus Musketen und Pistolen, nur gelegentlich brüllte mal eine Kanone auf.

Leutnant Smithson sagte leise, aber mit kaum unterdrückter Anspannung: »Sie glauben offenbar nicht, daß der Angriff den Einsatz ihrer Kanonen rechtfertigt, Sir!«

Wahrscheinlich dachte der russische Kommandeur, überlegte Phillip, daß die *Trojan* ihr Ziel erreicht und den französischen Transporter sicher aus dem Griff seiner Kanonen geschleppt hatte. Da würde man die Landungstrupps eben ihrem Schicksal überlassen. Also gab es für den Russen keinen Grund für unnötige Hast. Munitionsmangel, fehlende Nahrung, fehlender Schlaf – die Überlebenden würden sich bald ergeben. Dazu mußte man keine Munition verschwenden. Der Russe brauchte nur zu warten und ein paar seiner Männer die Briten unten halten lassen, damit sie nicht entkommen konnten, weder über den Pfad abwärts noch über Land nach Eupatoria.

Es ging jetzt steil nach oben. Phillip dachte nach. Er merkte, daß der Himmel heller geworden war. Die Dämmerung war nicht mehr weit. Bei Tageslicht war die Gefahr entdeckt zu werden größer. Seine Kräfte waren begrenzt, die der Russen nicht. Aber dafür war die Überraschung auf seiner Seite. Die aufsteigende Dämmerung würde ihm diesen Vorteil rauben, es sei denn, er spielte ihn jetzt aus. Aber wie?

Sie näherten sich dem Ende des Pfades, und Phillip hielt an, um seinen Standort zu erkennen. Er legte Smithson die Hand auf die Schulter, um auch ihn zu stoppen. Nach dem unregelmäßigen Musketenfeuer zu seiner Rechten zu urteilen, hatte sich Leach dort mit Cochrane und dem Rest der beiden Landungstrupps verschanzt. Phillip konnte sie nicht sehen, aber er entdeckte den Umriß eines gewaltigen Felsens gegen den grau werdenden Himmel, der der Beschreibung entsprach, die Lejeune geliefert hatte.

»Soll ich mal die Lage erkunden, Sir?« bot Smithson an, aber Phillip schüttelte den Kopf.

»Nein. Ich werde mir das selbst ansehen. Sie warten hier.«

Er achtete darauf, keinen Lärm zu machen, als er sich jetzt nach oben bewegte. Ihm fiel auf, daß die *Trojan* ihr Feuer eingestellt hatte, das bisher in regelmäßigen Intervallen zu hören war. Das konnte heißen, daß der 68-Pfünder wieder einmal Ladehemmung hatte. Vorsichtig hob er den Kopf. Es konnte auch heißen, daß die russische Batterie abgezogen war oder gerade dabei war abzuziehen und nur die Kosaken zurückließ, die die Kapitulation des britischen Landungstrupps entgegennehmen sollten. Wenn dem so war ... Phillip schob sich langsam vor und starrte in die Dunkelheit. Er hörte Metall auf Metall schlagen, einen gebrüllten Befehl und dann das Klappern von Hufen auf beinhartem Grund. Er warf alle Vorsicht weg und preschte vor. Der Wind fuhr ihn beißend an, als er aus dem Schutz des Klippenpfades trat. Eine Kanone zog sich zurück – auch wenn die Sicht begrenzt war, so waren doch die Geräusche unmißverständlich. Er wartete, sein Herz klopfte, als ob es das Hufklappern reflektierte. Und dann hörte er eine zweite Kanone, die krachend an ihm vorbeigezerrt wurde.

Die Chancen sind jetzt ausgeglichener, dachte er. Doch ein plötzlicher Geschoßhagel auf seiner Linken sagte ihm, daß die Kosaken immer noch die Männer angriffen, die sich hinter den Felsen zu seiner Rechten verbargen. Von dort kamen als Antwort ein paar vereinzelte Schüsse. Es war so wie vorher, stellte Phillip fest, entweder ging ihnen allmählich die Munition aus, oder es waren sehr viele Männer gefallen. Doch dann überraschte ihn plötzlich eine Serie von Schüssen, von einem oder zwei Schützen aus einer ganz anderen Richtung – rechts vor ihm. Ein hoher Schmerzensschrei verriet die Wirkung. Ein lauter Befehl auf russisch ließ Phillip anhalten, und er suchte wieder die graue Dunkelheit zu durchdringen. In diesem Augenblick hörte er Männer marschieren, und er sah, dunkel vor dem Himmel, einen Schatten auf sich zukommen.

Ein Gruppe von Kosaken ging auf den Klippenpfad zu, schloß er, wahrscheinlich in der Absicht, Leach zu umgehen, um ihm den Rückweg abzuschneiden. Phillip eilte, so schnell er konnte, an den Ort zurück, wo Smithson mit der Nachricht wartete, daß Leach und Cochrane begonnen hatten, die Verwundeten zu evakuieren. Zwei von ihnen waren bereits unten auf dem Strand. Seine eigenen Träger hatten ihnen dabei geholfen.

»Jetzt folgen die Verwundeten, die noch gehen können, Sir«, berichtete der Leutnant der Seesoldaten. »Mr. Cochrane ...«

»Sammeln Sie Ihre Männer«, unterbrach ihn Phillip ohne Umschweife. »Wir werden gleich von vorn angegriffen!«

Die Warnung kam gerade rechtzeitig. Die Seesoldaten suchten Deckung, wo sie sie finden konnten, und dann erschienen die ersten Schatten oben am Ende des Pfads. Die Kosaken kamen locker daher, erwarteten ganz offensichtlich keinen Widerstand, und so jagte eine einzige Salve aus kürzester Entfernung sie zurück und wirbelte sie durcheinander. Sie ließen einige Tote und Verwundete zurück. Eine zweite Salve von Smithsons Männern, die ihnen nachsetzten, jagte die ganze Truppe Hals über Kopf in die Flucht. Der isolierte Scharfschütze, den Phillip rechts vorn beobachtet hatte, feuerte wieder hinter den Kosaken her. Die fühlten sich offenbar von zwei Seiten angegriffen und rannten ohne Halt davon.

Schweigen war jetzt nicht mehr nötig. Phillip ließ zwei von Smithsons Männern als Wachen am Pfad zurück und führte den Rest seiner Gruppe hinter die Felsen, wo die Männer laut jubelten, als sie ihn erkannten, und ihm dann entgegenkletterten. Wie befürchtet, hatten sie im Verhältnis zu ihrer Kopfstärke schwere Verluste erlitten, vor allem weil die Barrikade sie nicht genügend vor den Kanonenkugeln schützen konnte, mit denen die Russen sie eindeckten. Es schien wie ein Wunder, daß nur einer von Leachs Füsilieren gefallen war. Drei andere waren verwundet. Und von Cochranes Männern und den Seesoldaten waren nur vier ungeschoren davon gekommen, Cochrane eingeschlossen.

»Die schlimmsten Ausfälle hatten wir in der letzten halben Stunde«, berichtete Anthony Cochrane sachlich. »Wir haben Ihr Signal auf dem Strand gesehen und begannen, uns zurückzuziehen, als sie alle vier Kanonen aus kurzer Distanz auf uns richteten und uns zwangen, in Deckung zu bleiben.« Er deutete auf den Major, der gegen einen Felsen lehnte und sich mit seinem einzigen Arm abstützte. »Der Major wurde von einem Steinsplitter getroffen, der ihn fast erblinden ließ. Aber ich glaube, er ist nicht schwer verletzt, und er und seine Burschen haben Phantastisches geleistet.«

»Das haben sie wirklich«, stimmte Phillip zu und blickte besorgt auf den schnell heller werdenden Himmel. »Ich werde mir alles anhören, wenn wir zurück auf der *Trojan* sind. Ziehen Sie Ihre Männer jetzt zurück, Mr. Cochrane, zuerst die Verwundeten und bitte so schnell wie möglich. Der Militärarzt sollte wieder auf dem Weg nach oben sein, verstärkt durch eine Gruppe Seesoldaten, die Mr. Grey mitgebracht hat. Sie werden sicher schon bald auf die Verletzten stoßen.«

»Aye, aye, Sir! Und Sie?« Cochrane zögerte. »Rechnen Sie damit, daß der Feind wieder angreift?«

»Ich hoffe nicht. Aber Smithson und seine Soldaten decken Ihren Rückzug, und ich bleibe bei ihnen«, antwortete Phillip. »Drei Boote warten unten am Pfad. Sobald sie klar vom Ufer sind, signalisiere ich der *Trojan*, daß sie unter Land laufen soll. Ihre vier verwundeten Matrosen haben wir schon eingesammelt und sie nach unten geschickt. Sie müßten bereits sicher auf einem der Boote sein.« Er ging zu Major Leach, dessen Ordonnanz ihm auf die Beine half. »Wie geht es Ihnen, Major?«

»Hazard?« Leach wandte ihm sein verletztes und geschwollenes Gesicht zu. Beide Augen waren dicht geschlossen. »Ihre Ankunft war, um es mal vorsichtig auszudrücken, genau rechtzeitig. Danke, daß Sie zu uns zurückgekehrt sind. Tut mir leid, daß ich mich geirrt habe, wir wären niemals imstande gewesen, Eupatoria über Land zu erreichen. Die infernalischen Kanonen und die Kosaken«, er atmete heftig aus und klang enttäuscht, »es ging solange gut, bis sie zwei 12-Pfünder auf uns ausrichteten.«

»Sie haben jetzt die ganze Batterie abgezogen«, berichtete ihm Phillip.

»Wirklich? Lieber Himmel! Ich werde das nie verstehen, sie hatten uns in der Hand. Haben Sie das französische Schiff abschleppen können?«

»Ja, und das haben wir vor allem Ihnen zu verdanken, Sir. Sie haben es uns leicht gemacht.«

»Bedanken Sie sich bloß nicht bei mir, mein lieber Freund«, protestierte der Major. »Ich bekam den größten Teil der Klippe mitten ins Gesicht, kurz nachdem wir uns hier eingerichtet hatten. Und seitdem habe ich weder die Kanonenblitze gesehen noch eine Muskete bedienen können. Wenn Sie sich bedanken wollen, dann bei Ihrem Freund Durbanville, der unsere Verteidigung sehr wirksam leitete. Seine Schüsse hätten ihm eine zweite Medaille gebracht. Hab' ich recht, Jones?«

Die Ordonnanz bestätigte das: »O ja, Sir, er ist wirklich ein guter Schütze.«

Phillip versuchte, seine Überraschung nicht zu zeigen. Er schaute sich um, fragte sich, wo der junge Gardeoffizier war und wurde unruhig wegen seines Fehlens. Cochrane und sein

Trupp waren verschwunden, und im grauen Morgenlicht konnte man nur Smithson und seine Soldaten sehen, die mit schußbereiten Musketen wachsam an der Barrikade warteten.

»Wo ist denn Durbanville?« fragte er. »Ich kann nichts von ihm entdecken!«

»Irgendwo da oben.« Leach machte eine vage Handbewegung. »Er sagte mir, er würde ein besseres Schußfeld haben von einer Stelle, die er sich irgendwo vor uns ausgesucht hatte. Er würde von dort unseren Rückzug decken. Und dann verschwand er – etwa vor 20 Minuten mit seinem Diener und zwei Minié-Gewehren. Aber ich weiß nicht, ob er zurückkam. Ich bin ein bißchen benommen, fürchte ich, und weil ich meine beiden Augen nicht gebrauchen kann, kann ich Ihnen wirklich nicht sagen, wo er ist. Vielleicht ist er mit den Verwundeten nach unten gegangen.«

»Dem Beispiel sollten Sie folgen, Sir«, riet ihm Phillip. »Ich werde Durbanville suchen.« Er wandte sich an Leachs Ordonnanz. »Bringen Sie bitte den Major nach unten zu den Booten, Jones. Wenn Sie Hilfe von meinen Leuten brauchen, sagen Sie es.«

»Ich habe den jungen Durbanville falsch eingeschätzt«, sagte Leach. »Er ist ein guter Soldat und tapferer, als ich je sein werde. Sagen Sie ihm das, wenn Sie ihn finden, Hazard, er ist wirklich in Ordnung. Ich wünschte, ich hätte es ihm selber gesagt.«

»Machen Sie sich keine Sorge, ich sag's ihm schon«, versprach Phillip und ahnte bereits, wer der einzelne Scharfschütze gewesen war.

Als Leach und seine Ordonnanz die Barrikade hinter sich gelassen hatten, ließ Phillip der *Trojan* das vereinbarte Signal geben. Im gespenstischen Licht der in den Himmel jagenden Rakete sah er, daß sich einige Kosaken neu formiert hatten, offensichtlich mit der Absicht, wieder anzugreifen. Auch Smithson sah sie und rief, ohne auf einen Befehl zu warten, seinen Männern zu, das Feuer zu eröffnen. Das taten sie sehr wirkungsvoll, und der einzelne Schütze tat das seine dazu, die Mündungsblitze seines Gewehres verrieten dabei seine Position.

7

Als sich die Kosaken wieder zurückzogen, sah Smithson fragend zu Phillip. »Ist das da oben in den Felsen nicht Hauptmann Durbanville, Sir, der da so verrückt schießt?«

Phillip nickte. »Ja, ich glaube, das ist er. Ich werde zu ihm gehen. Bleiben Sie solange hier, bis Sie sicher sind, daß die Verwundeten genügend Vorsprung haben, also noch etwa 15 bis 20 Minuten. Und dann ziehen Sie sich zurück!«

»Ohne auf Sie und Durbanville zu warten, Sir?« Leutnant Smithson klang besorgt, doch Phillip legte ihm beruhigend die Hand auf die Schulter. »Wir werden uns Ihnen wieder anschließen. Rufen Sie mich, wenn es soweit ist.«

Er brach auf zu Durbanvilles einsamem Nest, nicht ohne Schwierigkeiten, denn der Weg aufwärts war steil und lag voller loser Brocken. Doch er sah sofort, daß die Position hervorragend ausgesucht worden war. Der Mann hier oben hatte ein sehr viel breiteres Schußfeld und eine viel bessere Sicht als von der Barrikade aus, hinter der Leach und sein Trupp Deckung gefunden hatten. Henry Durbanville lag in einer tiefen Felsspalte, der Mantel bedeckte seinen Unterkörper. Vor ihm lag schußbereit ein Gewehr, und ein zweites hatte er gerade mit großer Schnelligkeit geladen. Sein Diener, dessen Aufgabe vorher das Laden der Gewehre gewesen war, lag tot ein paar Schritte von ihm entfernt. Er schien das Opfer einer verirrten Kugel geworden zu sein, die ihn draußen erwischt haben mußte, denn die Spalte gab eigentlich jedem Mann, der in ihr lag, genügend Schutz.

Durbanville grüßte ihn mit erhobener Hand, als Phillip sich die letzten paar Meter hinauf quälte, an dem toten Gardisten vorbei trat und neben den Schützen glitt.

»Wie schön von Ihnen, Commander Hazard, daß Sie gekommen sind.« Sein Gruß klang fröhlich. »Aber eigentlich war das nicht nötig, verstehen Sie. Ich kann mich ganz gut allein hier oben halten. Das tue ich ja schon seit zehn Minuten, seit Leeson getroffen wurde.«

»Er ist tot«, wollte Phillip fragen, aber Durbanville unterbrach ihn, ohne sich umzuschauen. »Ja, armer Hund. Er war ein bißchen zu eifrig dabei, Ziele für mich auszumachen und hob den Kopf im falschen Augenblick. Schade, er war ein ausgezeichneter Diener, den ich sehr vermissen werde. O nein, mein Lieber, so nicht.«

Die letzte Bemerkung galt einer schattenhaften Gestalt, die Phillip kaum bemerkt hatte. Durbanville ergriff das Minié-Gewehr, zielte sorgfältig und drückte dann sanft auf den Abzug. Der Schatten stieß einen schrillen Schmerzensschrei aus, und Durbanville zuckte entschuldigend mit den Schultern.

»Oh, den habe ich offenbar nur angeschossen. Na, beim nächsten Mal habe ich sicher mehr Glück.« Er griff nach dem Gewehr an seiner Seite, legte es auf den flachen Felsen vor sich und bedeutete Phillip, er solle das Gewehr nehmen, mit dem er gerade geschossen hatte. »Wenn es Ihnen nichts ausmacht, für mich zu laden, Commander, solange Sie hier sind, dann kann ich mich um unsere überaus gewandten Kunden da unten kümmern!«

Phillip erfüllte ihm seinen Wunsch. »Gewandte Kunden, sagten Sie?« wiederholte er die Worte amüsiert.

»Ja, wirklich«, antwortete Durbanville ihm ernst. »Sie versuchen immer wieder, eine Position hinter Major Leach einzunehmen, weil sie hoffen, ihm dann den Rückzug über den Klippenpfad abzuschneiden. Aber das Licht wird jetzt besser. In zehn Minuten etwa zeige ich Ihnen mal, was richtiges Schießen bedeutet. Ich habe verdientermaßen ein paar Medaillen für meine Schießkünste bekommen, wissen Sie, und ich bin dabei ganz gut. Doch um ehrlich zu sein«, sein Ton klang jetzt sehr despektierlich, »es ist ungefähr das einzige, was ich wirklich gut kann. Oder konnte. Ich habe verdammt gute Augen, auch nachts. Haben Sie vor, hier noch ein bißchen zu bleiben? Dann könnten Sie sich mit dem zweiten Gewehr ganz nützlich machen!«

»Nein, das habe ich nicht vor«, antwortete Phillip.

Er war ebenso erstaunt über die kühle Ruhe des Jungen wie über seinen Vorwitz. Doch Henry Durbanville ist eben wirklich noch ein Junge, dachte er, ein Schuljunge, der mit der Leichtherzigkeit eines Jungen Krieg spielte.

Er erläuterte kurz die Lage und sagte dann: »Ich bin hier hoch geklettert, um Ihnen zu sagen, daß wir uns zurückziehen und daß Sie sich uns anschließen werden. Die Verwundeten sind bereits evakuiert und unterwegs zum Strand, wo Boote warten, die sie zum Schiff zurückbringen. Major Leach ist bei ihnen, und die Seesoldaten, die im Augenblick noch seine Stellung halten, haben den Befehl, ihm umgehend zu folgen. Also brechen auch wir sofort auf.«

»Sie haben alle Freiheit, zu gehen, wann Sie wollen, Commander«, sagte Durbanville leichthin, »aber ich werde hier bleiben.«

»Das macht nicht viel Sinn«, entgegnete Phillip. »Ich habe Ihnen doch gesagt, wir haben das französische Schiff abgeschleppt, und der Feind hat seine Batterien abgezogen. Die Operation war erfolgreich, dank Ihnen, wie mir Major Leach sagte. Er ...«

»Aber die Kosaken haben sich nicht zurückgezogen«, entgegnete der junge Gardeoffizier. »Und hier gibt es noch eine ganze Menge von ihnen, wie Sie selber sehen. Glauben Sie, die werden nur zusehen, wenn Sie sich mit Ihren Seesoldaten zurückziehen? Mein lieber Freund, die werden Ihnen nachsetzen!«

»Das erwarte ich«, stimmte Phillip zu. »Aber wir sollten sie ohne große Mühe fernhalten können. Der Pfad ist schmal, die Seesoldaten werden sich kämpfend zurückziehen, und ein zweiter Trupp kommt von unten zu unserer Verstärkung.«

»Ich kann sie ohne alle Schwierigkeiten zurückhalten«, behauptete Henry Durbanville mit sichtlichem Stolz. »Bei Tageslicht wird nicht ein einziger Kosak den Pfad erreichen, solange ich hier bin. Warum wollen Sie das Leben von Marinesoldaten riskieren?« Er spannte sich, und das Gewehr in seinen Händen spie Flammen, denen einen Augenblick später ein unmenschlicher Schrei folgte. Eine dunkle Figur löste sich von einer Felswand keine 20 Meter entfernt und stürzte schwer, um sich nicht mehr zu bewegen. »Sehen Sie?« Durbanvilles Ton war überschwenglich. »Ich könnte eine ganze Armee fernhalten, wenn ich müßte. Also, was sind da schon ein paar Kosaken?«

Phillip verlor die Geduld. »Ich kann Sie hier nicht zurücklassen, Durbanville. Damit riskieren Sie Ihren sicheren Tod. Die Kosaken sind nicht gerade für die menschliche Behandlung von Gefangenen bekannt und außerdem ...«

»Tut mir leid, Commander Hazard, aber ich komme nicht mit. Macht es Ihnen etwas aus, für mich das Minié-Gewehr zu laden wie ein guter Kumpel? Sie verstehen, ich ...«

»Ich gebe Ihnen einen Befehl, Hauptmann Durbanville«, unterbrach ihn Phillip. Er ignorierte das Gewehr und hörte, wie Smithson ihn von unten anrief. »Die Seesoldaten sind soweit, ihren Rückzug zu beginnen, also muß ich darauf bestehen, daß Sie mich sofort begleiten.«

»Zu meinem größten Bedauern, verehrter Herr, kann ich Ihrem Wunsch nicht entsprechen.« Henry Durbanville sprach jetzt leise und ohne Überheblichkeit. »Ich wollte eigentlich nicht, daß Sie das erfahren, aber sehen Sie selbst. Dann begreifen Sie, daß ich nicht in der Lage bin, Ihnen zu gehorchen.« Er zog den Mantel weg, der seine Beine bedeckte, und in dem schwachen Licht erkannte Phillip, daß das linke Bein unter dem Knie fast abgetrennt war. »Der wunderbare Leeston hat mir eine Aderpresse angelegt, ehe er getötet wurde. Die stoppte die Blutung. Seltsamerweise habe ich kaum Schmerzen.«

»Aber ...«, Phillip starrte ihn mit erneuter Bewunderung an, »wann ist das passiert?«

»Ach, das weiß ich nicht. Ich habe die Zeit vergessen. Etwa vor 30 Minuten, soweit ich mich erinnern kann. Es war eine Kugel von einem der infernalischen 12-Pfünder. Die Kugel war ironischerweise nicht mal für mich bestimmt. Die Zielkünste der Russen sind abenteuerlich, und dies war ein Querschläger, Sie werden's nicht glauben«, hilflos zuckte der junge Gardeoffizier mit den Schultern, »um den hatte ich nicht gebeten, als ich mir diese Stellung aussuchte. Aber ich nehme an, ich habe Ihnen jetzt ausreichend bewiesen, daß ich Ihrem Befehl nicht folgen kann. Ich kann nicht gehen!«

»Ich kann Sie tragen, Durbanville«, versicherte ihm Phillip. »Und dann lassen wir zwei Mann mit einer Trage kommen.« Er lehnte sich kurz vor und sah, daß Smithson immer noch wartete. Er rief ihm zu, den Rückzug zum Strand noch um ein paar Minuten zu verschieben. Dann wandte er sich wieder dem verwundeten Jungen zu: »Los, mein Junge, ich nehme Sie auf den Rücken.«

Durbanville lächelte ihn an. »Danke, aber ehe wir den Pfad

erreichen, bin ich an Blutverlust gestorben. Begreifen Sie nicht, mein lieber Mann, daß einzig der Felsen noch mein Bein in der richtigen Stellung hält? Ich bitte Sie, laden Sie mir das zweite Gewehr, und dann lassen Sie mich hier, wo ich wenigstens noch von einigem Nutzen bin.«

»Der Militärarzt ist bei der zweiten Gruppe der Seesoldaten«, wollte Phillip ihm erklären, aber der Junge schüttelte den Kopf und zitterte plötzlich.

»Ich bitte Sie, Commander, lassen Sie nie eine Knochensäge an mich ran. Das ist mehr, als ich aushalten kann.« Sein Tonfall änderte sich, klang befehlend. »Wir verlieren hier kostbare Zeit, es ist schon fast taghell. Lassen Sie mich hier, Commander Hazard, Sie haben die Verantwortung, Ihre Männer an Bord zurückzubringen. Laden Sie bitte das Gewehr für mich, und erlauben Sie mir die Verantwortung dafür zu übernehmen, daß sich Ihre Nachhut unbelästigt zurückziehen kann. Ich bin als Soldat wahrscheinlich ein ziemlicher Amateur und im Krieg ein Anfänger, aber selbst ich begreife, daß dies ein ganz guter Tausch ist. Mein Leben für Ihres und das von – wie vielen ausgebildeten Seesoldaten? Zehn, zwölf? Jeder einzelne ist mehr wert als ich, wenn Sie ehrlich sind. Und dann – wie viele arme Hunde überleben eine Beinamputation?«

Er hatte recht, wie Phillip sich eingestehen mußte. Er lud das Gewehr, schob es dicht neben Durbanville und legte ihm dann die Hand auf die Schulter.

»Ich hatte eine Nachricht von Major Leach für Sie«, sagte er. »Er bat mich, Ihnen zu sagen, daß er Sie falsch beurteilt hat. Nach seiner Überzeugung sind Sie nicht nur ein guter Soldat, sondern – in seinen eigenen Worten – tapferer, als wir es je sein werden. Ich teile diese Meinung, Hauptmann Durbanville. Und ich wünsche Ihnen Glück. Was die Kosaken angeht ...«

Durbanville ließ ihn die Warnung nicht aussprechen: »Machen Sie sich keine Sorge, Commander, ich hebe die letzte Kugel für mich auf. Erlauben Sie mir, daß ich Ihnen eine gute Rückkehr wünsche.«

Es war eine seltsam bewegende, melodramatische Szene. Phillips Kehle wurde eng, als er unbeholfen nach unten rutschte, um zu Smithson aufzuschließen. Dieser Henry Durbanville war in der Tat ein melodramatischer junger Mann, der viele Rollen gespielt hatte, seit er an Bord der *Trojan* gekommen war. Offensichtlich wollte er alles, was er tat, auf theatralische Weise durchführen. Eine seltsame Schicksalsfügung hatte ihm erlaubt, auch noch diese heroische Rolle zu spielen, in der er sich immer gesehen hatte, und er hatte sie mit bewundernswertem Mut und großer Kühle gespielt, zu der eine gewisse zynische Freude kam.

Es ging Phillip ganz und gar gegen den Strich, ihn da liegen zu lassen, ganz allein in dem Felsspalt, aber ... Phillip seufzte. Der Junge hatte natürlich recht. Er hatte als Kommandant eine ganz andere Verantwortung, und er hatte wirklich keine andere Wahl. Dennoch könnte er vielleicht zurückkehren, sobald das letzte Boot den Strand verlassen hatte, wenn auch nur, um sein Gewissen zu beruhigen.

»Hauptmann Durbanville ist nicht bei Ihnen, Sir?« fragte Smithson erstaunt. »Kommt er nicht mit?«

»Nein!« Phillip erläuterte die Umstände kurz. Smithson schien zufrieden, und so sagte Phillip knapp: »Also, Mr. Smithson, beginnen Sie Ihren Rückzug.«

Die Rückkehr zum Strand machte keine Schwierigkeiten. Die Kosaken verfolgten sie nicht, und bis auf ein paar einzelne Schüsse aus Durbanvilles Minié hörte Phillip nichts. Die Schüsse fielen nach langen Pausen und erfüllten offensichtlich den Zweck, die Verfolgung zu verhindern – wie Durbanville es versprochen hatte. Als sie auf halber Höhe den zweiten Trupp Seesoldaten mit dem Sergeanten trafen, erfuhr Phillip, daß sich bereits zwei Boote mit Verwundeten unterwegs zum Schiff befanden, und er war versucht, Smithson das Kommando zu übergeben, um zurückzukehren für den Versuch, wie aussichtslos auch immer, Durbanville nach unten zu tragen. Aber das Boot mußte für eine zweite Ladung zurückkehren. Er konnte seine Verantwortung noch nicht abgeben, und so stolperte Phillip auf dem steilen, unebenen Pfad weiter abwärts, der jetzt in bleichem wäßrigen Sonnenlicht lag. Er entdeckte die *Trojan* dicht unter Land, sah das erste, dann das zweite Boot längsseits gehen und sein eigenes mit O'Hara am Ruder zurückkehren. Noch immer lief eine deutliche Dünung, doch der Wind, das spürte er zu seiner Erleichterung, hatte abgenommen. Die Musketenschüsse vom Rand der Klippe klangen schwächer und verstummten schließlich ganz. Als sein Trupp unten am Strand angekommen war, sah er eine kleine Gruppe berittener Kosaken oben entlanggaloppieren. Ein halbes Dutzend Reiter sprang ab und versuchte von oben ein paar Schüsse, aber die Entfernung war zu groß, und ihr Zielen war jämmerlich – nicht nur nach Durbanvilles Standard. Bald hörten sie auf, standen nur wartend da und beobachteten hilflos, wie die Seesoldaten in die wartenden Boote gingen.

»Sie kommen doch mit, Sir?« fragte Smithson besorgt, als spüre er Phillips inneren Konflikt und sein Zögern, ohne Henry Durbanville an Bord zurückzukehren.

Phillip zögerte und wußte wohl, was sein Gewissen ihm gebot, war verrückt und zum Mißerfolg verdammt … Seine Vorgesetzten würden es genauso beurteilen, falls man sein Verhalten je untersuchen würde. Doch sein Gewissen drückte ihn erbarmungslos, und er wußte, daß er wegen Durbanville etwas unternehmen mußte, um inneren Frieden zu finden. Unter dem Kommando von Martin Fox gab es für die *Trojan* kein Risiko. Fox könnte sie nach Eupatoria führen und dort die Truppen unter Major Leach an Land setzen, auch die beiden französischen Ärzte und die Nonnen. Auf die letzteren würde die *Rapide* sicherlich schon ungeduldig warten, also brauchte Phillip sich über den Weitertransport nach Kamiesch nicht den Kopf zerbrechen. Er schaute zum Rand der Klippe empor und sah, daß die Kosaken verschwunden waren. Das gab den Ausschlag.

Er wandte sich an Smithson und sagte kurz: »Ich kehre um und sehe nach, ob ich irgend etwas für Hauptmann Durbanville tun kann!«

»Aber kann man überhaupt etwas für ihn tun?« warf Smithson ein. »Sie haben doch selber gesagt, daß man ihm ein Bein abgeschossen hat!«

»Ich weiß, Mr. Smithson.« Phillip seufzte. »Aber mein Gewissen läßt es nicht zu, daß ich ihn da oben alleingelassen habe zum Sterben. Ich muß zurück.« Jetzt, da er sich entschlossen hatte, fühlte er sich beflügelt, und er schüttelte den Kopf, als Smithson anbot, ihn zu begleiten. »Ich gehe allein. Ein einzelner Mann kann ungesehen bleiben, ein Trupp könnte die Kosaken zurückbringen. Außerdem habe ich nicht das Recht, ein zweites Leben aufs Spiel zu setzen bei diesem vielleicht hoffnungslosen Unterfangen. Also schicken Sie Ihre Männer in das Boot von Mr. Grey.«

Er ging voraus, und Smithson folgte ihm zögernd.

»Sir?«

»Ja, Mr. Smithson?«

»Erlauben Sie mir wenigstens, auf Sie mit dem Boot zu warten, Sir«, bat der Leutnant, aber wieder schüttelte Phillip den Kopf.

»Nein. Sie und Ihre Männer haben genug geleistet. Sie alle, und was Sie getan haben, war sehr gut. Aber jetzt kehren Sie bitte zum Schiff zurück und überlassen das hier mir. Es ist meine Verantwortung und nur meine.«

»Erlauben Sie mir, zu widersprechen, Sir«, beharrte Smithson. »Natürlich werde ich Ihren Befehl befolgen. Aber ich bitte Sie, Ihre Meinung zu ändern!«

Phillip gab ein bißchen nach. »Ich würde es ja gern, wenn ich könnte, Mr. Smithson, glauben Sie mir. Aber es ist nicht möglich.« Er wandte sich an Fähnrich Grey, der diesem Wortwechsel stumm, aber interessiert gefolgt war. »Mr. Grey, ich kehre zurück, um zu sehen, ob ich etwas für Hauptmann Durbanville tun kann, der schwer verwundet wurde. Wenn Sie sich bei Mr. Fox zurückmelden, bitten Sie ihn, mir zwei Stunden zu geben. Er kann mit der *Trojan* bleiben, wo er jetzt ist, aber bitten Sie ihn um einen guten Ausguck, falls der Feind seine Batterie zurückbringt. Wenn das geschieht, soll er das Schiff aus der Schußweite nehmen. Wenn ich ein Boot brauche, werde ich ein Signal geben, ich kann dazu meine Arme und Hände benutzen, wir haben ja Tag. Die halte ich einfach hoch«, er zeigte die Signale, die er benutzen würde und fuhr fort: »Aber machen Sie Mr. Fox ganz klar, daß seine erste Verantwortung dem Schiff und seiner Mannschaft gilt und daß er in gar keinem Fall ein Boot auf meine Signale hin schicken darf, wenn das Schiff dadurch gefährdet würde. Wenn er aus irgendeinem Grund aufbrechen muß, kann er – nach seiner Entscheidung – mir den Kutter zurücklassen mit einer freiwilligen Mannschaft – verstehen Sie?«

»Aye, aye, Sir! Aber, Sir«, Grey stand neben ihm und fuhr fort, »kann ich Sie nicht begleiten? Ich bin doch mit Durbanville zur Schule gegangen und würde es sehr begrüßen, Sir, wenn Sie mich mitnähmen. Leutnant Smithson wird Ihre Befehle dem Ersten Offizier übermitteln, und mein Bootssteuerer kann das Boot zurückführen. Und außerdem, Sir«, der Junge errötete unter Phillips stummen Blicken, »ich war noch nicht an Land. Ich war die ganze Zeit im Boot. Ich bin noch ganz frisch. Und Sie werden jemanden brauchen, der Ihnen hilft, Hauptmann Durbanville nach unten zum Strand zu tragen – das können Sie doch nicht ganz allein. Wenn er ein Bein verloren hat, Sir, dann muß er getragen werden, oder etwa nicht?«

Falls er überhaupt bewegt werden kann, dachte Phillip, und lächelte den rosagesichtigen Fähnrich an. »Ihnen fallen viele Gründe ein, die mich dazu bringen sollen, Ihrem Wunsch nachzugeben, Mr. Grey«, stellte er fest. »Und mit dem letzten liegen Sie genau im Ziel, obwohl ich fürchte, daß es gar nicht möglich sein wird, Hauptmann Durbanville auf den Strand nach unten zu bringen. Seine Verwundung ist schwer, er mag daran gestorben sein, der arme Kerl.«

»Aber darf ich mitkommen, Sir?« bat Grey. »Wenn er lebt? Dann kann ich nützlich sein, Sir, wirklich!«

Phillip sah ihn nachdenklich an. »Sie wissen, was uns bevorstehen könnte?«

»Sie meinen, daß wir vielleicht nicht zurückkehren werden, Sir? Ich weiß. Aber die Kosaken scheinen verschwunden zu sein, und das sind doch gute Aussichten, Sir, nicht wahr?«

»Sehr gut, Mr. Grey, Ihr Wunsch ist angenommen«, sagte ihm Phillip. Falls man Durbanville noch transportieren könnte, brauchte er Hilfe. Er sah Smithson stumm entschuldigend an, und der jüngere Mann lächelte.

»Ich wollte nicht, daß Sie allein gehen, Sir«, gestand er ein. »Aber die Uniform von Mr. Grey hat den Vorteil, weniger auffällig als meine zu sein.«

»Danke!« antwortete Phillip. »Dann lassen Sie Ihre Männer bitte in die Boote steigen, Mr. Smithson. Und vielleicht erlauben Sie uns für den Notfall den Gebrauch von zwei Musketen.«

»Sicherlich, Sir!« Smithson gab den Befehl an den Sergeanten weiter, nahm Haltung an und grüßte. »Ich werde Ihre Befehle dem Ersten Offizier übermitteln und wünsche Ihnen beiden eine sichere Rückkehr!«

»Danke.« Er nahm eine Muskete aus den Händen des Sergeanten in Empfang. Er lächelte wie eben Smithson und sagte nochmals: »Sagen Sie bitte Mr. Fox, er soll uns zwei Stunden geben, mehr nicht. Wenn wir kein Signal absetzen oder nicht innerhalb der zwei Stunden hierher an diesen Strand zurückgekehrt sind, hat er die *Trojan* nach Eupatoria zu führen, um dort die Truppen an Land zu setzen. Danach untersteht er dem Kommando von Kapitän Lord George Paulet von der *Bellerophon*.«

»In Ordnung, Sir!«

Smithson brüllte einen Befehl, und seine Seesoldaten begannen in das wartende Boot zu steigen, doch ehe es ablegen konnte, gab es eine kurze Unterbrechung. Eine rotuniformierte Gestalt sprang an Land, schob sich an Smithson vorbei und hielt vor Phillip.

»Commander Hazard!« Phillip erkannte überrascht den jungen Militärarzt, der so widerwillig Henry Durbanville bei den Auspeitschungen assistiert hatte. »Ich habe nicht ganz verstanden, was Sie vorhaben. Aber wenn Hauptmann Durbanville verwundet ist und Sie ihm zu Hilfe eilen, ist es meine Pflicht, Sie zu begleiten, Sir. Ich nehme an, Sie werden mir das zugestehen!«

Phillip zögerte. Der junge Mann hatte bereits mehr als seine Pflicht getan, hatte sich um die Verwundeten des Landungstrupps gekümmert und sah jetzt erschöpft aus, aber ...

»Wenn Sie wollen«, stimmte er zögernd zu. »Doch ich fürchte, Sie werden für den armen Durbanville nicht mehr viel tun können. Seine Wunde schien tödlich zu sein.«

»Wie auch immer, Sir, ich möchte tun, was ich kann. Und als Militärarzt ist das einfach meine Pflicht.«

Phillip erinnerte sich, daß er Vernon hieß. Er nickte Zustimmung. »Dann begleiten Sie uns, Mr. Vernon, und vielen Dank!«

Er winkte Smithson zu. Nachdem sich das Boot vom Ufer gelöst hatte, begannen die Männer, den Klippenpfad emporzusteigen.

Bei Tageslicht war der Aufstieg leichter, und sie brauchten diesmal weniger als 25 Minuten. Doch alle drei spürten die Anstrengung, als das Ende des Weges in Sicht kam. Phillip hielt an, um Luft zu holen, und erklärte seinen Begleitern dann in Einzelheiten, was hier oben los war.

»Ich verstehe, Sir.« Eifrig schaute der junge Grey sich um. Er hatte sich bewundernswert gehalten, doch seine Stimme verriet seine Anspannung, als er nach vorn deutete. »Es scheint so, als ob die Kosaken verschwunden sind. Sie würden doch sicher auf uns geschossen haben, wenn sie noch hier wären oder nicht?«

Phillip dachte nach. Das war durchaus möglich. Andererseits konnten sie auch oben auf der Klippe in einem Hinterhalt warten. Als könne er seine Gedanken lesen, schlug der Arzt vor, unter einer Waffenstillstandsflagge weiterzugehen und zog dazu ein zerknautschtes Taschentuch aus seiner Jakkentasche.

»Wenn ich das an die Mündung Ihrer Muskete binde, Commander, würde man es doch erkennen. Wir sind schließlich hier, um jemandem zu helfen!«

»Vielleicht«, meinte Phillip ohne große Überzeugung.

Seine bisherigen Erfahrungen mit patrouillierenden Kosaken hatten ihm gezeigt, daß man sich bei ihnen nicht auf die Beachtung einer Waffenstillstandsflagge verlassen konnte oder gar auf ihr Mitleid mit Verwundeten. Doch er erlaubte Vernon, das Taschentuch an den Lauf seiner Muskete zu binden. Dann befahl er den Männern zu bleiben, wo sie waren, lief die letzten paar Meter vornüber gebeugt und hielt die Muskete im Anschlag – trotz der weißen Flagge. Er sah sich sorgfältig um, fand keinen Kosaken und winkte den beiden, zu ihm aufzuschließen. Als sie bei ihm waren, suchte er mit dem Glas die Felsspalte ab, in der Henry Durbanville Dekkung gefunden hatte. Gab es Zeichen, daß er noch am Leben war? Er war gut versteckt, und Phillip wußte, daß ihm nichts anderes übrig blieb, als auf den einsamen Vorsprung zu klettern. Ihn anzurufen könnte die Kosaken zurückbringen.

»Sie beide warten hier«, befahl er und brachte den protestierenden jungen Arzt zum Schweigen, indem er kurz sagte: »Ich winke, wenn ich Sie brauche.« Dann wandte er sich an den Fähnrich: »Halten Sie die Augen weit offen, Mr. Grey.«

Robin Grey blitzte ihn an und packte seine eigene Muskete: »Aye, aye, Sir!«

Der Junge hatte auch seine Erfahrungen gesammelt mit Kosaken und deren Behandlung von Verwundeten, erinnerte Phillip sich, und er trug bezeichnenderweise an seiner Muskete kein weißes Tuch. Er lächelte zurück und setzte dann seinen Aufstieg fort. Ab und an hielt er inne, um die Umgebung mit dem Glas zu beobachten. Als er sich der höchsten Höhe näherte, fiel ihm auf, daß er das weiße Band einer Poststraße sehen konnte. Nachdenklich versuchte er, die Peilung zu nehmen. Das war natürlich die Poststraße von Perekop nach Simpheropol. Auf dieser Straße waren die Verstärkungen für Prinz Menschikoffs Hauptquartier nach Simpheropol bewegt worden. Auf dieser Straße mußten vor noch gar nicht so langer Zeit Mademoiselle Sophie und ihr Mann, Prinz Andrei Narishkin, gereist sein. Phillip unterdrückte einen Seufzer. Als er hier kürzlich im Dunkeln aufgestiegen war, hatte er die Straße nicht sehen können und nicht geahnt, wie nahe sie war. Er nahm sein Glas aus der Brusttasche und suchte die Straße sehr genau ab. Dabei entdeckte er tiefe

Radspuren und viele Löcher, ein Beweis – falls ein solcher überhaupt nötig war – für den regen Verkehr der letzten Monate.

Doch jetzt lag die staubige Straße leer im heller werdenden Licht des Tages. Phillip steckte das Glas ein und kletterte weiter. Zuerst entdeckte er den toten Gardisten Leeston, der mit ausgebreiteten Armen auf dem Felsen lag. Von dort waren es noch fünf Schritte bis zum Versteck von Henry Durbanville. Der Junge lag immer noch in der Felsspalte, sein Mantel bedeckte ihn, und beide Gewehre lagen feuerbereit neben ihm. Aber er bewegte sich nicht und gab kein Zeichen, daß er Phillips Annäherung bemerkt hatte. Und bis er die ausgestreckte Hand des jungen Offiziers berührte und ihre Wärme spürte, hatte er angenommen, der Mann, den zu retten er zurückgekehrt war, sei bereits tot. Die Berührung machte den Liegenden wach, und instinktiv griff er sofort nach seinem Gewehr.

»Durbanville ... Hier ist Hazard. Bleiben Sie liegen.«

Seine Worte erreichten den halb Bewußtlosen. Der drehte sich um. In seinen dunklen Augen blitzte Erkennen, und seine Hand suchte nicht länger nach dem Minié-Gewehr.

»Sie wieder hier? Das ist Unsinn. Ich mach's nicht mehr lange!«

Seine Stimme war so schwach, daß Phillip ihn kaum verstehen konnte. Er mußte sich tief über ihn beugen, um die Worte zu hören.

»Ich fürchte, Sie sind ein sentimentaler Bursche, Commander!«

»Vielleicht« gab Phillip ohne Vorbehalt zu. »Aber jetzt ...«

»Das ist gut«, unterbrach ihn Durbanville. »Ich gebe zu, daß ich dankbar bin. Allein zu sterben ist keine angenehme Erwartung.« Plötzlich kam die Erinnerung zurück, seine Stimme wurde stärker: »Sind die Soldaten gut in die Boote gekommen?«

»Ja, und es gab keinen einzigen Ausfall«, berichtete Phillip. »Sie haben uns die Kosaken wunderbar vom Leib gehalten.«

»Das habe ich doch gesagt!« Henry Durbanvilles aufgesprungene, fast blutleere Lippen verzogen sich zu einem Lächeln. »Jetzt beobachte ich die Straße, für den Fall, daß sie zurückkehren.«

»Sie sind verschwunden«, sagte Phillip sanft. »Und jetzt sind wir zu dritt und werden Sie auf das Schiff zurückbringen. Ihr Arzt, der junge Vernon, ist freiwillig mitgekommen, um Sie zusammenzuflicken.«

»Gut. Aber Sie können mich nicht transportieren, und Vernon kann mich nicht mehr zusammenflicken«, widersprach der Junge. »Begreifen Sie nicht? Mein Bein ist halb ab. Ich will um Himmels willen keinen Knochensäger. Das habe ich Ihnen doch gesagt, Hazard, und ...«

Seine Stimme wurde leise und verstummte plötzlich, als sei die Anstrengung zuviel gewesen. Seine Augen hatten den Glanz verloren, der sie kurz erhellt hatte, sein Blick flackerte, und dann schloß er müde die Lider. Sorgsam bettete Phillip ihn bequemer, erhob sich, stieg auf den Rand der Klippe und winkte den beiden zu, die unten warteten.

Sie waren schnell neben ihm. Der junge Grey schien über die Felsen zu fliegen.

»Kein Mensch weit und breit, Sir«, meldete er. Er sah den bewußtlosen Durbanville liegen, doch er sagte dazu nichts, sondern schaute sich nur neugierig um. »Was für eine großartige Position! Sie beherrscht die ganze Straße. Soll ich als Ausguck hier bleiben, Sir?«

»Ja, wenn Sie wollen«, stimmte Phillip zu. »Beobachten Sie die Straße und den Pfad – und bleiben Sie in Deckung. Das ist die Poststraße nach Simpheropol, und ich glaube nicht, daß sie lange leer bleiben wird. Melden Sie, wenn Sie etwas sehen.«

Er wandte sich Vernon zu, der in den Felsspalt neben Henry Durbanville geschlüpft war und mit ausdrucksloser Mine die Wunde des Jungen untersuchte.

»Nun, Doktor, wie steht's mit ihm? Können wir ihn nach unten zum Strand tragen?«

Der Chirurg sah nicht auf. Seine Finger beschäftigten sich mit der Schnur am unteren Ende des linken Oberschenkels des Gardeoffiziers, die als Aderpresse gedient hatte. »Ihn hat es ziemlich erwischt, und das Bein werden wir ihm abnehmen. Ich bezweifle, daß er den Transport überleben wird oder den Schock der Amputation – er hat schon viel zuviel Blut verloren. Hier kann ich ihn nicht amputieren, aber ich könnte sein Bein schienen. Doch ehrlich gesagt«, er zuckte mit den Schultern, »große Chancen hat er nicht mehr!«

»Wenn wir ihn hier liegen lassen, wird er sicher sterben«, meinte Phillip nur.

Er blickte über seine Schulter zurück, wo die verläßliche *Trojan* weit draußen ihre Position hielt und schaute dann besorgt auf seine Taschenuhr. Vor fast 40 Minuten hatten sie den Strand verlassen, und sie würden mindestens 40 Minuten – wenn nicht mehr – brauchen, um dorthin zurückzukehren mit der Last von Henry Durbanville. Aber sie konnten ihn hier nicht einsam dem sicheren Tod überlassen.

Er seufzte. »Schienen Sie das Bein, Doktor. Wir werden aus seinem Mantel und den beiden Gewehren eine Trage improvisieren. Brauchen Sie Hilfe?«

Der Chirurg schüttelte den Kopf. »Das schaffe ich allein.« Und dann als Antwort auf Phillips unausgesprochenen Wunsch: »Ich arbeite, so schnell ich kann.«

»Sehr gut«, bestätigte Phillip.

Er wünschte, sie könnten den toten Diener ebenfalls mit nach unten nehmen, aber das stand ganz außer Frage. Der arme Leeston mußte bleiben, wo er gefallen war. Man konnte ihn hier auch nicht beerdigen, es sei denn man legte ihn in den Felsspalt, den sein Herr bisher innegehabt hatte.

»Sir, Commander Hazard, würden Sie bitte hierher kommen?«

Die Stimme von Fähnrich Grey brach beherrscht und doch dringlich in Phillips Gedanken. Vorsichtig bewegte er sich zu der Stelle, außer Sicht der Felsspalte, wo der Junge seinen Posten bezogen hatte.

»Ja, Mr. Grey, was ist?«

»Da drüben, Sir, die Staubwolke über der Straße.« Der Fähnrich wies in die Richtung. »Ich habe kein Glas, aber könnte die Wolke durch feindliche Kavallerie verursacht worden sein?«

Phillip nahm sein Glas und stellte es scharf in die Richtung, die Grey ihm gewiesen hatte, nach Perekop im Nordwesten. Die Staubwolke war weit weg. Während er sie beobachtete, löste sie sich langsam auf in eine lange Reihe berittener Männer, Kavallerie, wie der junge Grey richtig vermutet hatte. Das fahle Sonnenlicht glänzte auf den Lanzenspitzen, und hinter ihnen entdeckte Phillip rollende Kanonen, die den meisten Staub aufwirbelten. Dann folgte in ungebrochenen Reihen grau bemäntelte Infanterie. Da war eine beachtliche Streitmacht auf dem Weg, erkannte Phillip – Verstärkungen, vielleicht für das Tal der Tchernaya oder ...

Er suchte mit dem Glas die Straße vor der Reiterei ab und entdeckte, daß dicht vor ihnen eine Straße nach rechts abzweigte. Die Straße nach Eupatoria, dachte er, und er wartete ab, ob die Kavallerie sie einschlagen würde. Eigentlich erwartete er das nicht. Aber sie tat es. Eine Schwadron galoppierte an, und sie erreichte vor der Menge der anderen die Kreuzung. Als alle anderen auch in Richtung Eupatoria abbogen, wußte Phillip, daß sie nur ein Ziel haben konnten. Gegen die Stadt sollte ein Angriff vorgetragen werden, ein größerer Angriff, der die kleine Garnison in dem Augenblick aufrollen würde, da sie wahrscheinlich als Folge des Orkans ziemlich unorganisiert war.

Phillip holte scharf Luft und fragte sich, wie übel sich der Orkan ausgewirkt haben mochte. Wie viele Kriegsschiffe, die in der offenen Bucht vor Anker lagen, waren wohl wie die *Rapide* aufs Ufer getrieben und hatten Schiffbruch erlitten? Es lagen zwei Schiffe erster Klasse vor Eupatoria, Lord George Paulets *Bellerophon* und die französische *Henry IV* mit je 100 Kanonen. Beide hatten doch vermutlich den Sturm gut überstanden. Aber ... Er sah wieder durch sein Glas und versuchte die Stärke des Gegners einzuschätzen. Wie viele andere Schiffe hatten es wohl, wie die *Trojan*, nicht in den Hafen geschafft, hatten ihre Truppen noch nicht an Land setzen können? Er durfte nicht länger warten, das war ihm klar. Er mußte zur *Trojan* zurück und sie, so schnell es ging, nach Eupatoria bringen, um den Kommandanten der Garnison, Captain Brock, vor dem bevorstehenden Angriff zu warnen. Falls nötig, mußte er Martin Fox signalisieren, ohne ihn ankerauf zu gehen und ...

»Sir, das sind doch feindliche Kavallerie und Artillerie, oder?« fragte der junge Grey erschreckt.

»Ja«, bestätigte Phillip grimmig. »In der Tat, also auf, auf, wir dürfen keine Zeit verlieren. Eilen Sie, so schnell Sie können, zum Strand. Ich gebe das Signal, damit ein Boot Sie abholt. Melden Sie dem Ersten Offizier, daß eine gemischte Truppe von einigen tausend Mann, Kavallerie, Artillerie und Infanterie, sich auf der Straße von Perekop nähert, ganz bestimmt mit der Absicht, Eupatoria anzugreifen. Ich nehme an, der Angriff wird etwa um ...« nachdenklich runzelte er die Stirn, versuchte die Geschwindigkeit der Kolonne einzuschätzen und die Entfernung, die sie noch zurücklegen mußte. Die Infanterie verlangsamte das Vorankommen mit ihrem Marschtempo natürlich, und wenn sie auf der Straße blieben, würde die Entfernung vier oder fünf Meilen länger sein, »spätestens bei einbrechender Dunkelheit, vielleicht früher. Mr. Fox muß diese Meldung Kapitän Brock übermitteln und sofort die Truppen an Land setzen.«

Er fügte noch einige kurze Instruktionen hinzu und sah, daß der Fähnrich große Augen bekam.

»Aye, aye, Sir!« bestätigte er pflichtbewußt, erhob sich und nahm Haltung an. »Aber was geschieht mit Ihnen, Sir, mit Durbanville und dem Arzt?«

»Wir werden Ihnen folgen«, erklärte ihm Phillip in einem Tonfall, der nicht zu weiteren Fragen einlud, »so schnell wir können. Aber warten Sie nicht auf uns, Mr. Grey. Die Nachricht ist von größter Wichtigkeit und muß unverzüglich nach Eupatoria.« Er zögerte, war sich seiner Pflicht bewußt und fragte sich, wie er die jetzige Entscheidung rechtfertigen könnte, blieb aber beharrlich dabei, sie nicht zu ändern. »Mr. Fox kann uns, wenn er will, ein zweites Boot schicken, den Kutter, falls wir rechtzeitig unten am Strand sind. Wir können dann selber in die Bucht segeln, oder er kann zurückkehren und uns aufnehmen, *nachdem* er die Nachricht übermittelt und die Truppen an Land gesetzt hat. Ist das klar?«

»Das ist klar, Sir, aber«, der junge Grey schluckte schwer, war offensichtlich hin und her gerissen zwischen dem gewohnten Gehorsam und seinen eigenen persönlichen Gefühlen, »soll ich nicht bleiben und dem Arzt mit Henry Durbanville helfen, Sir, anstatt Ihnen das zu überlassen? Sie befehligen schließlich die *Trojan*, Sir, und ...«

Phillip schnitt ihm das Wort ab. »Danke für das Angebot. Aber Sie haben jüngere Beine als ich, und ich humple etwas, wie Sie gemerkt haben. Sie brauchen für den Abstieg die Hälfte der Zeit, die ich bräuchte. Dabei ist der Zeitfaktor entscheidend. Also brechen Sie auf, bitte!«

»Aye, aye, Sir!«

Der Fähnrich drehte sich um, und eilte – den Befehl wörtlich nehmend – von der Anhöhe nach unten. Er erreichte den Pfad, hielt kaum inne und rannte fast zum Strand, ohne sich sonderlich um seine eigene Sicherheit zu kümmern. Phillip stieg auf die höchste Höhe und gab der *Trojan* ein Signal, wobei ihm mögliche feindliche Beobachter jetzt egal waren. Die *Trojan* hatte Dampf aufgemacht, wie er sehen konnte. Zusätzlich zu der Bitte um ein Boot, machte er seinem Stellvertreter deutlich, daß er sofort ankerauf gehen müsse. Sein Signal wurde durch Flaggensignale vom Deck und dann durch Wimpel bestätigt. Phillip wartete, bis er das Boot vom Strand ablegen sah und stieg dann zu Vernon nach unten, der immer noch neben seinem Patienten kniete. Er erklärte ihm kurz, was er an feindlichen Bewegungen beobachtet und was er danach unternommen hatte, und der Arzt nickte, ohne aufzusehen, weil er mit dem Schienen des Beins beschäftigt war.

»Ist er transportfähig?« fragte Phillip.

»So gut ich das schaffe, Commander.« Der Militärarzt erhob sich mit schmalem Mund. »Unglücklicherweise hat er eben das Bewußtsein wieder erlangt, aber ich habe ihm ein bißchen Rum eingeflößt, der den Schmerz etwas betäuben soll.«

Er bückte sich und schob ein Minié-Gewehr durch den Ärmel des blutigen Mantels, mit dem der Verwundete sich bedeckt hatte. Phillip folgte mit dem anderen seinem Beispiel. Sie hoben beide zusammen den fast leblosen Mann aus dem Felsenspalt und legten ihn auf die improvisierte Trage. Henry Durbanville bewegte sich, murmelte etwas, aber er öffnete die Augen nicht.

Der Arzt sah Phillip an und meinte trocken: »Das wird eine Höllenaufgabe, ihn nach unten zu bekommen, und ich kann Ihnen nicht versprechen, daß er lebendig an Bord kommt.

Das Opfer könnte für Sie ganz und gar unnötig sein, Commander Hazard!«

»Was für ein Opfer, was meinen Sie damit?« fragte Phillip.

»Sie opfern Ihr Kommando und vielleicht Ihre weitere Beförderung – auf jeden Fall aber die Ehre und den Ruhm, rechtzeitig eine Warnung an die Garnison in Eupatoria geschickt zu haben. Und das alles für einen Mann«, seine Geste in Richtung Durbanville war eindeutig, »den zu mögen wenige von uns einen Grund haben, Sie am allerwenigsten, nehme ich doch an.« Er zuckte mit den Schultern. »Sie hätten mit Ihrem Fähnrich aufbrechen und mich hier bei Hauptmann Durbanville lassen sollen, denn es ist meine Pflicht als Arzt, bei ihm zu bleiben, nicht die Ihre. Aber Sie sind hier geblieben, warum Commander Hazard, würde ich gern wissen!«

Phillip wurde rot. Ohne Zweifel würden auch andere die gleiche Frage stellen – Lord George Paulet, Admiral Lyons, der Befehlshaber, Admiral Dundas und vielleicht sogar die Lords der Admiralität, wenn die Angelegenheit schließlich zu ihrer Kenntnis gelangte. Sie würden eine Antwort erwarten, und er hatte keine anzubieten, es gab keine Entschuldigung, geschweige denn eine rationale Erklärung für sein Verhalten. Seine Pflicht war klar, aber er hatte sich ihrem Ruf entzogen. Er hatte sich für das Bleiben entschlossen, statt auf das Schiff zurückzukehren, das seinem Kommando anvertraut war, weil ... Phillip sah auf das blasse, verzogene Gesicht von Henry Durbanville, das schon von den Schatten des Todes gezeichnet war und atmete tief aus.

Er fragte sich, ob es deswegen sei, weil er wie Leach den Jungen falsch eingeschätzt hatte, weil er ihn nicht mochte und sich doch veranlaßt sah, ihn wegen seines Mutes heute morgen zu bewundern.

»Sie haben mir noch keine Antwort, gegeben, Sir«, half Vernon nach.

»Ja, in Ordnung. Ich hätte nicht zurückbleiben sollen«, gab Phillip zogernd zu. »Aber ich meinte, ich schulde ihm etwas, wenigstens eine Chance, wie klein auch immer. Das hat er verdient, als er heute morgen unseren Rückzug deckte. Und das war meine Schuld, nicht Ihre, und sie drückte mich um so mehr, als ich tatsächlich wenig Grund hatte, ihn zu mögen.« Er hob das eine Ende der improvisierten Trage hoch. »Kommen Sie, Doktor, wir verlieren nur Zeit. Wenn Sie vor mir her gehen, lasse ich ihn immer zu Ihnen hinunter.«

Mit Schwierigkeiten, häufig selbst rutschend, gelang es ihnen, indem sie manchmal zogen und manchmal schoben, ihre unglückliche Last bis zum Fuß der Anhöhe zu transportieren. Durbanville öffnete die Augen, noch ehe sie die ersten zehn Meter des Abstiegs zurückgelegt hatten, doch obwohl er wahrscheinlich große Schmerzen litt, war kein Laut von ihm zu hören. Als sie endlich auf flachem Grund waren, hielt Vernon ihm die Flasche Rum, die er bei sich trug, an die blutleeren Lippen, und der Junge schluckte ein paar Tropfen, ehe er den Kopf zur Seite wandte.

»Bitte«, seine Stimme war ein schmerzgequältes Flüstern, »ich halte es nicht mehr aus. Lassen Sie mich hier. Warum tun Sie mir nicht den Gefallen?«

»Sie haben verstanden, worum er Sie gebeten hat, Commander Hazard«, stellte der Arzt sachlich fest. »Sie haben immer noch Zeit zu gehen, sehen Sie!«

Er deutete nach unten auf den Strand, auf den gerade die Gig der *Trojan* gelaufen war. Phillip sah, wie Fähnrich Grey ihm über die Steine entgegen lief, atemlos und erschöpft, doch entschlossen, nicht eher aufzugeben, als bis er am Ziel war.

Der Bootsführer stapfte an Land, um ihm zu helfen, und Vernon sagte: »Sie sollten befehlen, daß man auf Sie wartet. Ich bleibe hier bei Durbanville!«

Phillip wußte, daß er recht hatte. Der Führer des Bootes, Fähnrich O'Hara, blickt zu ihm hoch, als erwarte er ein Signal. Er brauchte also nur die Hand zu heben.

»Der junge Grey ist da«, sagte er. »Ich brauche zweimal solange wie er, um auf den Strand zu kommen – und er weiß, was er zu tun hat. Der Erste Offizier weiß es auch, sobald der Junge meine Befehle übermittelt hat. Und man kann sich darauf verlassen, daß er sie ausführt, ob ich an Bord bin oder nicht. Wichtig ist nur, daß die Garnison in Eupatoria vor dem Angriff gewarnt wird und daß unsere Truppenverstärkungen, die dringend gebraucht werden, ohne weitere Verzögerung an Land kommen. Darum geht es, Doktor. Ich habe Mr. Fox befohlen, uns den Kutter zu schicken. Der wird uns aufnehmen.«

»Das ist Ihre Entscheidung, Sir!« antwortete der Arzt steif. »Ich habe Ihnen nur die Möglichkeit geboten, sie zu ändern. Und ich sage Ihnen nochmals, daß nach meiner beruflichen Erfahrung Hauptmann Durbanville wenig Hoffnung hat, den Strand lebend zu erreichen.«

»Noch lebt er, Doktor«, beharrte Phillip und war plötzlich wütend auf sich und auf seinen Begleiter. »Versuchen wir, ihn endlich zum Strand zu tragen – das hatten wir schließlich vor, nicht wahr?«

Er hob die beiden Gewehrkolben, und der Doktor ergriff, rot geworden, die anderen Enden. Als sie begannen, über den steilen Weg abzusteigen, legte Fähnrich O'Hara in Richtung auf das Schiff ab, Grey war an Bord. Das Boot machte an den Großrüsten der *Trojan* fest, ehe die kleine Gruppe auch nur die Hälfte der Entfernung zurückgelegt hatte, die sie vom Strand trennte. Dann sah Phillip, mit einem seltsamen Gefühl, wie sein Schiff Fahrt aufnahm. Als die *Trojan* in Richtung Eupatoria Kurs nahm, zeigte ihm ein Winksignal von Deck, daß Martin Fox den Befehl empfangen und verstanden hatte. Der Kutter wurde Phillips Instruktionen gemäß zu Wasser gelassen. Zwei Männer der Besatzung sprangen an Land, noch ehe er das Ufer unten erreicht hatte, und rannten den Pfad nach oben, um ihn und Vernon von ihrer Last zu befreien. Beide Männer grinsten ihn mit unverhohlener Freude und Erleichterung an. Anders als der Arzt und vielleicht auch seine Vorgesetzten, das spürte Phillip, sahen die beiden keinen Grund, ihn zu kritisieren oder seine Abwesenheit von Bord zu verdammen oder überhaupt irgendeine Bemerkung dazu abzugeben.

Einer der beiden grüßte: »Schön Sie zu sehen, Sir. Wir dachten schon, wir wären Sie eine Zeitlang los.«

»Danke, Matlock«, gab Phillip zurück.

Er erkannte den Großtoppman wieder, der nicht zur ständigen Besatzung des Kutters gehörte.

Als Antwort auf die ungestellte Frage fügte der Matrose hinzu: »Der Erste Offizier hatte um Freiwillige für den Kutter gebeten, Sir. Darum bin ich hier. Und Mr. O'Hara drängelte sich vor und übernahm den Kutter statt Mr. Fisher.« Dann sah er auf das unbewegte Gesicht von Durbanville und fragte neugierig: »Lebt der arme junge Herr noch, Sir?«

Der Arzt legte die Finger auf den Puls am Handgelenk des Jungen und nickte. »Ja«, sagte er und wich dabei Phillips Blick aus, »dank Ihres Kommandanten ist er noch am Leben!«

Sie erreichten das Boot, und helfende Hände griffen nach der Trage und hoben sie vorsichtig auf die Duchten mittschiffs. Fähnrich O'Haras Grinsen war so breit wie das seiner Männer.

Er hob grüßend die Hand an die Mütze: »Willkommen an Bord, Sir. Sie kommen gerade rechtzeitig.«

»Rechtzeitig?« wiederholte Phillip verwundert. »Wie meinen Sie das, Mr. O'Hara?«

»Sehen Sie mal nach oben, Sir!« O'Hara deutet hoch.

Am anderen Ende des Klippenpfads entdeckte Phillip ein Dutzend Kosaken. Sie hatten ihre keuchenden Pferde angehalten und griffen nach den Karabinern, die an den Sätteln hingen. Ein paar schlecht gezielte, verschwendete Kugeln schlugen ins Wasser, als der Kutter von dem flachen Ufer wegglitt. Das Großsegel und die Fock stiegen auf und blähten sich im Wind, und der Kutter zog davon. Er krängte sehr, als O'Hara ihn auf den Backbordbug legte und die ganze Kraft einer frischen Brise sie traf. Der Wind war ablandig, also mußte man in die Bucht von Eupatoria kreuzen, fiel Phillip ein. Die *Trojan*, unter Maschine, war schon fast außer Sichtweite. Sie würden sie jetzt nicht mehr einholen können, wie geschickt O'Hara den Kutter auch führte. Nun, er hatte oben auf den Felsen seine Entscheidung getroffen, als Henry Durbanville die Kosaken zurückhielt, und daran gab es jetzt nichts zu revidieren. Martin Fox würde die Warnung übermitteln und sich bei Lord George Paulet melden. Falls es Fragen wegen seiner Abwesenheit gäbe, müßte er, nicht der Erste Offizier, sie beantworten.

Er beugte sich über Durbanville und war überrascht, daß der verwundete Junge ihn anlächelte. Es war nur ein kurzes Lächeln, einen Augenblick später fielen seine Augen zu, und es verschwand, da Henry Durbanville wieder in eine gnädige Ohnmacht zurückfiel. Doch das war genug. Nicht genug, um die närrische Entscheidung zu rechtfertigen, wie alle außer ihm das sahen, doch das Lächeln genügte Phillip, um sein Gewissen zu beruhigen. Plötzlich fühlte er sich sehr müde und durch die angenehmen Bewegungen des Kutters eingelullt, schloß er die Augen und entspannte sich.

O'Haras Stimme weckte ihn.

»Wir sind fast vor dem Ankergrund, Sir und ...« der Junge klang schockiert, »du lieber Himmel, sehen Sie sich das an!«

Phillip war sofort hellwach und richtete sich auf. Der junge O'Hara war in der Tat schockiert, wie jeder alte Seemann von diesem Anblick ebenfalls schockiert gewesen wäre. Breit auf dem Strand südöstlich der Stadt lag ein Linienschiff, das Oberdeck überspült, Wrackteile ringsum. Noch standen die Masten. Auf dem Großmast wehte zerfetzt, aber immer noch erkennbar, die Trikolore. Ungläubig mußte Phillip sich eingestehen, daß es die *Henry Quatre* mit ihren 100 Kanonen war, das modernste Dampfschraubenschiff der französischen Flotte. Nicht weit von ihr lag ein weiteres französisches Schiff, auch ein Dampfer. Er hatte die Masten verloren, und die Dünung lief über ihn. Phillip suchte die Küste weiter mit dem Glas ab und entdeckte einen Zweidecker unter türkischer Flagge, der ebenfalls fest auf dem Steuerbordrumpf auf Grund lag, eine Kabellänge hinter der *Henry Quatre*. Es gab noch mehr, doch die meisten waren zu zerschlagen, als daß man sie hätte wiedererkennen können. Phillip zählte fünf und wandte sich dann mit zitterndem Glas den Schiffen zu, die noch schwammen.

Unter ihnen entdeckte er zu seiner herzlichen Freude die *Bellerophon*, mit ihren 80 Kanonen, und *Leander*, die Segelfregatte mit 50 Kanonen. Die *Bellerophon* hatte drei Anker ausgebracht und die unteren Rahen abgenommen. Die Trümmer kleinerer Boote und mancherlei Abfall hoben und senkten sich in der Strömung zwischen ihr und der *Leander*, die offensichtlich ihren Bugsprit verloren hatte. Phillip konnte auch drei kleine Fregatten aus Admiral Lyons' Dampfgeschwader ausmachen – den Paddeldampfer *Cyclops* und die Schraubendampfer *Magaera* und *Spiteful*. Sie schwammen noch, doch alle drei zeigten Sturmschäden. Die *Spiteful* mit ihren sechs Kanonen krängte schwer nach Backbord, und an Deck arbeiteten Männer an den Pumpen.

Schließlich entdeckte Phillip im Glas sein eigenes Schiff,

das in seiner makellosen Schönheit einen deutlichen Gegensatz zu diesem Bild der Zerstörung zeigte. Die *Trojan* ankerte dicht vor der Anlegestelle, an der die Vorräte für die Garnison von Eupatoria gelöscht wurden. Eine Reihe von Gestalten in roten Jacken war angetreten und bewies, daß Martin Fox keine Zeit verloren hatte, die Truppen an Land zu bringen. Als Phillip genauer hinsah, entdeckte er, daß noch zwei Boote das Schiff verließen und auf die Pier zuliefen. Sie gingen längsseits, er beobachtete Männer beim Aussteigen, die auf diese Entfernung so groß wie Ameisen aussahen, und stellte fest, wie sie sich zu den anderen gesellten und davonmarschierten. Sie sahen wie Seesoldaten aus, aber selbst mit Hilfe seines Glases konnte Phillip nicht sicher sein.

»Halten Sie auf die *Trojan* zu, Mr. O'Hara«, befahl er beunruhigt. »Ich werde mich später auf der *Bellerophon* melden.«

»Aye, aye, Sir!« O'Hara legte Ruder und das kleine Boot wendete, lief hoch am Wind unter dem Heck der *Bellerophon* durch und verlangte dem Rudergänger alles Können ab, um Kollisionen mit schwimmenden Wrackteilen zu vermeiden, die zwischen allerhand Abfall trieben.

Während sie sich der Stadt weiter näherten, zählte Phillip noch fünf andere Schiffe, die aufgelaufen waren. Bei dreien standen die Masten noch, und die Mannschaften waren an Bord, die beiden anderen waren verlassen und lagen ohne Masten. Alle fünf waren britische Transportschiffe, und er fragte sich mit einiger Sorge, wie es wohl den anderen Transportern ergangen war, die *Prinz* eingeschlossen, die vor Balaklava gelegen hatten und nicht einlaufen durften. Wenn der Orkan hier, wo man normalerweise einigermaßen sicher vor Anker lag, solche Schäden angerichtet hatte, um wieviel mehr mußte die Flotte gelitten haben, die die volle Kraft des

Orkans draußen unter den Klippen abwettern mußte. Er holte tief Luft und erinnerte sich an einige Schiffe, die er dort gesehen und wiedererkannt hatte: die *Niger*, die *Vesuvius*, das Schwesterschiff der *Trojan* im Dampfgeschwader, die *Vulkan*, die *Sampson*. Die *Agamemnon*, Admiral Lyons Flaggschiff, hatte nicht vor Balaklava gelegen, als er das letzte Mal dort war – lieber Gott, wie viele Tage und Nächte war das her? Vielleicht war sie inzwischen zurückgekehrt. Phillip schauderte unwillkürlich, als er ein weiteres zerschlagenes Schiff mit großen Lecks entdeckte. Die Mannschaft war immer noch damit beschäftigt, wie wild das Chaos aus Rahen und Riggs zu beseitigen, das auf dem Deck herrschte. Grimmig mußte Phillip sich eingestehen, daß zumindest eine Entscheidung richtig gewesen war – den Orkan auf See auszureiten. Die *Trojan* hatte weniger Schaden genommen als die meisten anderen Schiffe, die hier vor Anker lagen, und er war dankbar, daß ihm rechtzeitig eingefallen war, wie gefährlich die Bucht bei südwestlichen Winden war.

»Da liegt, glaube ich, die *Rapide*, Sir!« Der junge O'Hara zeigte lächelnd nach vorn, und Phillip folgte seinem Blick und erwiderte sein Lächeln.

»Ja«, stimmte er zu, »und in einigermaßen gutem Zustand, wie man sehen kann.«

Und dann dachte er, als er sich umschaute, nachdem der Kutter sie hinter sich gelassen hatte, er könnte die Rettung der *Rapide* vielleicht zu seinen Gunsten anführen, sollte die Abwesenheit von seinem Kommando jemals Gegenstand einer offiziellen Untersuchung werden. Er drehte sich um und sah unter sich Henry Durbanville, der immer noch schlaff und bewußtlos auf den Duchten lag, den blutgetränkten Mantel um sich, die beiden Minié-Gewehre, die ihm so gut gedient hatten, an seiner Seite.

Der Arzt, der neben ihm kniete, blickte hoch und sagte

leise: »Er lebt, Commander Hazard, aber auch nur gerade eben. Das Bein müssen wir abnehmen, sobald wir ihn an Bord haben. Und wenn er das überlebt, haben Sie gewonnen und ich verloren.« Er lächelte und fügte dann zu Phillips Überraschung zu: »Ich hoffe, ich werde verlieren, Sir, glauben Sie's mir.«

An seiner ehrlichen Überzeugung konnte niemand zweifeln, und Phillip dankte ihm, von diesem Eingeständnis seltsam bewegt.

Jetzt war der Kutter in Rufweite der *Trojan*, und von Deck her rief sie ein wachsamer Fähnrich an.

»Aye, aye ... *Trojan*!« antwortete O'Hara, wie es die Tradition gebot.

Seine Antwort machte klar, daß der Kommandant an Bord des Kutters war. Mit einer gekonnten Ruderbewegung kam der Kutter unter die Eingangspforte, an der sich das Begrüßungskommando sammelte. Leicht aus langer Praxis stieg Phillip nach oben, und Martin Fox trat vor, um ihn zu begrüßen.

»Willkommen an Bord, Sir!« grüßte er sehr formell und strahlte dabei über das ganze Gesicht. »Ich sehe, Sie haben Hauptmann Durbanville mit zurückgebracht. Ich werde einen Bootsmannsstuhl für ihn riggen lassen. Oder kann man ihn so an Bord heben?«

»Das soll besser der Arzt entscheiden«, antwortete Phillip. »Er ist bei ihm. Lassen Sie am besten unserem Arzt melden, daß Durbanville gleich amputiert werden muß. Und dann kommen Sie bitte in meine Kajüte. Ich möchte wissen, was hier abläuft. Sind die Seesoldaten an Land?«

Fox nickte. »Auf Befehl der *Bellerophon*, Sir. Und der Kommandant der Garnison bat um Freiwillige von den Schiffen und um Kanonen. Ich werde Ihnen sofort berichten. Major Leach ist übrigens wieder ganz hergestellt!«

Fünf Minuten später traf er Phillip in seiner Kajüte. Der Steward folgte ihm auf dem Fuß mit einer Kanne Kaffee, der kräftig mit Rum versetzt war. Auf einem Teller lag aufgeschnittene Zunge als Willkommensmahl. Fox wartete, bis der Steward alles abgesetzt hatte, und begann dann mit seinem Report.

»Wir haben uns beim Einlaufen bei der *Bellerophon* gemeldet, Phillip, und ich habe Kapitän Paulet mit Signal gemeldet, daß wir Truppen an Bord haben, und ihn außerdem vor einem drohenden Angriff auf die Stadt durch einen großen Verband gewarnt.«

»Also gingst du nicht an Bord der *Bellerophon*?« wollte Phillip wissen.

Der Erste Offizier schüttelte den Kopf.

»Nein. Sie signalisierte uns, vor dem Anleger zu ankern, die Truppen und auch unsere Seesoldaten an Land zu setzen und unseren Bericht über die feindlichen Truppenbewegungen sofort Kapitän Brock zu melden. Ich führte den Befehl unverzüglich aus und schickte Fähnrich Grey und Major Leach im ersten Boot an Land, damit Grey Kapitän Brock ausführlich berichten konnte, was er beobachtet hatte. Ich dachte mir, der Kapitän würde ganz gern einen Augenzeugen ausfragen. Grey ist immer noch an Land, aber inzwischen war ein Offizier aus der Garnison hier an Bord, um den Dank seines Kommandanten zu überbringen und, wie schon erwähnt, um Kanonen und Kanonenmannschaften zu bitten, so viele wir entbehren können. Sie sollen die Abwehr des bevorstehenden Angriffs verstärken. Es scheint, daß die Garnison durch Krankheiten sehr geschwächt ist. Und Kapitän Brock mußte 400 Seesoldaten nach Balaklava schicken, auf ausdrücklichen Befehl von Lord Raglan.«

»Ich verstehe.«

Phillip erinnerte sich, daß Kapitän Dacres ihm das mit einigem Stirnrunzeln erzählt hatte, als er die *Trojan* hatte einlaufen lassen.

»Die *Bellerophon* hat alle ihre Seesoldaten an Land gesetzt«, fuhr Phillip fort. »Und mehr als die Hälfte ihrer Matrosen. Sie ist gefährlich unterbemannt, und sie hatte nichts als Glück, daß sie im Gegensatz zu anderen Schiffen nicht an Land getrieben wurde. Du hast natürlich schon gesehen, wie viele es sind, die *Henry Quatre* gehört auch dazu.«

»Ja, der Anblick könnte einen krank machen«, stimmte Phillip zu. Ihm war kalt ums Herz, und auch der heiße Kaffee konnte die Kälte nicht vertreiben. »Was hast du ihm geantwortet in bezug auf unsere Männer und Kanonen?«

Fox zuckte mit den Schultern. »Ich habe mich nicht festgelegt, Phillip, denn ich denke, das ist deine Entscheidung. Aber ich habe Leutnant James, dem Offizier, der aus der Garnison kam, versichert, daß wir alles tun werden, um ihm zu helfen. Er kam dann mit der Information raus, daß die Lage schon vor dem Sturm reichlich prekär war. Die *Bellerophon*, die *Leander* und zwei Dampf-Fregatten hatten ihre Boote zu Wasser gelassen und hielten sich ständig bereit, die Garnison zu evakuieren, falls die den Platz nicht halten könnte. Aber«, fuhr er grimmig fort, »du hast wahrscheinlich gesehen, daß alle Boote der *Bellerophon* entweder vollgelaufen und untergegangen sind oder weggetrieben wurden. Die *Spiteful* und die *Cyclops* haben große Lecks, und die *Leander* ist reichlich angeschlagen. Die meisten französischen Transporter sind an Land getrieben worden, wie unsere auch, und der türkische Zweidecker ist mit Mann und Maus untergegangen. Wenn die Garnison diesen Angriff nicht abwehrt, sieht es schlimm aus, fürchte ich. Und wie Grey mir sagte, wird es ja ein Angriff von einiger Wucht!«

»Stimmt«, bestätigte Phillip. Er beschrieb kurz, was er auf der Höhe gesehen hatte. »Sie waren sehr weit weg, da kann man Zahlen schwer schätzen, aber ich rechne mit einigen 1000, 5000, 6000, vielleicht mehr. Wir haben möglicherweise nur die Nachhut gesehen. Sie kamen nur langsam voran, aber Grey hat dir ja gesagt, daß ich damit rechne, daß sie noch vor Anbruch der Nacht hier sein werden. Vielleicht sogar schon am späten Nachmittag. Viel Zeit haben wir also nicht, unsere Kanonen an Land zu schaffen, oder?«

»Du willst sie wirklich an Land setzen?« Martin Fox schien erleichtert. »Sie haben um zehn 32-Pfünder gebeten.«

»Was bleibt uns anderes übrig?« Phillip erhob sich und schüttelte seine Müdigkeit ab. »Von See her können wir sie nicht unterstützen. Sag mir mal, wie die Pier aussieht. Gibt's da Kräne und können wir längsseits gehen, um sie zu nutzen?«

»Ja, die gibt's. Und man hat mir versichert, das Wasser sei tief genug für uns. Leutnant James kann uns Arbeitstrupps geben, die unseren Männern helfen, die Kanonen in Stellung zu bringen. Er ist zufällig Artillerist. Auch sagte er, er kann uns einen Pulverwagen und andere Pferdefahrzeuge geben, die Munition transportieren werden. Er wollte uns auch Pferdegespanne für die Kanonen schicken. Denn die Entfernung ist ziemlich groß.« Fox stöhnte. »Soweit ich Leutnant James verstanden habe, besteht die Verteidigung aus dem Hauptquartier von Kapitän Brock, aus einem befestigten Haus in der Stadtmitte und aus ein paar Palisaden und Erdwällen, die sich vom Lazarett im Südwesten zum Magazin im Osten hinziehen. Er sagt, die seien solide gebaut, mit Schießscharten und Brustwehren, und die Stellungen für Kanonen seien ebenso gut, mit vielen Sandsäcken, Wehren und Schanzkörben.«

»Ist er noch an Bord?« wollte Phillip wissen. »Ich möchte gern wissen, wo er unsere Kanonen aufstellen will.«

»Er ist in der Offiziersmesse.« Auch Fox war aufgestanden und zupfte ungeduldig an der Bandage um seinen Kopf.

Phillip fragte: »Was macht dein Kopf, Martin?«

»Ich habe keine Probleme, außer daß der Verband immer wieder abrutscht und mich infernalisch ärgert. Wie auch immer, es war ja nur ein Kratzer.« Martin Fox drehte sich um und sah Phillip plötzlich fragend an. »Phillip, wir sind jetzt viele Jahre befreundet und haben gemeinsam manches durchgestanden, nicht wahr?«

»Aber natürlich. Warum fragst du?«

»Ich bin ohne Einschränkung in der Lage, den Trupp an Land zu führen, mein Wort drauf.« Fox klang sehr ernst. »Du solltest immerhin ...«

»Das habe ich nie bezweifelt, mein Lieber.« Phillip legte ihm freundschaftlich die Hand auf den Arm. »Du wirst dich auch um das Verladen der Kanonen kümmern, weil ich auf die *Bellerophon* übersetzen muß, um mich bei Lord George Paulet zu melden. Ich muß seine Erlaubnis einholen, dieses Schiff zu entwaffnen und so gut ich kann erklären, warum ich beim Einlaufen nicht auf dem Achterdeck war. Laß mir die Gig kommen, bitte, während ich schnell noch mit Leutnant James rede.«

Martin Fox lächelte ihm auf seine jungenhafte Art zu. »Du mußt deine Abwesenheit nicht erklären, Phillip, Kapitän Paulet ist sie nicht aufgefallen!«

»Nicht aufgefallen, Martin? Was meist du damit? Ich verstehe nicht ganz. Du hast doch die *Bellerophon* sicher entsprechend informiert!«

»Was glaubst denn du?« fragte Fox immer noch lächelnd. »Wir sind doch immer füreinander eingestanden, seit wir Fähnriche waren, oder nicht? Ich habe das Signal an die *Bellerophon* in deinem Namen abgesetzt, und ich habe mir erlaubt, dem jungen Grey zu sagen, er soll die Meldung bei Kapitän Brock auch in deinem Namen machen. Ich denke mir, das ist auch ganz und gar korrekt, denn würde er eine

Warnung von dem Angriff bekommen haben, wenn du den ganzen Tag auf dem Achterdeck gestanden hättest?«

Der Erste Offizier trat an die Tür, öffnete sie und ließ Phillip vorangehen. »Nach Ihnen, Commander. Ich werde die Gig zu Wasser bringen lassen und sofort eine Meldung an die *Bellerophon* absetzen, Sir. Sobald Sie dann mit Leutnant James gesprochen haben, Sir, sollten Sie mir freundlicherweise sagen, exakt wie viele Kanonen wir an Land schaffen sollen, damit ich Freiwillige als Mannschaften sammeln kann.«

»Einen Augenblick, Martin.« Phillip streckt die Hand aus und fühlte sich unendlich erleichtert. Der verläßliche, treue Martin! »Ich möchte dir danken!«

»Wofür?«

»Weil du mich gedeckt hast. Und weil du ein so guter Freund bist. Ich bin dir sehr dankbar, glaub' mir!«

»Natürlich. Ich bin überzeugt, daß du für mich dasselbe getan hättest.« Martin schüttelte die ausgestreckte Hand kräftig und murmelte dann ergriffen: »Du mußt mir nicht dankbar sein, Phillip, denn ich schulde dir viel.« Er schaute auf die immer noch halbvolle Tasse und die Platte, die fast unberührt war. »Ich kann James schicken, während du zu Ende ißt. Du mußt verdammt noch mal hungrig sein.«

Er war es in der Tat, spürte Phillip. Er setzte sich wieder, leerte seine Tasse und füllte sie wieder. Er aß auch die Zunge mit großem Genuß, als Leutnant James an die Tür klopfte und bat, eintreten zu dürfen.

8

Phillip wurde von Lord George Paulet sehr freundlich empfangen, doch der Kommandant der *Bellerophon* war sehr bedrückt vom Verlust so vieler Schiffe unter seinem Kommando und konnte an kaum etwas anderes denken. Auch als Phillip vor dem drohenden Angriff der Russen auf die Stadt warnte, verschlimmerte sich seine Niedergeschlagenheit nicht.

Er nahm es schulterzuckend zur Kenntnis und sagte nur: »Das haben Kapitän Brock und ich erwartet. Wenn Lord Raglan will, daß wir diese gottverlassene Stadt halten sollen, dann hätte er nicht die besten Kämpfer der Garnison abziehen dürfen. Verdammt noch mal, Hazard, Anfang November mußten wir ihm 380 Seesoldaten schicken ... zur Verteidigung von Balaklava, wie ich hörte. Balaklava!« Er seufzte. »Und jetzt höre ich Gerüchte, daß Balaklava aufgegeben werden soll.«

Phillip murmelte irgendeine Antwort, weil ihm der Mann leid tat.

»Unter normalen Umständen wäre ich versucht, Kapitän Brock und seiner Garnison zu empfehlen, diesen Ort hier aufzugeben«, fuhr Paulet ingrimmig fort. »Ich würde alle an Bord nehmen. Aber wie kann ich das jetzt? Ich habe nicht mal genügend Schiffe für die Hälfte der Leute, und ich habe nicht genug Leute an Bord, die meine Boote an Deck hieven und reparieren könnten. Der *Leander* geht's ähnlich. Glauben Sie mir, ich mußte eine Bark mit Lecks zur *Henry Quatre* rüberschicken, damit sie einige Leute abbarg, und die wäre auf dem Weg fast untergegangen. Sie haben die *Henry Quatre* am Ufer gesehen?«

»Ja, Sir. Und ich war entsetzt, Sir!«

In einer Geste wütender Hilflosigkeit breitete Lord George Paulet die Arme aus. »Aber angesichts Ihrer Meldung, Hazard, bleibt uns nur noch eine Möglichkeit: Wir müssen tun, was wir können, um Hauptmann Brock und seiner Garnison zu helfen, den Angriff abzuwehren. Habe ich recht?«

Ohne zu zögern nickte Phillip. »Ja, natürlich, Sir!«

»In meinem Fall heißt das gar nichts – ich habe Brock schon alle Männer und alle Kanonen gegeben, die ich entbehren kann. Aber Sie haben Verstärkungen an Land gebracht, und Sie sagen, man hat Sie um Kanonen und Munition gebeten und auch um Männer!«

»Das stimmt, Sir!« bestätigte Phillip. Er berichtete ausführlich, worum Leutnant James ihn gebeten hatte und sagte dann wie nebenhin: »Ich habe mir erlaubt, meinem Ersten Offizier zu befehlen, zehn von unseren 32-Pfündern für den Einsatz an Land vorzubereiten. Ich hoffe auf Ihre nachträgliche Zustimmung, weil wir nicht soviel Zeit haben, sie an Land und in die Stellungen zu schaffen. Aber wenn Sie wünschen, kann ich den Befehl natürlich rückgängig machen.«

»Unsinn. Sie haben richtig gehandelt«, bestätigte Kapitän Paulet. »Wir sind in einer verzweifelten Lage, und wenn Sie das Risiko mit den Kanonen auf sich nehmen wollen, dann tun Sie es. Viel Glück dabei. Abgesehen von drei kleinen Dampffregatten haben Sie das einzig voll bemannte Schiff, und ich sollte Ihnen eigentlich sagen: Lassen Sie es dabei. Aber was wäre das Ergebnis?« Er klang jetzt verbittert.

»Wenn die Garnison besiegt wird, können wir beide sie nicht mal evakuieren, oder? Ich könnte nicht ablaufen mit ein paar Männern, die es bis zu mir an Bord geschafft haben, und die Verwundeten den Kosaken überlassen. Nein, wir müssen um die Stadt kämpfen, wir haben keine andere Wahl. Ich hoffe nur, Ihre Warnung hat die armen Teufel an Land noch rechtzeitig genug erreicht. Vielleicht hilft ihnen das. Doch ich hoffe natürlich noch viel mehr, daß Sie sich geirrt haben und die Russen sich wie durch ein Wunder nach Perekop zurückziehen.«

»Mir schien nicht, als ob Sie sich auf dem Rückzug befinden«, gab Phillip zu bedenken.

Lord George sah ihn grimmig an. »Natürlich haben Sie recht, mein lieber Hazard. Reines Wunschdenken auf meiner Seite. Wir sind ein Dorn in Prinz Menschikoffs Fleisch, das waren wir an seiner Flanke immer. Er will uns aus Eupatoria vertreiben. Und zweifellos haben diese Schweine von Kosaken ihm sofort unsere Verluste im Sturm gemeldet. Er erkannte darin eine Fügung des Himmels und die Chance, uns mit aller Wucht anzugreifen!«

»Das ist mehr als wahrscheinlich, Sir«, stimmte Phillip ihm zu und fragte sich, wie er sich am besten verabschieden könnte. Die Zeit raste. »Mylord, mit Ihrer Erlaubnis ...«

Lord George sah ihn bedrückt und besorgt an. Er sagte, als habe er Phillip nicht gehört: »Sie wissen, was mit den unglücklichen Matrosen passiert ist, die schwimmend das Land erreichen konnten? Die Kosaken schossen auf sie, schossen vom Rand der Klippe auf sie, schossen auf unbewaffnete, schiffbrüchige Männer, Hazard, ganz kaltblütig! Wir konnten das von hier aus beobachten, ehe es dunkel wurde, und dann wieder am frühen Morgen. Wir waren hilflos, konnten nicht eingreifen, kämpften, um unsere eigenen Schiffe schwimmend zu halten. Wir hatten drei Anker unten, einen Reserveanker eingeschlossen. Und dieses Schiff rollte so schwer, daß die Rahnocken unter Wasser waren. Nur die Strömung verhinderte, daß wir auf den Strand getrieben wurden. Aber wie ich Ihnen gesagt habe: Alle unsere Boote wurden in Stücke geschlagen. Wir konnten nichts gegen diese infernalischen Kosaken unternehmen, die Hunderte von unseren Männern einfach massakrierten – unter unseren Augen. Sie feuerten selbst auf die paar Boote, die wir zu ihrer Rettung schickten. Aber Sie haben ja die gleichen Erfahrungen gemacht, als sie den Franzosen retteten, stimmt's nicht?«

»Hm, ja, Sir.« Phillip fragte sich, woher der Kommandant der *Bellerophon* das wohl erfahren hatte.

Als könne er seine Gedanken lesen, beantwortete Lord George die ungestellte Frage und lächelte dabei zum erstenmal seinen Besucher an: »Die *Rapide* ging dicht vor unserem Bug in den Wind, um mir einen bewegenden Bericht zu geben. Der Master benutzte dazu das Sprechrohr und redete nur Französisch. Und lobte Sie und Ihre Leute. Was haben Sie alles für ihn getan! Dies war seit dem höllischen Orkan die erste tröstliche Nachricht, die ich erhielt. Und ich werde dafür sorgen, daß der Befehlshaber bei erster Gelegenheit davon erfährt, Hazard. Ich wollte meine Meldungen an ihn mit der *Cyclops* auf den Weg bringen, sobald sie wieder segeln kann ... Aber dann entschied ich zu warten, bis ich dem Admiral melden könnte, unsere Garnison habe auch diesen feindlichen Angriff abgeschlagen. Wenn der Angriff nicht abgeschlagen wird, dann gibt es leider auch keine Nachricht von hier.«

»Keine Nachricht?« wiederholte Phillip ungläubig.

»Nein, mein Junge.« Die müden Augen blitzten jetzt verächtlich. »Ich werde dann nämlich nicht mehr hier sein, um sie abzuschicken. Ich kann nicht auslaufen, wenn die meisten

Männer an Land sind. Die einzige Möglichkeit, die ich noch habe, heißt, die *Bellerophon* dicht unter Land zu bringen, um die Verteidigungsanlagen zusammenzuschießen samt möglichst vielen Eroberern, die sich dahinter verstecken. Nun ja«, er erhob sich und streckte ihm über den makellos polierten Tisch die Hand entgegen, »ich lasse Sie jetzt besser gehen, damit Sie Ihre Kanonen an Land schaffen können. Ihr Schiff liegt an der Pier, sagten Sie?«

»Ja, Sir.« Auch Phillip hatte sich erhoben.

»Dann lassen Sie die *Trojan* unter Dampf und mit einer starken Besatzung, falls es schiefgeht«, befahl der Kapitän. »Wenn Sie Kohlen brauchen, die gibt's dort in Mengen. Falls Sie genügend Männer zum Laden haben. Sie haben noch immer 18 oder 20 Kanonen an Bord?« Er stellte noch ein paar kurze Fragen und nickte dann. »Dann wird die *Trojan* alle Männer aus der Garnison aufnehmen, die sie erreichen können, falls der Angriff nicht abgeschlagen wird. Die Dampffregatten werden das auch so halten. Das sind meine einzigen Instruktionen an Sie, Hazard. Ich nehme an, Sie werden mit Ihren Kanonenmannschaften an Land gehen.«

Phillips Herz machte einen Sprung, und er sagte eifrig: »Wenn Eure Lordschaft das erlauben, ja, gerne!«

»Sie haben meine Erlaubnis, was immer die wert sein mag«, sagte Paulet. »Sie scheinen der Mann zu sein, den die Garnison braucht. Vielleicht tragen Sie und Ihre Kanonen dazu bei, daß sich die Waage zu unseren Gunsten neigt.« Sein Handschlag war fest. Als er Phillip zur Kajütentür begleitete, sagte er noch: »Unterstellen Sie sich Kapitän Brock und übermitteln Sie ihm meine besten Wünsche, wenn Sie ihn treffen. Au revoir, Hazard und viel Glück.«

Als Phillip wieder auf die *Trojan* zurückkehrte, war die Arbeit im vollen Gange, die 32-Pfünder von der Steuerbordbatterie an Land zu schaffen. Die Matrosen gingen entschlossen an die Aufgabe und wurden dabei von einem Trupp Soldaten und ein paar Marineartilleristen aus der Garnison unterstützt. Er sah, daß bereits ein halbes Dutzend Kanonen auf ihren Lafetten auf der Pier standen mit Schlaufen und Trossen zum Ziehen. Zwei andere wurden durch eine der engen Straßen der hübschen kleinen Stadt von Gruppen von Männern gezogen, zu denen auch Tartaren gehörten, wie er überrascht feststellte. Drei Munitionswagen, voll beladen, setzten sich, von Pferden gezogen, in Bewegung, während er von seiner Gig auf die Pier kletterte.

Martin Fox erkannte ihn und eilte ihm entgegen. »Alles geht nach Plan, Sir«, meldete er formell. »James hat Pferdegespanne für die Kanonen versprochen, aber weil die noch nicht erschienen sind, habe ich um Freiwillige gebeten, um damit ein bißchen Zeit zu sparen. Sieh da!« Er unterbrach sich und deutete voraus. »Jetzt kommen die Pferde. Die sehen ja wirklich aus wie eingefangene Kosakenpferde.« Er rief dem Stückmeister Leutnant Sutherland einen Befehl zu und wandte sich lächelnd wieder Phillip zu. »Sutherland ist in seinem Element. Er hat sich die Anlagen angesehen und sagt, daß die Ingenieure wie die Brunnenputzer schuften, um die Stellungen für die Kanonen vorzubereiten. Mit ein bißchen Glück und der Kraft der Kosakenpferde werden wir die Kanonen da haben, noch ehe der Feind in Sichtweite ist.«

»Wir nehmen also an, sie kommen«, fragte Phillip und mußte an Lord George Paulets fromme Wünsche denken.

Sein Stellvertreter nickte. »O ja, die kommen wirklich. Kapitän Brock hat Späher zu Pferde ausgeschickt, sobald er Greys Bericht gehört hatte. Ich habe vom jungen Grey erfahren, daß deine Schätzung in bezug auf ihre Zahl und ihre Marschgeschwindigkeit nicht so falsch war. Die Späher haben eine große Menge Kosakenkavallerie beobachtet, schätzungsweise 6000 bis 7000 Mann, 40 Kanonen und etwa zwei

Regimenter Infanterie. Aber was den Zeitpunkt des Angriffs angeht, da herrschen verschiedene Meinungen. Der Offizier, der den Spähtrupp führte, glaubt, die Kerle würden bis kurz vor dem Morgengrauen warten, doch Kapitän Brock vertraute Grey an, er glaube, daß die Kosaken sich an der Verteidigung versuchen würden, ehe es dunkel wird.«

»Hoffen wir, daß der Späher recht behält«, erwiderte Phillip. So ganz war er davon nicht überzeugt, weil er wußte, daß Hauptmann Brock viel Erfahrung mit Kavallerieattacken von Kosaken hatte. »Falls der Späher recht hat, haben wir noch die Nacht, um uns auf einen warmen Empfang vorzubereiten.«

Er sah zum Himmel, der vom Glühen eines wunderbaren Sonnenuntergangs überstrahlt war und unterdrückte ein Seufzen, als er Lord George Paulets Befehle für die *Trojan* übermittelte und knapp wiedergab, was er gehört hatte. Fox Gesichtsausdruck veränderte sich im Nu.

»Ich dachte nicht, daß die Lage so ernst ist«, sagte er.

»Ich auch nicht, Martin.« Sie schwiegen beide und sahen zu, wie ein weiterer 32-Pfünder auf die Pier herabgelassen wurde. Die Männer am Ufer packten eifrig zu, als ob auch ihnen klar wäre, wie wenig Zeit ihnen noch blieb. Die zotteligen Gespanne zogen an, und es ging schwankend die Straße hinauf. Gewarnt von Sutherland versuchten der Stückführer und seine Mannschaft achtsam, die Kanone im Gleichgewicht auf einer Lafette zu halten, die nicht dafür gemacht war, sie über schlecht gepflasterte Straßen zu bewegen. Dieselben Leute, erinnerte sich Phillip, hatten in Balaklava viel schwerere Kanonen sechs Meilen eine zerfurchte Straße entlang auf die Höhen oberhalb Sewastopols geschleppt – ohne Pferde.

Er rief ein paar ermunternde Worte und sagte dann zu Martin: »Ich gehe und suche Hauptmann Brock. Grüß Mr.

Laidlaw, und sag ihm bitte, daß er und Master Burnaby jetzt das Kommando über das Schiff führen. Lord George will, daß wir unter Dampf liegen, also müssen wir Kohle nachbunkern, sobald die Kanonen von Bord sind. Er sagte mir, an der Pier gäbe es Kohlen.«

»Genug«, bestätigte Fox. »Drüben in den Schuppen. Sollen wir uns selbst bedienen?«

Phillip hob die Schultern. »Ja, warum nicht?« Dann gab er Befehle wegen der Wachen und des Ausgucks und wollte gerade gehen, als Martin Fox ihn noch einmal anhielt. »Doch noch etwas, Sir. Vernon kam an Land, um zu seiner Einheit zurückzukehren, als du auf der *Bellerophon* warst. Er trug mir nachdrücklich auf, dir zu sagen, daß man Durbanville das Bein abgenommen hat und daß er es gut überstanden hat. Und dann soll ich dir noch extra ausrichten, daß du recht behalten hast – ich nehme an, du weißt, was er meint.«

»Ja«, antwortete Phillip, »ja, ich weiß. Danke, Martin. Und was macht unser Sturkopf O'Leary? Irgend etwas Neues von ihm?«

»Nur eins: Er hat sein Bein noch!«

»Da bin ich froh. Und auch froh über Henry Durbanville, ich gebe es zu.« Er legte dem Ersten Offizier die Hand leicht auf die Schulter. »Bis bald, Martin. Ich habe den Auftrag, mich Kapitän Brock zu unterstellen, aber ich bin sicher, er wird mir erlauben, unsere Stellungen mit den Kanonen zu besuchen, die natürlich du kommandieren wirst.«

»Aye, aye, Sir!« bestätigte sein Stellvertreter. »Viel Glück!«

»Gleichfalls, Martin.«

»Nehmen Sie Grey mit, Sir. Er weiß, wie man zu Hauptmann Brocks Hauptquartier kommt«, schlug Fox vor. »Und vielen Dank – ich glaube, wir alle brauchen jede Menge

Glück, wenn der Angriff noch vor Sonnenuntergang kommt!«

Der Angriff kam, als die Sonne herrlich im Westen unterging. Die Kosaken galoppierten über die große, offene Ebene in endlosen Wellen wilder Reiter, hatten sich tief über ihre hohen Sättel gebeugt, der Nachglanz der untergehenden Sonne färbte die Spitzen ihrer fünf Meter langen Lanzen blutrot. Ihr Aussehen sollte selbst die mutigsten Herzen erschrecken. Sie näherten sich hochmütig und ohne jede Vorsicht. Und aus einer Entfernung von 800 Metern eröffneten sie mit ihrer Artillerie ein schnelles Feuer auf die Verteidigungsanlagen der Stadt.

Ganz offensichtlich hatten sie nicht erwartet, daß die Anlagen so gut besetzt waren und daß ihr Feuer durch so viele Kanonen erwidert wurde und mit solchem Eifer. Die kürzlich errichteten Palisaden hatten im Orkan einigen Schaden genommen, den man in der kurzen Zeit nicht reparieren konnte. Wie zum Beweis, daß die feindlichen Späher und Spione gut gearbeitet hatten, richteten sich die wildesten Angriffe natürlich gegen die beschädigten Abschnitte. Aber die Palisaden hielten, und die Schiffskanonen richteten mit jedem Schuß große Verluste an. Dazu gehörten auch die 32-Pfünder der *Trojan*. Alle Kanonen waren gut versorgt mit Kugeln und Granaten und in strategischen Abständen so positioniert, daß sie die Lücken in den Wällen gut deckten.

Phillip war auf Einladung von Kapitän Brock auf einem der eingefangenen Kosakenpferde mit ihm losgeritten, als der Gegner gesichtet wurde. Er fühlte sich stolz, als er sah, wie regelmäßig, schnell und genau seine Männer feuerten. Erst acht seiner Kanonen waren richtig aufgestellt worden, als der Angriff begann, die beiden letzten waren noch weit hinten im Verteidigungsring. Ihre Mannschaften versuchten mühsam, sie in die Stellungen mit den Sandsäcken zu bugsieren, die für sie vorbereitet waren. Aber den acht, die eine viel größere Reichweite hatten als die russischen Feldkanonen und die mit sehr viel mehr Können bedient wurden, gelang es zusammen mit einer benachbarten Marineeinheit von Raketenwerfern, den Angriff abzuwehren. Er war mit wildem Mut fast eine Stunde lang vorgetragen worden, aber jetzt, als das Licht schwand, sah man erst die eine Batterie, dann die nächste der Kosaken abziehen, und dann stoppte auch die dritte ihr Feuer und zog sich außer Reichweite zurück.

»Gut so, Hazard«, meinte Kapitän Brock, der mit dem Glas die Szene beobachtete. »Für den Augenblick scheinen sie genug zu haben. Sie haben offenbar geglaubt, sie könnten uns überrumpeln, weil unsere Männer die Matrosen von den Wracks abzubergen hätten. Das wäre auch der Fall gewesen, wenn Sie nicht gewesen wären. Ich bin Ihnen für die rechtzeitige Warnung dankbar, viel dankbarer, als ich Ihnen sagen kann. Und auch für Ihre Kanonen und Ihre Munition. Ihre Leute haben sich gut geschlagen, Sie scheinen sie perfekt zu exerzieren, denn ich habe selten gesehen, daß 32-Pfünder so gut geführt wurden.«

»Vielen Dank, Sir«, sagte Phillip zufrieden.

Ein Lob von Kapitän Thomas Saumarez Brock ist etwas wert, dachte er, während sie die Verteidigungslinie entlangritten. Hier und da hielt Brock an, um Verlustmeldungen entgegenzunehmen oder um zu beobachten, wie die Kosaken sich über die Ebene zurückzogen. Kapitän Brock war als zusätzlicher Kapitän auf dem Flaggschiff von Admiral Dundas, der *Britannia*, aus England mitgekommen. Er gehörte, wie auch Kapitän Dacres von der *Sanspareil*, zu dem ausgewählten inneren Kreis von Kapitänen und Commandern, die als junge Offiziere auf der *Blonde* gedient hatten – unter Sir Edmund Lyons. Die *Blonde* war das erste britische Schiff, das seit mehr als 20 Jahren 1829 durch den Bosporus ins

Schwarze Meer einlief. Der Kommandant der Garnison von Eupatoria war an Bord der *Sampson* gewesen, als sie ihre kühne Erkundung des Schwarzen Meeres kurz vor dem Ausbruch des Krieges mit Rußland machte. Er galt als einer der führenden Fachleute für die Verteidigungsanlagen des Gegners, ebenso für dessen Strategie und Taktik. Warum er trotz alledem seit der Landung der Alliierten in Eupatoria zurückgelassen worden war, war eine Frage, die nur Admiral Dundas beantworten konnte und der ... Phillip musterte ihn heimlich und fragte sich, wie Kapitän Brock den jetzigen Stillstand seiner Karriere wohl empfand.

Der Kapitän setzte sein Fernglas ab und sagte, als habe er Phillips Gedanken gelesen: »Es ist von einiger Bedeutung, daß wir diesen Platz halten, verstehen Sie! Er hat einen größeren und besseren Hafen als Balaklava. Sollten wir gezwungen werden, Balaklava aufzugeben, dann wäre Eupatoria unsere einzige Operationsbasis auf der ganzen Krimhalbinsel. Das«, fügte er trocken hinzu, »glaubt jedenfalls Admiral Dundas. Lord Raglan teilt offenbar diese Ansicht nicht, sonst hätte er es wohl nicht für richtig gehalten, meine Garnison kürzlich so zu schwächen. Aber darüber hat Seine Lordschaft jedenfalls noch nicht mit mir gesprochen. Mein Befehl lautet, Eupatoria unter allen Umständen zu halten, und das muß mir offensichtlich mit einer bunten Truppe aus britischen und französischen Seeleuten und Seesoldaten, die wir von Schiffen ausgeliehen haben, und ein paar hundert Türken gelingen.« Er sah Phillip mit gespitztem Mund an. »Das erklärt, warum ich mich freue, einen so erfahrenen Kämpen wie Ihren Major Leach bei mir zu haben. Kürzlich habe ich ein Gerücht gehört, daß die Generäle am liebsten Balaklava aufgeben möchten, da es jetzt ganz nach einem Winterfeldzug aussieht. Haben Sie davon etwas läuten hören, Commander Hazard?«

»Ja, Sir, aber genau wie Sie nur Gerüchte«, gab Phillip zu und berichtete mit allen Vorbehalten, was er von Kapitän Heath gehört hatte. »Aber Admiral Lyons, in dessen Stab ich eine kurze Zeit zu dienen die Ehre hatte, vertritt entschieden eine ganz andere Meinung – und das gilt auch für Sir Colin Campbell, der die Verteidigung von Balaklava verantwortet.«

»Sie machen mich neugierig«, sagte Brock nachdenklich und suchte mit dem Glas die dunkle Ebene ab. »Sir Edmund hat recht, ich bin sicher, er hat recht wie immer. Also glaube ich, daß seine Meinung genügend Gewicht bei Lord Raglan haben wird. Wir sind über Land 40 Meilen von Sewastopol entfernt, wie Sie wissen. Doch wenn die Schiffe vor Balaklava genauso schwer mitgenommen wurden wie unsere hier im Orkan, dann könnten wir diesen Ort immer noch als Basis für den Winter benutzen, als Landbasis für das Heer, meine ich.« Er spürte Phillips Nachdenklichkeit. »Der Ankergrund da draußen ist für Segelschiffe viel zu unsicher. Im Winter drohen ständig Stürme, also müssen die Segelschiffe nach Hause zurückkehren, und Ihre Lordschaften müssen uns statt ihrer Dampfer schicken. Ich meine ...« er unterbrach sich und deutete voraus in die Dunkelheit. »Sehen Sie das?«

Er rief einer Gruppe französischer Seeleute an den Sandsackpalisaden einen knappen Befehl zu, und einer der Männer jagte eine Leuchtrakete in die Luft. Ihr Leuchten zeigte eine Gruppe Kosaken, die sich in der Dunkelheit genähert hatten, um die Verteidiger zu überraschen. Ein paar Musketenkugeln vertrieben sie.

»Das werden sie jetzt noch etwa eine Stunde so treiben.« Kapitän Brock sprach mit der Sicherheit langjähriger Erfahrung. »Dann ziehen sie sich an die Lagerfeuer zurück, um zu essen und zu schlafen. Kosaken sind den ganzen Tag im Sattel, aber nachts wollen sie schlafen, und ihre Pferde müssen ruhen. Sie greifen selten in der Dunkelheit an, es sei denn ihre Opfer sind wehrlos – wie zum Beispiel die armen Seeleute, deren Schiffe im Orkan ans Ufer getrieben wurden. Also können wir gleich Ruhe erwarten. Dann lassen Sie Ihre Männer an den Kanonen wegtreten und essen, und geben Sie ihnen soviel Ruhe wie möglich. Meine Garnisonsköche werden ein warmes Essen bereiten, aber vielleicht wollen Sie lieber mit meinen Offizieren und mir im Hauptquartier speisen?«

»Danke, Sir.«

Er schien so ruhig und sachlich, daß Phillip ihn überrascht ansah.

Wieder schien Kapitän Brock die Gedanken seines Begleiters zu erraten und sagte: »Im frühen Morgennebel wird der Feind uns erneut kraftvoll angreifen, Hazard. Wenn wir ihm dann standhalten, könnten wir uns als Sieger sehen, und ich hoffe, wir widerstehen mit Hilfe Ihrer Kanonen und Ihrer Munition. Sie haben noch zwei Kanonen, die in Stellung müssen, nicht wahr?«

»Ja, Sir!«

»Dann kümmern Sie sich darum, bitte«, bat der Kommandeur der Garnison. »Vielleicht könnten Sie uns noch eine Wagenladung Kugeln und Pulver zukommen lassen, wir haben von beidem viel zu wenig, fürchte ich. Ich erwarte Sie dann in meinem Hauptquartier. In ungefähr zwei Stunden.«

Phillip bestätigte den Befehl und ritt zurück, um ihn auszuführen. Er fand die Kanonen schon auf ihren Plätzen, wohin Martin Fox sie hatte bringen lassen. Dann schickte er einen Fähnrich zur Pier, der die Verladung von Kugeln und Pulver überwachen sollte, und gab schließlich die Informationen, die er von Kapitän Brock bekommen hatte, an Martin Fox weiter.

»Er hat unser Schießen sehr gelobt, sag das bitte den

Mannschaften. Und sag ihnen auch, sie sollen scharf Ausschau halten, bis sie die Lagerfeuer der Kosaken in der Ferne leuchten sehen. Dann kannst du sie nach Kapitän Brocks Befehl auf Freiwache schicken. Aber sie müssen lange vor Tagesanbruch kampfbereit wieder an ihren Kanonen sein. Der Kapitän meint, wir müssen im Morgennebel mit einem zweiten Angriff rechnen.«

»Aye, aye, Sir!« In Fox' Augen glitzerte Erregung. »Das war ein ungewöhnlicher Angriff, nicht wahr? Tausende ritten wie die Teufel über die leere Ebene! Was wollten sie eigentlich erreichen? Kavallerie hat doch gegen Kanonen keine Chancen.«

»Wahrscheinlich haben sie erwartet, daß die Verteidigungsanlagen unbemannt sind«, entgegnete Phillip. »Und daß die Garnison viel zu wenig Munition hat, um ihnen ernstlich standzuhalten. Sie haben natürlich in der Stadt Spione, die regelmäßig Meldungen an die Kosakenpatrouillen geben. Sie ...«

Aus dem Augenwinkel sah er einen dunkleren Schatten, als ihn die Erdwälle warfen. Sein Warnruf erreichte die schwitzenden Männer, die den letzten 32-Pfünder auf ihre Plattform bugsierten, gerade rechtzeitig. Er und Fox feuerten gleichzeitig mit ihren Pistolen in die Dunkelheit, und Schützen der Seesoldaten, die an Breschen der Brustwehr standen, feuerten eine lockere Salve. Ein einziger hoher Schmerzensschrei war ein Beweis ihrer Treffgenauigkeit, doch dann warf sich eine Welle dunkler Gestalten mit selbstmörderischem Mut über die Schanze und hieb mit ihren Säbeln auf die Kanonenmannschaften ein.

Es gab ein wildes Durcheinander. Phillip und Martin waren beide mittendrin, bis es schließlich Phillip, der immer noch im Sattel saß, gelang, sein zottiges Kosakenpferd aus der Masse herauszutreiben. Er sammelte die Seesoldaten und führte sie in einen schnellen Angriff mit aufgepflanztem Bajonett. Die Angreifer flohen so plötzlich und schnell, wie sie gekommen waren, und ließen fast ein Dutzend Verwundete und Tote zurück. Phillip mußte schreien, so laut er konnte, damit die wütenden Kanoniere die Verfolgung der fliehenden Feinde aufgaben. Ein Gehilfe eines Stückmeisters sagte mit blutigem Säbel in der Hand grummelnd über den unwillkommenen Befehl: »Wir hätten die alle erledigen können, Sir, wenn wir sie hätten verfolgen dürfen.«

»Wahrscheinlich hätten die Sie erledigt, mein lieber Mann«, erwiderte Phillip. »Da sind ganz schön viele draußen in der Dunkelheit.« Wie zum Beweis hörte man das Trommeln von Hufen, und er fügte hinzu: »Hören Sie? Etwa 100, würde ich annehmen«,

Der Gehilfe zuckte mit den kräftigen Schultern. »Aye, aye, Sir! Sie haben recht. Aber die hatten's auf unsere Kanone abgesehen, wollten sie vernageln, diese Teufel.«

»Die Kanone ist in Ordnung, Phillip«, meldete Martin nach kurzer Inspektion atemlos. Auch er hörte dem Trommeln der Hufe nach, das schwächer wurde. »Sie sind weg, Gott sei Dank. Aber es war ein mutiger Versuch, und er wäre ihnen fast gelungen. Ich werde den Ausguck verdoppeln!«

»Das solltest du wirklich tun, obwohl ich bezweifle, daß sie diese Taktik wiederholen werden. Und dann laß bitte einen Arzt kommen.«

Phillip stieg ab und sah sich um. Einige Männer von der *Trojan* hatten kleine Hieb- und Stichwunden, aber keiner war ernstlich verletzt. Die Unverletzten schickte er zurück an die Arbeit an der Kanone. Dann bat er um eine Laterne und ging zu den gegnerischen Verwundeten. Der erste war ein Offizier, ein Junge in der eleganten Uniform der Jäger. Und Jäger waren auch die drei Toten, die er im Licht einer abgeblendeten Laterne entdeckte. Nach den Wunden zu urteilen, waren alle vier Opfer des Bajonettangriffs der Seesoldaten. Das ist also der Übermut junger Offiziere, dachte Phillip mit einiger Trauer. Die hatten dieses Abenteuer auf Leben und Tod aus einem absurden Mut heraus unternommen. Bei ihrem ersten eigenen Angriff hatte ihre Kadettenausbildung sie die vorsichtige Zurückhaltung der Kosaken vergessen lassen, die nichts von Angriffen in der Dunkelheit hielten. Mut hatten sie in der Tat bewiesen, und wie der Erste Offizier richtig meinte, ihr mutiger Überfall wäre auch fast erfolgreich gewesen. Plötzlich mußte er an den jungen Henry Durbanville denken, und seine Kehle zog sich zusammen. Er beugte sich über den ersten Jungen und drückte ihm sanft die Augen zu, und seine Finger waren dabei nicht ganz ruhig. Es wollte ihm nicht gelingen, seine Gefühle ganz unter Kontrolle zu halten. Der Krieg war alles in allem immer noch ein blutiges Geschäft.

»Der Arzt ist hier«, meldete sich Fox. »Und Kapitän Brock ist auf dem Weg!«

Phillip erkannte Vernon, der von einer kleinen Gruppe mit Tragen begleitet wurde.

»Hier liegen sie, Doktor.« Seine Stimme, das fand er selbst, klang viel zu rauh. »Ich glaube, fünf oder sechs leben noch. Haben Sie keine Sorge, sie anzufassen. Es sind Jäger, keine Kosaken, die meisten sind Offiziere.« Dann erhob er sich und sagte leise: »Wir werden die Toten begraben!«

Mit erhobenen Brauen hörte sich Kapitän Brock seinen Bericht an, während Vernon und seine Helfer damit beschäftigt waren, Wunden zu versorgen und Verwundete fortzutragen, wobei ihnen ein paar von den Männern der *Trojan* halfen.

»Ein seltsamer Vorfall«, pflichtete der Kommandeur der Garnison ihm bei, als Phillip seine Meldung beendet hatte. »Wahrscheinlich haben Sie recht, Commander Hazard. Es war eine Eskapade junger Offiziere, von der Art, wie sie sich in solcher Lage auch unsere Fähnriche hätten ausdenken können. Wir werden sie christlich begraben. Ich schicke Ihnen einen Pfarrer oder einen der orthodoxen Priester aus der Stadt, falls ich einen auftreibe.« Er schaute auf die Kanone, die nun ihren endgültigen Platz in der Batterie erreicht hatte, und lächelte. »Wir haben wenigstens die Kanone nicht verloren, was ein Glück ist, denn wir werden sie morgen früh brauchen.«

»Nein, Sir«, lächelte Phillip mit einiger Anstrengung zurück, »wir haben unsere Kanone nicht verloren.«

9

Phillip sagte die Einladung zum Essen in Kapitän Brocks Hauptquartier ab. Die kurze Beerdigungszeremonie, die ein Priester aus der Stadt durchführte, war bald vorbei. Er und Martin blieben die Nacht über bei den Mannschaften an den Kanonen, aßen mit ihnen, versuchten, so viel Schlaf wie möglich im Schatten der Palisade zu finden und lösten sich in der Wache mit Anthony Cochrane und dem jungen Geschützmeister Leutnant Sutherland ab. Die Wachen waren begreiflicherweise nervös, nachdem sie so knapp einem Überfall durch Jägeroffiziere entgangen waren, doch die Nacht verlief friedlich. Nur das ferne Glühen der Biwakfeuer aus dem Lager der Kosaken war der einzige Hinweis auf die Gegenwart des Feindes.

Es war kalt, ein beißender Wind wehte aus Osten, und Frost lag in der Luft, als die Männer eine Stunde vor Sonnenaufgang ihren Dienst begannen. Phillip ließ eine doppelte Rumportion mit dem Morgenkakao austeilen, den die Köche der Garnison in großen irdenen Behältern mit Hilfe von Pferden und Wägelchen an die Palisaden brachten. Auch Kapitän Brock war früh auf, eine ruhige, Vertrauen verbreitende Gestalt, immer zu einem Scherz oder einem Lob bereit, während er die Verteidigungslinie inspizierte.

»Eine türkische Patrouille hat einen Spion aufgegriffen, der die Stadt verlassen wollte«, berichtete er Phillip, nachdem er die Batterie der *Trojan* inspiziert hatte. »Ich begreife zwar nicht, was der Kerl dem Feind melden wollte, was dieser nicht schon weiß. Aber Spione gibt's hier ständig, sie kommen und gehen. Bei einer gemischten Bevölkerung aus Tartaren, Juden, Armeniern, Griechen und Deutschen, ein paar Russen und Kosaken, ist es immer schwierig zu erkennen, wer auf unserer Seite steht und wer nicht. Im allgemeinen, gebe ich allerdings zu, ziehen die meisten unsere Hand der des russischen Gouverneurs vor. Die meisten arbeiten offen mit uns zusammen, versorgen uns mit Fleisch und Getreide, für das wir natürlich bezahlen. Dann schicken wir es nach Balaklava zu den Truppen von Lord Raglan.« Er lächelte ohne Freude. »Das ist noch ein Grund, warum wir diesen Platz halten müssen. Lange werden wir nicht mehr warten müssen. Der Wind ist eingeschlafen, der Nebel steigt. Seien Sie auf der Hut, Kosaken kommen leise. Diese Bedingungen mögen sie bei einem Angriff am liebsten, und Sie werden vorher nicht ein einziges Geräusch hören!«

»Aye, aye, Sir!« bestätigte Phillip und spürte, wie sein Herz schneller zu schlagen begann. »Ich habe Männer mit Raketen, die dafür sorgen werden, daß wir unsere Ziele erkennen.«

Der Kommandeur der Garnison nickte zustimmend. »Der Versuch lohnt sich, aber ich bezweifle, daß Sie viel sehen werden, wenn der Nebel wirklich dick ist.« Er machte eine Pause. »Haben Sie übrigens Major Leach irgendwo gesehen?«

»Nein, Sir, aber vielleicht einer meiner Offiziere.« Phillip sah sie an, aber alle vier schüttelten den Kopf. »Brauchen Sie ihn, Sir? Dann schicke ich jemanden los!«

»Machen Sie sich die Mühe nicht, Hazard, wahrscheinlich treffe ich ihn ohnehin irgendwo.« Kapitän Brock stieg wieder auf sein kräftiges Pferdchen. »Ich schätze Ihren Major Leach sehr, und es ist eine große Hilfe, einen Berufssoldaten von seinem Kaliber und seiner Erfahrung an der Seite zu haben, auf dessen Rat man sich immer verlassen kann und den ich deshalb oft konsultiere. Meine Garnison besteht hauptsächlich aus Seeleuten und Seesoldaten und aus fast so vielen Nationalitäten wie diese Stadt, aber unser aller Wissen in militärischer Taktik läßt auch zusammengenommen sehr zu wünschen übrig. Also hoffe ich wieder auf die Dienste Ihres Majors und seiner exzellenten Füsiliere, selbst wenn ich sie gezwungenermaßen später wieder zur Flotte zurückschicken werde.« Er lächelte, diesmal mit Wärme, wiederholte seine Warnung wegen des Ausgucks und setzte seinen Weg fort.

Fünf Minuten später eröffneten die ersten russischen Kanonen am äußersten östlichen Ende der Verteidigungsanlagen aus alarmierend kurzer Entfernung das Feuer. Phillip nahm seinen Posten bei einer der schulterhohen Schießscharten an den Palisaden ein, zwischen den Kanonen drei und vier, und starrte in das neblige Dunkel. Doch er konnte, bis auf das Feuern im Osten, nichts hören und sehen. Am Himmel hing ein schwaches, graues Licht, aber das verstärkte die Undurchsichtigkeit der drehenden Nebel über der Ebene nur, und der Nebel verbarg auf der Ebene jede Bewegung vor den Augen der unruhigen Beobachter hinter den Verteidigungsanlagen von Eupatoria.

Neben Phillip sagte Anthony Cochrane mit einem leichten Beben in der Stimme: »Sie kommen, ich könnte es schwören. Sollen wir eine Leuchtrakete hochjagen?«

»Nein, noch nicht. Wo ist der Erste Offizier?«

»Hier, Sir!« Martin Fox kam zu ihm in die Scharte, und beide lauschten gespannt.

Phillip hörte, oder glaubte wenigstens, daß er gedämpften Hufschlag auf frostharter Erde hörte, doch er konnte nicht sagen, woher. Rechts feuerten jetzt mehr Geschütze, doch bisher galt noch kein einziger Schuß seiner Stellung. Er fragte sich, ob sie ihre Feldkanonen auf Kernschußweite heranführten und sich dabei darauf verließen, beim Anmarsch weder gehört noch gesehen zu werden, um so die Batterie überraschend anzugreifen. Hofften sie, seine Mannschaften an den Kanonen zu verwunden oder zu töten, ehe diese einen einzigen Schuß erwidern konnten? Zwar könnte eine Leuchtrakete helfen, sie zu orten, aber sie würde auch die eigene Position verraten und ... Phillip richtete sich auf. Deutlich hatte er eben Metall klingen gehört – zwischen dem gelegentlichen Krachen von Musketenfeuer und dem Röhren der Kanonen im Osten. Der Laut verwirrte ihn zuerst. Konnten es eiserne Räder auf Felsen gewesen sein? Ein rauhes, mit Felsen durchsetztes Stück Erde etwa 400, vielleicht auch nur 350 Meter entfernt vorne links verursachte neue Geräusche. Wenn Räder darüber rollten, hatte der Gegner noch nicht abgeprotzt, und Phillips Annahme über ihre Strategie war richtig. Der Nebel, der sie bei der Annäherung deckte, mußte sie bis zu einem gewissen Grad auch verwirren. Selbst bei ihrer Ortskenntnis und mit den Berichten der Spione konnten die sich nähernden Kosaken nicht ganz sicher sein, wie dicht sie schon vor der Verteidigungslinie standen, und sie waren vielleicht näher dran, als sie gewollt hatten. Phillip packte Martin Fox am Arm.

»Hörst du das auch? Räder, die über Felsen rollen?«

»Das klingt genau so, Phillip!« Auch Fox hatte den felsigen Grund wahrgenommen, und jetzt erinnerte er sich daran und deutete nach vorn. »Da gibt es einen kleinen Hügel hinten links, der sie gut decken würde – vielleicht wollen sie den erreichen, aber sie sind schon zu weit und müßten einschwenken. Sollen wir mit Nummer sechs und acht das Feuer eröffnen und unser Glück versuchen? Sie sind beide mit Kartätschen geladen.« Er unterbrach sich, denn Kanonendonner unterbrach ihn, der aus der Richtung des Magazins kam. Er legte seinen Mund an Phillips Ohr und flüsterte: »Die Entfernung bis zu dem Hügel ist 370 Meter – ich habe das gestern ausgerechnet, als wir die Kanonen einrichteten.«

»Sehr gut, laß Mr. Sutherland feuern!«

Der Erste Offizier rief den Befehl, und der wache Sutherland bestätigte sofort und lief selbst vor, um den Schußwinkel der Kanone acht flacher einzustellen. Diese Kanone eröffnete das Feuer, der Mündungsblitz blendete die Männer einen Augenblick, Nummer sechs folgte ein paar Sekunden später. Keiner der beiden Schüsse lag im Ziel, aber die nächsten beiden trafen, und ebenso ein dritter, eine Granate aus der Kanone von Anthony Cochrane. Später mußte Phillip sich eingestehen, daß sie fast unglaubliches Glück gehabt hatten. Ein Schuß, der zu kurz lag, war ein Volltreffer auf eine feindliche Kanone. Sie wollte gerade feuern, und die britische Granate, die zwischen der unglücklichen Mannschaft einschlug, löschte sie praktisch aus, wobei die Explosion der eigenen Kanone mithalf, und auch die Explosion der Munition, die hinter ihr gestapelt war. Die Details konnte man später nicht mehr feststellen. Er sah jedenfalls, als der Qualm verweht war, daß die Feldkanone sich in einen Haufen zerrissenes Metall verwandelt hatte, umgeben von graubemantelten Leichen.

Doch den Kanonieren der Kosaken gelang es trotzdem, vier ihrer Kanonen zum Tragen zu bringen. Die vier 12-Pfünder führten ein mutiges, aber ungleiches Duell mit der Marinebatterie aus, deren Männer immer wieder jubelten. Erst als eine weitere Kanone durch einen direkten Treffer ausfiel, zogen sie die übrigen drei zurück. Dann protzten sie außerhalb der Schußweite doch noch mal ab und feuerten ein paar verächtliche Kugeln auf die Verteidiger, ehe sie über die Ebene davongaloppierten und vom Nebel verschluckt wurden, der sich schon aufzulösen begann. Nachdem für den Augenblick ihre Aufgabe in diesem Kampf beendet war, befahl Phillip seinen Männern, das Feuer einzustellen. Er wollte ihnen gerade das verdiente Lob aussprechen, als ein älterer französischer Marineoffizier mit verbundenem Arm und ohne Tschako zu ihm gerannt kam und atemlos um Hilfe bat.

»Sie brechen durch, Monsieur«, rief er in kaum verständlichem Englisch und deutete unklar in die Richtung, aus der er gekommen war. »Ich bitte Sie, helfen Sie uns. Wir haben keine Munition mehr, und die Männer an den Kanonen sind alle verwundet.«

»Lassen Sie mich gehen, Sir!« bat Fox sofort. »Mit einer Ersatzmannschaft.«

Phillip zögerte. Doch er konnte keinen hinreichenden Grund finden, es nicht zu erlauben. Sein Stellvertreter nahm das kurze Nicken für Zustimmung, sammelte schnell eine Ersatzmannschaft und einen Munitionswagen ein und verschwand im Rauch der Schlacht dicht hinter dem französischen Offizier.

Phillip kehrte zu seinem Beobachtungspunkt an der Schießscharte zurück und konnte jetzt deutlicher sehen. Er entdeckte entsetzt, wie zwei Schwadronen Kosakenkavallerie an ihm vorbei galoppierten, um sich in etwas zu stürzen, was wie eine Lücke in den Palisaden der Verteidigungsanlage aussah. Sie kamen so nahe und in einem falschen Winkel, daß seine Kanonen sie nicht erreichen konnten. Doch wohlgezielte Musketensalven begrüßten sie und anschließend eine entschlossene Linie von Seeleuten und Seesoldaten mit aufgepflanztem Bajonett. Keiner kam durch, und so mußten sie sich zurückziehen. Die Verwundeten und Toten blieben zurück.

»Ich hoffe, Sir«, sagte Anthony Cochrane, sein pulvergeschwärztes Gesicht nahe an seinem Ohr, »daß die Franzosen von Mr. Fox genauso standhalten wie die Burschen hier.«

Phillip nickte mit zusammengepreßten Lippen und mit der gleichen Hoffnung. »Ich werde gleich drüben sein. Die Russen haben gut gekämpft, das kann man nicht anders sagen, aber sie sind geschlagen. Ihre beiden Überraschungsangriffe wurden abgewehrt, und sie haben schwere Verluste erlitten. Wenn ihr Befehlshaber nicht völlig verrückt ist, muß er den Rückzug befehlen.«

Diese Annahme bestätigte sich bald. Der Nebel hob sich, und man konnte auf der Ebene Kosaken sehen, die sich zurückzogen. Sie taten das zuerst in einzelnen Gruppen, doch schließlich in großer Zahl. Einige hatten Verwundete vor sich im Sattel. Auf den Munitionswagen, die sich nur langsam voran bewegten, lagen Verletzte hoch gestapelt.

Der Sieg war für die Verteidiger von Eupatoria vollständig. Die erschöpften Männer, denen langsam klar wurde, daß sie in der Abwehr des Angriffs Erfolg gehabt hatten, drückten laut jubelnd ihre Gefühle aus, als sie den Befehl erhielten wegzutreten. Von Martin Fox war nichts zu sehen, aber ein strahlender Major Leach erschien und gratulierte Phillip und seinen Offizieren. Die Mannschaften an den Kanonen, die ihn erkannten, jubelten ihm besonders zu. Er und seine Füsiliere hatten der Kosakenkavallerie an einer Stelle gegenübergestanden, an der deren Kanonen eine Bresche geschossen hatten. Sie mußten, wie Leach in aller Bescheidenheit zugab, erst 50 Meter rennen, um mit türkischen Matrosen rechtzeitig eine geschlossene Linie bilden zu können. Von Martin Fox hatte auch er nichts gesehen, beantwortete er Phillips Frage, doch er war ganz sicher, daß der Feind an keiner Stelle durchbrechen konnte.

»Die Kosaken sind die reinsten Wilden«, bemerkte er. »Ich habe nie viel von ihnen gehalten, aber lieber Himmel, Hazard, heute muß ich zugeben, daß sie genauso tapfer kämpfen wie andere Truppen auch, mit denen ich zu tun hatte. Sie wären bei Beginn des Angriffs schon fast bis zu unserem Magazin durchgebrochen. Sie haben sicher gehört, wie sie rechts darauf losschossen, auf kürzeste Entfernung. Sie haben eine Batterie mit sechs Kanonen herangeführt, ohne daß jemand sie gehört oder gesehen hätte, bis sie das Feuer eröffneten. Und dann ging es um Haaresbreite schief, bis Kapitän Brock eine Haubitze dorthin brachte und die Verteidiger mit ein paar sehr tapferen Männern von der *Leander* verstärkte.«

»Waren die ursprünglichen Verteidiger französische Seesoldaten?« wollte Phillip wissen. Er machte sich immer noch Sorgen um Fox und seine Mannschaft, die nicht zurückgekehrt waren.

»Nein, das waren unsere, glaube ich«, antwortete Leach. »Noch was!« Er legte Phillip seinen einzigen Arm auf die Schulter und lächelte ihn in großer Dankbarkeit an. »Vernon sagte mir, Sie haben Durbanville zurückgebracht, sehr gut, Hazard! Ich bin darüber sehr erleichtert. Aus vielen Gründen, die ich jetzt nicht erläutern muß. Er hat ein Bein verloren, aber er wird überleben, stimmt das?«

»Das habe ich gehört, ja, Sir. Aber ich habe ihn nicht mehr gesehen, nachdem die Chirurgen ihre Arbeit getan haben. Er ist an Bord der *Trojan*!«

»Und Sie werden ihn mitnehmen, wenn Sie ankerauf gehen, nehme ich an. Bitte, übermitteln Sie ihm meine besten Wünsche. Er hat einen guten Kern, der junge Mann. Wegen seines Beins tut er mir leid, aus ihm wäre ein guter Soldat geworden, wenn er die Chance bekommen hätte, meinen Sie nicht auch?«

»Ja«, stimmte Phillip zu, »ja, vielleicht!«

Leach schüttelte ihm die Hand. »Ich muß mich bei Kapitän

Brock melden. Auf Wiedersehen und viel Glück, mein Freund, falls wir uns nicht mehr sehen. Doch ich hoffe auf ein neues Treffen. Und ich hoffe, Sie finden Leutnant Fox ohne Blessuren!«

»Ich wünsche es mir, Sir. Auf Wiedersehen. Ich würde mich auch freuen, wenn wir uns wieder treffen!«

Als der Major gegangen war, ließ Phillip Anthony Cochrane als Verantwortlichen an den Kanonen zurück, der auf die von Brock hervorragend organisierte Versorgung mit heißem Kakao und einem Essen warten sollte, und machte sich auf die Suche nach dem verschwundenen Trupp. Fähnrich Grey begleitete ihn. Obwohl Leach ihm versichert hatte, daß das Magazin ganz im Osten der Verteidigungsanlage von britischen Seesoldaten verteidigt worden war, entschied er sich, dennoch dort zu suchen. Das war der einzige Teil der Anlage, der dringend Hilfe gebraucht hatte, oder jedenfalls der einzige, von dem Phillip es erfahren hatte. Also schien die Annahme vernünftig, daß Fox dorthin geeilt war. Falls die Stellung durch feindliches Feuer böse mitgenommen war, hatten die Männer von der *Trojan* sich sicher entschlossen, dort zu bleiben und bei der Reparatur zu helfen.

Auf halber Strecke hielt Grey ihn an und deutete voraus. »Ist das nicht einer von unseren Männern, der da aus der Stadt kommt, Sir?«

Phillip schaute in die Richtung des ausgestreckten Arms und erkannte den großen Gehilfen des Geschützmeisters, Thompson, der in der letzten Nacht die Angreifer verfolgen wollte. Sie erkannten sich gegenseitig, und der Mann beschleunigte seine Schritte, kam schließlich laufend auf sie zu. Er sah, wie Phillip erschrocken und voller Vorahnung feststellte, bedrückt und besorgt aus.

»Also?« fragte er knapp. »Was ist mit Ihrem Trupp passiert, Thompson? Und wo ist der Erste Offizier?«

»Mr. Fox ist verwundet, Sir.« Der Unteroffizier riß sich zusammen und wischte sich mit der großen roten Hand über die erhitzte Stirn. »Ich fürchte, Sir, ziemlich schlimm. Er ließ sich von uns nicht ins Lazarett bringen. Er bestand darauf, er müsse aufs Schiff zurück. Also haben wir ihn auf die *Trojan* getragen, Sir. Das dauerte ein bißchen, Sir, denn es ist ja kein Katzensprung vom Magazin zur Pier.«

»Waren Sie am Magazin? Ist noch jemand verwundet?«

Thompson schüttelte den Kopf. »Niemand sonst aus unserem Trupp, Sir. Ein paar Schnitte und Stiche, nichts Schlimmes. Aber zwei Franzosen sind gefallen, und zehn oder elf wurden verwundet.«

Phillip wandte sich der Straße zu, die in die Stadt führte. Und Grey und der Gehilfe folgten ihm.

»Da ist eine Abkürzung, Sir«, wies der Gehilfe auf eine Abzweigung.

Während sie die steile, mit Kopfsteinen gepflasterte Straße zwischen Reihen weißer Steinhäuser hindurch zur Pier eilten, versuchte Phillip einen zusammenhängenden Bericht über das zu bekommen, was mit Fox und seinem Trupp geschehen war. Aber Phillip mußte viele geduldige Fragen stellen, bis er alles verstanden hatte und sich ein vollständiges Bild der Vorgänge machen konnte. Denn Thompson, der von starker Statur war und immer wieder versicherte, er sei ungeschoren aus allem entkommen, war doch sichtlich betroffen.

Es schien, als ob Martin Fox mit seinem Trupp außergewöhnlich mutig den hart bedrängten Franzosen zu Hilfe geeilt war und dabei zahllose Säbelwunden und eine Kugel in die Brust empfangen hatte.

»Ich habe nicht gesehen, wie das passiert ist, Sir«, berichtete der arme Thompson niedergeschlagen. »Ich habe nur gesehen, daß Mr. Fox einmal fiel, dann aber wieder auf die Beine kam. Plötzlich sprang ein ganzer Haufen von Kosaken zwischen uns, sie mußten uns kommen gesehen haben. Ihre Feldkanonen standen genau unterhalb der Palisaden. Sie donnerten drauf los, bis ein Teil flach lag. Sie versuchten, zum Magazin durchzubrechen, um es in die Luft zu jagen. Die französischen Kanonen haben wir nicht wieder zum Schießen gekriegt. Jedenfalls nicht, bis die Macker von der *Leander* kamen und uns halfen, die Kosaken zu vertreiben. Und dann war alles zu spät, der Feind war weg samt allen seinen Kanonen. Und dann hab' ich den Ersten Offizier gesehen, Sir. Ein paar von unseren Jungs hatten ihn gefunden und taten, was sie konnten, für ihn. Viel war das nicht. Ich wußte sofort, daß er schwer getroffen war, als ich zu ihm kam.«

»Sie haben keinen Arzt gerufen?« Phillip spürte, wie seine Kehle enger wurde

»Nein, Sir!« Der Gehilfe schüttelte den Kopf. »Da war ein Arztgehilfe, aber der kümmerte sich um die Franzosen, und Mr. Fox sagte, er solle nicht nach ihm schauen. ›Bringen Sie mich an Bord zurück‹, Thompson, sagte er immer wieder und immer wieder. Und da haben wir ihn dann hingetragen, Sir. Und als wir ihn an Bord hatten, hat er mich losgeschickt, um Sie zu finden, Sir. ›Suchen Sie den Kapitän‹, sagte er, ›der wird sich fragen, wo wir geblieben sind.‹«

Also war Martin zu diesem Zeitpunkt noch bei Bewußtsein gewesen, registrierte Phillips Gehirn. Er war bei Bewußtsein gewesen, als man ihn auf die *Trojan* trug, und jetzt lag er unter den erfahrenen Händen von Angus Fraser, der ihn retten würde, falls das überhaupt möglich war. Phillip klammerte sich an diese Hoffnung, als er gefolgt von Grey und Thompson in den schmalen leeren Straßen um eine Ecke bog und endlich die Masten der *Trojan* hinter der Linie roter Dachfirste entdeckte.

»Scheint verrückt, Sir, nicht wahr, daß die Franzosen kein Pulver und keine Kugeln mehr hatten«, brach Thompson in seine Gedanken. »Die lagen doch vor dem Magazin. Da hätten sie doch einfach nur zuzugreifen brauchen, sollte man denken!«

Das war von rein akademischem Interesse, sagte sich Phillip nur. Zu seiner Überraschung fuhr der große Gehilfe fort: »Als alles vorbei war, Sir, sagte einer der Froschfresser, ich meine natürlich, da sagte ein Franzose, das Magazin sei leer. Alles was drin war, war ausgegeben bis auf das letzte Faß Pulver. Kann ich gar nicht glauben! Können Sie das?«

Phillip gab irgendeine nichtssagende Antwort, aber als er dann an die gestrandeten Transporter und Kapitän Brocks dringenden Wunsch nach Kugeln und Pulver dachte, war er sich weniger sicher als der Gehilfe des Stückmeisters, daß der Franzose sich geirrt hatte. Mindestens einer der Transporter war ein Munitionsschiff gewesen, so hatte Leutnant James berichtet, und aus dem zerschlagenen Rumpf, der halb unter Wasser auf den Felsen in der Nähe der *Henry Quatre* lag, hatte man sicher nur wenig retten können. Wenn das Magazin wirklich leer war, war Kapitän Brocks Sieg um so bedeutender und bravouröser, denn auch die Spione aus Eupatoria waren besiegt worden. Phillip holte schwer Luft und weigerte sich zu glauben, daß die Verteidigung eines leeren Magazins das Leben seines besten Freundes gekostet haben könnte.

Doch Martin Fox lag nicht im Sterben, das hatte Thompson nicht gesagt, er war nur schwer verletzt an Bord der *Trojan*. Phillip schritt noch schneller aus, sein Magen krampfte sich in böser Vorahnung zusammen.

»Sir«, machte sich Grey neben ihm bemerkbar, »ich werde vorlaufen und herauskriegen, wie es dem Ersten Offizier geht!«

So ist er auch den Klippenpfad hinabgerannt, um vor dem Angriff zu warnen, der immerhin abgewehrt worden war, mußte Phillip denken. War das erst gestern gewesen? Er spürte jetzt nicht nur seinen Magen, sondern auch sein Hinken, das ihn immer dann plagte, wenn er müde war. Und er war müde, lieber Gott, wie müde er doch war!

»Danke, Mr. Grey«, antwortete er und gab sich Mühe, seiner Stimme nichts anmerken zu lassen. »Ich wäre Ihnen sehr dankbar.«

»Aye, aye, Sir!«

Der Junge rannte mit seinem selbstgegebenen Auftrag davon. Mit Laidlaw wartete er an der Relingspforte, als Phillip und der erschöpfte Thompson an Bord kamen. Keiner sagte etwas, aber als Phillip von einem zum anderen schaute und ihre bedrückten Gesichter sah, da wußte er, daß sie für ihn nur eine schlimme Nachricht hatten.

»Sir«, begann Laidlaw.

Aber Phillip unterbrach ihn, weil er Frazer hinter ihm erblickte: »Danke, Mr. Laidlaw, Mr. Grey. Machen Sie bitte weiter.« Dann trat er mit einer stummen Frage im Blick zu Fraser.

Leise sagte der Arzt: »Er stirbt. Es tut mir leid. Ich habe alles getan, seine Schmerzen zu stillen, aber das ist auch alles, was noch möglich ist. Die Pistolenkugel sitzt in einem Lungenflügel, und es würde sein Ende nur beschleunigen, wenn ich versuchen würde, sie zu entfernen. Aber er kann ein bißchen sprechen und hat nach Ihnen gefragt, Sir!«

»Danke, Doktor.« Phillip brauchte seine ganze Kraft, um seine Stimme gefaßt klingen zu lassen. »Wo liegt er?«

»In seiner eigenen Kabine, Sir. Er wollte das so.« Der Arzt legte Phillip eine Hand auf den Arm und sagte sanft: »Sie sehen auch sehr mitgenommen aus. Kann ich Ihnen einen Schluck Whisky oder Brandy anbieten?«

Phillip schüttelte den Kopf. »Nein danke, ich bin gut beisammen. Ich gehe sofort zu ihm. Kommen Sie mit?«

»Ja, um ihn mir kurz anzusehen.« Frazer trat zur Seite, um Phillip vorgehen zu lassen. »Ich habe gehört, der Angriff wurde erfolgreich abgeschlagen!«

»Ja, das stimmt.«

Sie stiegen den achteren Niedergang hinab. Unten hielt Phillip einen Augenblick an, um sich zusammenzunehmen. »Sind Sie sicher, daß man für Mr. Fox nichts mehr tun kann, Doktor? Ich bezweifle damit keineswegs Ihr professionelles Urteil!«

»Das weiß ich.« Der Arzt sah ihn an, Mitleid und Bedauern in seinen sanften grauen Augen. »Ich wünschte, ich wäre mir dessen nicht sicher, glauben Sie's mir. Der arme Kerl hat noch andere Wunden – Säbelhiebe, einige gebrochene Rippen, ein zerschmettertes Schlüsselbein. Die Wunden könnte ich alle flicken, aber ich kann die Kugel nicht aus der Lunge entfernen, und ich kann auch die Blutung nicht stillen, die sie verursacht. Die Pistole muß direkt auf ihn abgefeuert worden sein – aus ein paar Schritt Entfernung.« Er seufzte. »Nach dem Bericht der Männer in Mr. Fox' Gruppe zu urteilen, muß es ein kurzes, heißes Gefecht gewesen sein. Aber niemand sonst wurde schwer verwundet.«

»Also doch«, sagte Phillip.

Aus der ganzen Gruppe mußte es ausgerechnet Martin treffen, dachte er bitter, der einzige vor allen anderen, den zu verlieren er – und die *Trojan* – sich nicht erlauben konnten. Er nahm sich zusammen und fragte nach Henry Durbanville.

»Der macht gute Fortschritte. Er liegt noch immer im Schock, aber ich denke, er wird durchkommen.«

Als sie die Tür zur Kabine des Ersten Offiziers erreichten, setzte Fraser ein ermunterndes Lächeln auf, ehe er sie öffnete. »Commander Hazard ist hier und möchte Sie sprechen, Mr. Fox.«

Er schickte den Diener nach draußen, der sich um ihn gekümmert hatte, tastete mit erfahrenen Fingern den Puls des Verletzten und trat dann zur Seite, um Phillip Platz zu machen.

»Rufen Sie mich, wenn er mich braucht«, bat er leise, und dann sagte er wieder laut: »Sie machen sich gut, Mr. Fox. Ihr Puls ist besser, und Sie kommen voran!«

Martin Fox trug schwere Verbände um die Brust und saß mit Kissen gestützt da. Er sah den Arzt fragend an, lächelte leicht. Aber er sprach nicht, und als Fraser gegangen war, war auch sein Lächeln verschwunden.

»Wer macht hier eigentlich wem etwas vor, Phillip, frage ich mich. Ich fürchte nämlich, er irrt sich. Dir hat er doch die Wahrheit gesagt? Gib dir keine Mühe, sie zu verbergen.« Und als Phillip versuchte, der Frage auszuweichen, sagte er: »Ich wußte schon vor Stunden, daß es kaum noch Hoffnung für mich gibt. Ich habe keine Schmerzen, der gute Doktor hat mich mit Laudanum und seinem eigenen Whisky so voll gefüllt, daß ich wenig spüre.«

»Darfst du soviel reden, Martin?« lenke ihn Phillip ab. Er war entsetzt über die Blässe, den schweren Atem und den Fieberglanz in den Augen des Freundes.

»Ich muß mit dir reden, mein lieber Phillip. Es gibt noch ein paar Sachen zu erledigen. Einen Brief, den ich dich bitten möchte, meiner Mutter zu schicken. Füg ein paar Zeilen hinzu. Aber sei vorsichtig mit dem, was du schreibst, sie ist nicht mehr jung, und ihre Gesundheit ist nicht die beste.«

»Ich werde daran denken«, versprach Phillip.

»Danke. Der Brief liegt mit ein paar anderen Papieren hier, aber ich habe kein Testament gemacht. Könntest du dich bitte auch darum kümmern? Ich habe zwar nicht viel zu vererben, aber ... Ich werde diktieren, wenn du magst. Mein Diener hat Papier und Feder auf meinen Tisch gelegt, jedenfalls habe ich ihn darum gebeten.«

»Das wird gemacht.«

Phillip ergriff die Feder, doch seine Hand war nicht so ruhig wie gewohnt. Das Schreiben des Testaments dauerte nicht lange, dann signierte es Fox und übergab es mit den anderen Papieren in Phillips Obhut. Danach sprachen sie. Die Stimme des Verwundeten wurde langsam schwächer, während ihn seine Kräfte verließen. Er sprach von der Vergangenheit, erinnerte sich an Ereignisse, die Jahre zurücklagen, und sprach von gemeinsamen Abenteuern, als beide muntere Fähnriche waren, die auf der *Maeander* unter Henry Keppel dienten – zuerst im Chinesischen Meer und in Borneo und Sarawak und später in Australien.

»Das waren schöne Zeiten, nicht wahr, Phillip?« Martin Fox lächelte. »Ich bedaure kein Abenteuer und bedaure auch nicht, daß ich in die Marine eingetreten bin. Man sagt, Keppel von der Baltischen Flotte soll hierher kommen – hast du was davon gehört? Mit der *Saint Jean d'Acre*, einem Schraubendampfer mit 101 Kanonen. Ich hätte gern unseren kleinwüchsigen Kapitän wieder gesehen. Wenn du ihn triffst, übermittle ihm meine respektvollen Grüße.«

»Natürlich. Aber sei nicht ganz so sicher – vielleicht kannst du das ja selber tun!«

»Du und der alte Fraser!« Fox klang jetzt klagend. »Warum macht ihr mir was vor? Meinst du, ich habe Angst vor dem Sterben? Bestimmt nicht, ich schwöre es dir. Ich glaube an Gott und an irgendeine Art Leben nach dem Tode, warum also Angst? Es tut mir leid, das gebe ich zu ... Aber so etwas riskiert man im Krieg eben. Ich habe genügend Männer sterben sehen, bessere als mich, und du auch ...«

Martin begann zu husten, und Phillip sah, daß das Tuch, das er sich an den Mund hielt, voller Blutflecken war. Er lehnte sich besorgt vor, aber Martin winkte ab.

Als sein Husten schließlich endete, wollte er wissen:

»Meinst du, daß Kapitän Crawford wieder das Kommando über dieses Schiff übernehmen wird, Phillip? Wenn das der Fall ist, bleibst du dann als Erster Offizier an Bord?«

Phillip hob die Schultern. »Ich weiß nicht, darüber habe ich noch nicht nachgedacht.«

»Denk nach, Phillip. Es ist ein gutes Schiff«, sagte der Erste Offizier leise. »Und es gibt kaum jemanden unter der Mannschaft, den ich auswechseln würde. Nicht unter deinem Kommando. Du hast die *Trojan* gut geführt. Es ist eine Schande, daß du sie nicht behalten kannst!«

»Du weißt, daß ich die Chance nicht bekommen werde. Alles in allem hatte ich Glück, sie so lange als zeitweiser Kommandant zu führen. Und dich an meiner Seite zu haben, Martin. Das war das Einzigartige.« Phillip zwang sich zu einem Lächeln. »Dich als meinen Freund und meinen Stellvertreter gleichzeitig.«

»Ich habe unsere Freundschaft immer sehr hoch gehalten«, sagte Fox ernst. Und dann sprach er weiter von Kapitän North, von Mademoiselle Sophie, der Baroneß von Mauthner und dann, mit einem leicht bedauernden Tonfall, auch von Catriona Moray. »Ich hätte sie gern wiedergesehen, Phillip. Um so mehr, als du mir sagtest, daß du keine ernsten Absichten ihr gegenüber hast. Meine wären ernst gewesen, nehme ich an, wenn sie mich ermuntert hätte, denn ich habe sie sehr verehrt. Sag ihr das doch bitte, wenn du sie wieder treffen solltest. Oder schreib ihr.«

»Ja, natürlich«, versprach Phillip und schämte sich plötzlich. In seiner Verblendung hatte er die Wahrheit nicht geahnt, und in Konstantinopel hatte er Catriona völlig mit Beschlag belegt. »Martin, du solltest ruhen. Sprechen kann nicht gut für dich sein ...«

»Ist es wichtig, was für mich noch gut ist? Jetzt?« fragte der Verletzte. »Ich will reden. Ich muß dir noch so vieles sagen.«

Er fuhr fort, aber langsam verließ ihn die Erinnerung, wie Phillip spürte. Sein unheimliches Husten wurde häufiger. Zweimal kam ohne Aufforderung der Arzt, und beim zweiten Mal sagte er, daß es nicht mehr lange dauern könne und daß auch Phillip dringend ruhen müsse. Phillip verließ die Kajüte nur einmal, als ein Offizier aus dem Stab von Kapitän Brock erschien und ihm meldete, er könne am nächsten Morgen die Männer und Kanonen aus dem Verteidigungsring abziehen.

»Die Kanonen, das Pulver und alle Kugeln und so gut wie jeder Mann sind von Bord der *Henry Quatre* genommen worden«, berichtete der Offizier. »Wenn alles gutgeht, haben wir morgen mittag alle Männer in die Stadt transportiert. Vielleicht können Sie uns dabei mit Ihren Booten helfen? Dann könnten wir auch einige Kanonen umsetzen.«

Phillip versprach jede gewünschte Hilfe und kehrte zu seiner Wache in die enge, vollgepropfte Kabine zurück, in der er unter Kapitän Norths Komando gehaust hatte.

Martin Fox starb in den frühen Morgenstunden des nächsten Tages. Er glitt leicht und fast unmerklich aus einem halben Bewußtsein in seinen letzten Schlaf. Seine Finger, die Phillips Hand hielten, lockerten plötzlich ihren Griff. Phillip erhob sich steif neben der Koje und schaute nach unten auf das stille, friedliche Gesicht, und dann ging er in seine eigene Kajüte, um einen Brief an die Mutter des Freundes aufzusetzen.

Es gab zwei Brüder, wie er wußte, und vier Schwestern. Martin war der älteste Sohn gewesen und der ganze Stolz seiner Mutter. Phillip brauchte sehr lange für den Brief, und als er ihn versiegelte, hielt er inne und fragte sich, was er Catriona Moray schreiben sollte. Doch dafür war später immer noch Zeit. Mit allen Kleidern warf er sich auf seine Koje und schlief sofort ein.

10

Um die Mitte der Vormittagswache des 19. November ging die *Trojan* vor Balaklava vor Anker. Auf einen Befehl der Signalstation an Land ließ sich Phillip in seiner Gig in der Hafen rudern und wurde an Bord der *Sanspareil* von Kapitän Leopold Heath empfangen.

Es war fast eine Woche vergangen, seit der Orkan mit seiner zerstörenden Kraft über die Küste der Krim gezogen war, und viele Reparaturen an den Schiffen, die das Wüten überlebt hatten, waren bereits erledigt. Die weniger Glücklichen waren einfach verschwunden, die wütenden Seen hatten diese Schiffe zerschlagen. Andere lagen immer noch wie gestrandete Wale hier und da an der felsigen, unwirtlichen Küste. Als Phillip das Gelände mit dem Glas absuchte, fragte er sich, wie viele Offiziere und Mannschaften wohl gerettet worden waren.

Der kleine, von Klippen eingeschlossene Hafen war jetzt noch überfüllter als sonst. Bis auf wenige Ausnahmen zeigten die meisten Schiffe, die in der Einfahrt oder an der Pier lagen, Zeichen der furchtbaren Prüfung, die sie erlitten hatten. Sie lagen in Päckchen, bis zu sechs oder acht Schiffe nebeneinander, einige hatten die Masten verloren, andere das Ruder, Boote waren zerschlagen worden, schwammen kaum noch. Selbst die *Sanspareil*, deren hohe Masten die der Fregatten und Transporter beeindruckend überragten, lag mit dem Bug hoch und trocken auf dem Ufer, und ihr gebrochener Bugsprit hatte sich in eines der steinernen Häuser gebohrt, die den inneren Hafen umstanden. Es sah aus, als habe irgendein Riese sie aufgehoben und wie ein ungeliebtes Spielzeug an Land geworfen.

»Und so haben alle an Bord sich gefühlt, sagte man mir«, meinte Kapitän Heath trocken. »Stellen Sie sich das vor – ein Schiff dieser Größe vor zwei Ankern!« Er führte Phillip in die Achterkajüte und entschuldigte das Fehlen von Kapitän Dacres. »Er ruht sich aus, aber er wird gleich zu uns stoßen. Armer Kerl, ihm geht es überhaupt noch nicht gut. Sie werden sehen, er hat sich sehr verändert, Hazard.« Er seufzte. »Er ist immer noch offiziell Kommandant dieses unglückseligen Hafens und weigert sich, Krankenurlaub zu nehmen, obwohl das, was während des Sturms geschah, ihm fast das Herz brach. Wie übrigens mir auch ... Aber ich bin ein schlechter Gastgeber. Nehmen Sie Platz, mein lieber Hazard, ich lasse uns Kaffee kommen. Oder würden Sie lieber etwas Stärkeres trinken? Nein – also bleibt's bei Kaffee. Wir erwarten Admiral Lyons kurz vor dem Essen, also schlage ich vor, Sie bleiben und berichten ihm ausführlich. Er will Sie sicherlich treffen und wird alles hören wollen, was Sie ihm über die Lage in Eupatoria melden können.«

Beim Kaffee ließ Leopold Heath sich ausführlich über die schrecklichen Ausfälle an Männern und Schiffen aus, die der Sturm in den Stunden der Dunkelheit des 14. Novembers angerichtet hatte.

»Ich glaube, wir hatten Glück. Ich hatte mich mit Commander Powell von der *Vesuvius* beraten und entschieden, die *Niger* in den Hafen zu verlegen, und er folgte meinem Beispiel. Wie durch ein Wunder kamen wir beide heil rein, aber das möchte ich Zeit meines Lebens nicht noch mal durchmachen.« Er beschrieb haarsträubende Einzelheiten und fuhr dann fort: »Wir haben die *Prince* und die *Resolution* verloren, die *Rip van Winkle*, die *Wild Wave*, *Progress*, *Kenilworth*, *Wanderer* und *Malta*. Alle lagen vor dem Hafen, allen brach die Ankertrosse, und alle wurden auf die Felsen geschleudert, und dort zerbrachen sie. Ganze 30 Mann konnten von den Schiffen geborgen werden. Der Rest ging mit ihnen unter.«

»Die *Prinz*?« Phillip war überrascht und entsetzt. »Die *Prinz* ging unter, Sir?«

»Ja, die *Prinz*, mit Riesenmengen an Winterbekleidung für die Armee und samt 135 Männern«, bestätigte Kapitän Heath bitter. »Sie verlor einen Anker und die Trosse und slippte den anderen. Eine Zeitlang konnte sie sich mit Dampf halten. Und dann verfielen entweder ihr Kommandant oder die Mannschaft in Panik. Sie kappten den Besanmast. Das Rigg kam in die Schraube, und sie trieb wie alle anderen auf die Felsen. Die *Resolute* machte es ihr nach.« Er seufzte hörbar. »Das belastet Kapitän Dacres sehr, mich auch, denn ihr Master hatte uns sehr gedrängt, ihm doch ja das Einlaufen zu gestatten, als er ankam. Aber das lag nicht in unserer Macht. Unsere Befehle hatten sich nicht geändert. Bis der Sturm volle Stärke erreicht hatte ...« er berichtete weiter, beschrieb in bedrückenden Details, wie jedes einzelne Schiff verlorenging, und Phillip lauschte stumm.

Er berichtete gerade, wie die Dampffregatte *Retribution* mit dem Herzog von Cambridge an Bord knapp davongekommen war, als Kapitän Dacres in die Kajüte trat. Er sah sehr krank und erschöpft aus und starrte Phillip an, ohne ihn wiederzuerkennen, bis sein Stellvertreter ihm aushalf: »Hazard, Sir, zeitweise Kommandant der *Trojan*, die gerade aus Eupatoria zurückgekehrt ist.«

»Ach ja, natürlich. Willkommen an Bord, Mr. Hazard.

Verzeihung, ich höre Ihnen gleich zu, aber ich muß eben etwas mit Kapitän Dacres besprechen. Bitte, nehmen Sie Platz.«

»Danke, Sir.«

Gehorsam nahm Phillip wieder seinen Platz ein, und Dacres wandte sich mit seinem bleichen, gequälten Gesicht an Leopold Heath und sagte erschöpft: »Ich habe gerade eine dringende Anforderung für Schiffszimmerleute an den Oberkommandierenden geschrieben, Leo. Ich habe keine Ahnung, wo Lord Raglan die herbekommen will, aber ich habe ihm unsere verheerenden Verluste genannt und ihm gemeldet, daß unser Hafen voller verkrüppelter Schiffe liegt. Ohne die Hilfe anderer kann ich nicht mal ein Viertel von ihnen reparieren. Einige könnten nach Sinope oder zum Bosporus geschleppt werden. Ich habe also um so viele Dampfschlepper gebeten, wie der Admiral uns zur Verfügung stellen kann.«

»Sie haben nicht geruht, Sir«, tadelte ihn Heath.

»Wie kann ich das, um Himmels willen? Ich träume von entmasteten Transportern und ruderlosen Fregatten, und lieber Gott, immer auch noch von dem armen Lewis, wie der mich bedrängte, ihm das Einlaufen der *Resolution* zu erlauben. Alles, was ich für ihn tun konnte, war, ihm zu raten, dem Beispiel des Kommandanten der *City of London* zu folgen, Dampf aufzumachen und sofort auf See auszulaufen. Seine Antwort haben Sie doch gehört?«

»Nein, Sir.«

Leopold Heath trat an den Tisch, füllte eine Tasse Kaffee und drückte sie seinem Vorgesetzten in die Hand. Dacres dankte ihm, doch er setzte sie ab, ohne getrunken zu haben.

Tonlos zitierte er: »›Ich habe Pulver an Bord, das dringend gebraucht wird. Was wird man sagen, wenn man es holen will, und ich bin nicht da? Die ganze Belagerung muß dann unterbrochen werden, und dafür wäre ich verantwortlich.‹

Und jetzt liegt seine Ladung unter 20 Faden Wasser – und er auch, Gott gebe seiner Seele Frieden. Aber immer noch sagt man mir, ich muß den Hafen frei halten für den Fall, daß er evakuiert werden muß. Gott im Himmel, Leo, wie viele Schiffe müssen wir noch verlieren, den Tod wie vieler Männer muß ich mir noch vorwerfen, bis diese unvernünftigen Soldaten endlich begreifen, daß eine Räumung von Balaklava jetzt nicht mehr in Frage kommt?»

»Vielleicht, Sir«, bot Heath als Trost an, »ist es ja Sir Edmund gelungen, Lord Raglan zu überreden, daß unter diesen Umständen eine Räumung nicht mehr in Frage kommt.«

»Vielleicht, ja vielleicht«, gab Dacres zu, doch ohne Überzeugung. »Leider hat der Orkan die Zelte der Generäle nicht erwischt.«

»Ich habe gerade Commander Hazard berichtet, daß die Nachrichten vom Hauptankergrund der Flotte nicht ganz so schlimm, wie befürchtet, klingen«, warf sein Stellvertreter ein.

Er sah Phillip an und war froh, das Thema zu wechseln. Kapitän Dacres bemerkte seinen Besucher wieder und schob ihm höflich ein hübsches Silberkistchen mit Zigarren über den Tisch. »Entschuldigen Sie, Hazard, ich bin nicht ganz beisammen. Im Augenblick stehe ich neben mir selbst. Kapitän Heath hat ihnen sicher berichtet, was hier vorgefallen ist, also verstehen Sie die Gründe.«

»Ja, Sir, und es tut mir ehrlich leid, Sir!«

»Mir auch.« Kapitän Dacres nahm eine Zigarre aus dem Kistchen, doch er zündete sie nicht an, sondern rollte sie nur abwesend zwischen seinen Fingern.

»Doch wie unser Freund Kapitän Heath mit Recht einwarf, waren die Verluste vor der Katcha nicht ganz so schrecklich wie hier. Alle Kriegsschiffe sind in Sicherheit, so meldete jedenfalls Commander Reynold von der *Beagle*, der auf dem Wege zum Bosporus hier ankerte, um Depeschen mitzunehmen. Er sagte, die *Sampson* wurde entmastet, die *Terrible* hat am Heck Schaden erlitten, aber alle Linienschiffe sind unversehrt. Fünf Transporter wurden auf den Strand getrieben, aber ihre Mannschaften wurden samt und sonders durch Boote der Flotte gerettet. Wir dagegen haben ganze 30 Mann gerettet – 30! Die Retter haben dabei ihr Leben aufs Spiel gesetzt. Sie haben die armen Kerle an Tampen die Klippen hochgezogen. Boote konnten wir nicht zu Wasser bringen, wir nicht.« Er macht eine hilflose Gebärde und ließ dabei seine Zigarre fallen, ohne es zu merken. Er sah Phillip einen Augenblick nachdenklich an und sagte dann stirnrunzelnd: »Die *Trojan*? Ich habe Sie doch nach Eupatoria geschickt, nicht wahr?«

»Ja, Sir«, bestätigte Phillip.

»Hat Ihr Schiff Schaden genommen? Sie müssen doch direkt in den Sturm hineingesegelt sein!« Mit großen Augen sah er ihn überrascht an, als Phillip den Kopf schüttelte. »Also sind Sie rechtzeitig eingelaufen?«

»Nein, Sir. Wir haben den Sturm auf See abgewettert. Das haben Sie ja auch der *Resolution* geraten. Wir haben einen von unseren 68-Pfündern verloren, der sich auf dem Achterdeck losarbeitete. Wir waren nicht in der Lage, ihn zu sichern, weil das Wasser tonnenweise überkam. Aber das war auch alles. Wir waren weniger in Gefahr als die Schiffe auf Reede vor Eupatoria, die fast so viele Verluste hatten, wie Sie hier …«

Phillip ging in Einzelheiten, und dabei sah Kapitän Dacres ihn mit hoch erhobenen Brauen ungläubig an.

»Ich freue mich, von Ihnen zu hören, daß der *Bellerophon* nichts passiert ist, aber die *Henri Quatre* ist ein Wrack, sagten Sie? Lieber Gott, ein Dreidecker, keine fünf Jahre im Dienst und noch dazu ein Schraubendampfer, auf sicherem Grund ankernd … es ist unglaublich. Hören Sie, was der junge Mann berichtet, Leo? Wir müssen uns vielleicht weniger vorwerfen, als ich dachte, denn unser einziges Linienschiff haben wir nicht verloren. Berichten Sie, Hazard, wie lief die *Henri Quatre* auf Grund? Und konnten die *Bellerophon* und die *Leander* ihr Boote zu Hilfe schicken?«

»Verzeihen Sie, Sir«, unterbrach Kapitän Heath, »aber ich habe vorgeschlagen, daß Hazard seinen ausführlichen Bericht gibt, sobald der Admiral bei uns ist. Offenbar hat er uns einiges mitzuteilen.«

»Ganz bestimmt. Also warten wir, Mr. Hazard, bis der Admiral an Bord ist. Doch inzwischen darf ich Ihnen wenigstens gratulieren, daß Sie die *Trojan* unversehrt durchgebracht haben.« Kapitän Dacres sah ihn wohlwollend an. »Kapitän Crawford wird überaus erleichtert sein, daß sein Schiff unversehrt ist.«

»Sagten Sie Kapitän Crawford, Sir?« Phillip merkte, wie unnatürlich seine Stimme klang.

Aber der Name von Kapitän Crawford war ein unerwarteter Schock. Doch eigentlich, schalt er sich, hätte er darauf gefaßt sein müssen. Es lag immer im Bereich des Möglichen, daß Kapitän Crawford das Kommando wieder übernahm. Das hatte er sogar mit dem armen Martin vor dessen Tod noch besprochen. »Ist der Kommandant hier, Sir?«

»Ja, natürlich. Hat Ihnen Kapitän Heath das nicht gesagt? Er kam mit der *Avon* an, kurz nachdem Sie nach Eupatoria gesegelt waren, wieder ganz erholt, was mich freut. Und er tadelte mich sehr, daß ich das Schiff in den Sturm hinausgeschickt hatte und noch dazu, verzeihen Sie, Mr. Hazard, mit einem vergleichsweise jungen, unerfahrenen Offizier als Kommandanten. Aber«, und jetzt lächelte der Hafenkommandant, »ich kann nur annehmen, daß er Sie nicht gut kennt und von ihrer beruflichen Kompetenz nichts weiß. Sie haben sicher noch nicht lange unter ihm gedient?«

»Ich habe noch überhaupt nicht unter Kapitän Crawford gedient, Sir«, begann Phillip. »Sehen Sie, Sir ...«

Ein Fähnrich unterbrach sie, als er mit der Mütze in der Hand eintrat und meldete, daß der Admiral gesichtet worden war.

»Ich werde ihn begrüßen«, bot Leopold Heath an.

Aber sein Vorgesetzter schüttelte entschieden den Kopf: »Lieber Gott, nein, Leo. Noch bin ich in der Lage, mich zu meiner eigenen Relingspforte zu schleppen, und solange ich das kann, lasse ich mich von Ihnen nicht in Watte packen. Aber wie auch immer, danke für Ihren Arm. Warten Sie bitte hier, Mr. Hazard. Natürlich werden Sie mit uns essen.«

»Danke, Sir!«

Phillip wartete, beherrschte seine Ungeduld und fragte sich, ob wohl auch Kapitän Crawford, der ebenfalls einer der Fähnriche unter Sir Edmund Lyons in den dreißiger Jahren gewesen war, zum Essen käme. Er hörte die schrillen Pfeifen der Gehilfen des Bootsmanns, als der Admiral mit den üblichen Ehren begrüßt wurde, und dann Stimmen. Er erkannte die des Admirals, und als die Tür aufging, hörte er Kapitän Dacres sehr bewegt sagen: »Gott sei Dank, Sir. Und danke auch Ihnen. Sie haben mir eine Last von den Schultern genommen, die kaum noch zu tragen war.«

Aus seinem Gesicht und dem Leopold Heaths, die beide strahlten, schloß Phillip, daß es dem Admiral irgendwie gelungen war, Lord Raglan zu überreden, seine Meinung in bezug auf die Evakuierung von Balaklava zu ändern.

Die Annahme wurde bestätigt, als Admiral Sir Edmund Lyons sehr ernst antwortete: »Ich habe für Sie eine Atempause eingehandelt, mein lieber Sidney, mehr nicht. Aber wir sollten weiter hoffen. Übrigens hat mich Sir Colin Campbell heute morgen dabei sehr unterstützt. Seiner Hilfe ist die Entscheidung vor allem zu verdanken. Aber es kostet uns weitere 40 Kanonen für die Marinebrigade.«

»Ein kleiner Preis, Sir, meiner Meinung nach«, versicherte Dacres.

»Diesen Standpunkt wird der Oberbefehlshaber kaum teilen, aber ich stimme Ihnen zu.« Jetzt lächelte auch Admiral Lyons. Er schien zu frösteln und sah müde aus, was gut der Fall sein konnte nach dem langen Ritt vom Hauptquartier Lord Raglans im Bauernhaus auf den Höhen. Doch wie immer wirkten sein Mut und sein Optimismus ansteckend. Selbst der kranke Kapitän Dacres schien in des Admirals Gegenwart aufzuleben. Fast fröhlich bat er Phillip, sich zu ihnen zu setzen.

»Mr. Hazard, Sir, zeitweiser Kommandant der *Trojan*, der gerade aus Eupatoria zurückgekehrt ist. Dank bemerkenswerter Seemannschaft hat er sie – mit Truppenverstärkungen für Kapitän Brock an Bord – nach Eupatoria geführt, durch den dicksten Sturm und ist dort eingelaufen mit dem Verlust einer einzigen Kanone, Sir. Er möchte Ihnen Bericht erstatten, Sir!«

»Da bin ich ganz sicher. Also, mein lieber Phillip, ich freue mich, Sie zu sehen!« Der Händedruck des Admirals war warm, und wohlwollend musterte er Phillip. »Sie werden uns mit dem Bericht Ihrer Abenteuer beim Essen unterhalten. Ich habe vor Sonnenaufgang gefrühstückt und gebe zu, daß ich hungrig bin wie ein Wolf. Aber der unbequeme Ritt in der Dunkelheit hat sich gelohnt. Sie haben sicher aus unser aller Lächeln richtig geschlossen, daß wir Balaklava halten werden – jedenfalls im Augenblick – und es, so gut wir können, auch verteidigen werden.«

»In der Tat, Sir«, bestätigte Phillip. »Was für ein Sieg, Sir!«

»Ein kleiner«, fügte Admiral Lyons hinzu. »Aber auch er mußte gewonnen und die Panikmacher mußten besiegt werden – nicht zum erstenmal, wie Sie sich erinnern werden.« Er nahm seinem Gastgeber ein Glas Madeira ab. »Jack erzählte mir, er habe Sie in Konstantinopel getroffen, Phillip. Ich bin sehr glücklich, daß er hier ist. Ich habe meine Flagge jetzt auf der *Miranda* gesetzt, jedenfalls zeitweise, damit wir Muße füreinander finden und Neuigkeiten austauschen können – wenn auch wohl nur für kurze Zeit.« Er hob sein Glas. »Hat er Ihnen etwas von diesem feinen Zeug gegeben?«

»Das hat er, Sir, und es war sehr willkommen.«

Phillip blickte sich um. Im Stab des Admirals entdeckte er viele vertraute Gesichter. Kapitän Crawford gehörte jedoch nicht dazu.

Sir Edmund, der seine Gedanken wohl erraten hatte, sah ihn forschend an und sagte dann: »Wenn Sie Ihren Kommandanten suchen, werde ich Sie enttäuschen müssen. Wir haben die *Trojan* von der Höhe aus gesehen, als wir in den Hafen ritten, also habe ich ihm mein Boot angeboten, damit er sie sofort erreichen könnte. Ihr Erster Offizier wird ihm in Ihrer Abwesenheit sicher die üblichen Ehren erweisen.«

»Mein Erster Offizier ist gefallen, Sir!« meldete Phillip ruhig. »Er wurde bei einem Angriff des Feindes auf Eupatoria tödlich verwundet und ...«

»Ein Angriff auf Eupatoria?« fragte der Admiral und seine Stimme änderte sich deutlich.

»Ja, Sir. Er wurde erfolgreich abgewehrt.«

»Berichten Sie, Phillip!«

Phillip nahm die Meldungen, die man ihm übergeben hatte, aus der Brusttasche seines Schwalbenschwanzes. »Von Kapitän Brock für Sie, Sir. Und dann habe ich noch einen persönlichen Brief von Lord George Paulet für Sie. Die *Cyclops* wurde zum Ankerplatz der Flotte geschickt mit einem ausführlichen Bericht für den Oberkommandierenden.«

Der Admiral dankte und las mit nachdenklich hochgezogenen Brauen die Briefe. Zum Essen bat er Phillip neben sich und fragte ihn nach allen Einzelheiten aus. Nur gelegentlich konnten Dacres und Leopold Heath eigene Fragen stellen. Danach wurde das Gespräch allgemeiner, kreiste um Balaklava und seine Verteidigung, um Neues aus der Flotte und dann natürlich auch um den Orkan und die schrecklichen Verluste, die er verursacht hatte. Phillips Bericht über den Verlust der *Henri Quatre* führte zu erschrockenen Ausrufen bei denen, die noch nichts davon gehört hatten.

Nach dem Essen blieben der Admiral und sein Stab noch eine Weile. Sir Edmund nahm Kapitän Dacres zur Seite und sprach ernst und leise mit ihm. Wie alle anderen hatte auch Phillip keine Ahnung, was das Ergebnis dieser Besprechung war.

Aber dann sagte Leopold Heath, als der Admiral sich zum Gehen wandte: »Er versucht, Dacres zu einem Urlaub zu überreden. Und ich hoffe wirklich sehr, daß der endlich zustimmt. Mir kommt es nicht darauf an, sein Nachfolger in Balaklava zu werden, aber ich glaube, es wird sein Tod sein, wenn er noch länger hier bleibt. Sie haben gesehen, wie krank er ist!«

»Ja, das ist nicht zu übersehen, Sir!« stimmte Phillip ihm aus vollem Herzen zu.

Kapitän Heath seufzte tief. »Also, der Admiral muß heute seine Überredungskünste auf das Beste genutzt haben. Erst hat er Lord Raglan und seine Generäle überzeugt, und jetzt ist ihm das auch mit meinem Chef gelungen. Da wir gerade von Chefs reden, Hazard, wissen Sie schon etwas über Ihr nächstes Kommando, da ja Ihr Chef jetzt auf die *Trojan* zurückgekehrt ist? Hat der Admiral irgend etwas gesagt, daß Sie wieder zu seinem Stab stoßen sollen? Wenn Sie nämlich nicht angebunden sind, würde ich mich sehr um Ihre Dienste bemühen, sobald ich den Platz von Kapitän Dacres eingenommen habe. Sie wären freilich nicht auf See, aber eine Beförderung wäre ihnen einigermaßen sicher. Aus meiner Sicht wäre ein Assistent, der sich vor der Arbeit nicht drückt, eine große Hilfe. Denken Sie doch bitte mal darüber nach.«

»Ich danke Ihnen sehr, Sir«, antwortete Phillip bewegt. »Der Admiral hat über meine Zukunft nichts gesagt, also weiß ich auch nicht, was er mit mir vorhat. Falls er überhaupt etwas vorhat. Aber bis es soweit ist, kehre ich am besten auf die *Trojan* zurück und begrüße Kapitän Crawford, wie es sich gehört, wenn auch verspätet.«

»Ja, das ist sicher gut. Au revoir, Hazard, und viel Glück.« Kapitän Heath schlug ihm freundlich auf die Schulter. »Vergessen Sie nicht, hier ist eine Koje für Sie, wenn Sie eine brauchen. Ich kann Ihnen aber nicht versprechen, daß Ihre Popularität steigen wird, wenn Sie akzeptieren.«

Phillip dankte ihm wieder und fragte sich, als er sich dem Ende des Trosses anschloß, der sich gebildet hatte, um Admiral Lyons zu seiner Barkasse zu begleiten, ob der Admiral ihn wohl in seinem persönlichen Stab einsetzen würde. Seine letzte Kommandierung auf die *Agamemnon* war zeitlich begrenzt gewesen, fast ebenso begrenzt, stellte er bedauernd fest, wie die auf die *Trojan*. Und selbst sein zeitweiser Rang als Commander war noch immer nicht offiziell bestätigt worden. Damit seine Beförderung amtlich würde, hätte Admiral Dundas, Flottenbefehlshaber, ihn den Lordschaften in London empfehlen müssen. Wenn er das nicht getan haben sollte, dann … Er zuckte resigniert die Schultern. Er stand wieder da, wo er angefangen hatte, als Erster Offizier der *Trojan*. Der Tod von Martin Fox hatte die Position freigemacht. Doch auch dies würde von Kapitän Crawford abhängen. Ob der seine Dienste überhaupt wollte? Vielleicht hatte Crawford einen Offizier seiner eigenen Wahl im Blick, den er gern befördern wollte. Oder vielleicht würde er lieber Duncan Laidlaw einsetzen? Was hatte doch Kapitän Dacres über ihn als unerfahrenen jungen Offizier gesagt …

»Phillip! Ich habe dich überall gesucht. Halt dich an mich!«

Phillip drehte sich um und sah neben sich den Neffen des Admirals, seinen Flaggleutnant.

»Der Admiral sucht dich!« Leutnant Algernon Lyons grinste und genoß die Überraschung.

Er war als Flaggleutnant Nachfolger von Cowper Cooles, ein sehr effizienter und dabei sehr angenehmer junger Mann, der überall geschätzt wurde. Er legte Phillip die Hand auf den Arm. »Was versuchst du gerade? Willst du dich auf die *Trojan* verdrücken, ohne dich von uns zu verabschieden. Interessiert dich dein neues Kommando nicht, mein lieber Freund?«

»Mein … mein was?« Phillip sah ihn ungläubig an. »Hast du was von Kommando gesagt, Algy?«

»Ja, das habe ich. Hat mein Onkel beim Essen nichts davon erwähnt?«

»Nein!«

»Er hatte das aber vor. Ich weiß, daß er es dir selber sagen will. Also werde ich ihm die Freude nicht nehmen. Also, los jetzt, wir sind schon verspätet und hatten einen ziemlich anstrengenden Tag.«

Phillip fühlte sich ein bißchen benommen und folgte ihm zu Admiral Lyons, der sich gerade höflich von Kapitän Dacres verabschiedete.

»Ah, Phillip …« Lyons bat ihn zu sich auf die wartende Barkasse. »Wir bringen Sie zur *Trojan* rüber. Ich habe Ihnen etwas mitzuteilen!«

Als die Barkasse Fahrt aufnahm und schnell das übelriechende Wasser des inneren Hafens verließ, sagte der Admiral: »Ich wollte Ihnen schon beim Essen sagen, daß der Flottenbefehlshaber meiner Empfehlung für Ihre Beförderung gefolgt ist. Aber da wurden wir unterbrochen.«

»Danke, Sir. Ich stehe tief in Ihrer Schuld, Sir. Ich glaube nicht, daß der Flottenbefehlshaber ohne Ihren Nachdruck von sich aus meine Beförderung befürwortet hätte.« Phillip versuchte, den Kloß zu schlucken, der plötzlich in seiner Kehle steckte. »Nach dem Tod von Kapitän North sagte mir der Admiral, daß ...«

Sir Edmund Lyons schnitt ihm das Wort ab. »Unsinn, mein Lieber, das ist alles Vergangenheit. Sie haben Ihre Beförderung mehr als verdient, und Sie haben offensichtlich in den letzten ein, zwei Wochen bewiesen, daß Sie Ihr eigenes Kommando führen können. Also werde ich Ihnen eins geben.« Er lächelte. »Admiral Dundas hat mich ermächtigt, mir einige der Kapitäne auszusuchen, die in Zukunft unter mir dienen werden. Sie wissen natürlich, daß ich ihm als Flottenbefehlshaber nachfolgen werde, sobald er seine Flagge einholt?«

Der Kloß in der Kehle war verschwunden, und nun lächelte auch Phillip. »Ja, Sir!« Die Übergabe des Flottenkommandos würde von jedem Offizier und Matrosen in der gesamten Schwarzmeerflotte enthusiastisch begrüßt werden, denn der Vizeadmiral war ihrer aller Held. »Und wann, Sir?«

»Schneller als ich erwartet hatte, Phillip, wahrscheinlich noch vor Ende Dezember.« Der Admiral sprach leise, und in einem unbeobachteten Augenblick erschien plötzlich so etwas wie Zögern oder sogar Furcht in seinen blauen Augen. Doch es verging ebenso schnell. »Ich blicke auf ein Leben voller Verantwortung zurück, die ich, weiß Gott, nicht immer gewollt habe, aber vor der ich mich nie drückte. Dies wird meine schwerste Aufgabe werden. Ich kann nur beten, daß ich mich des Vertrauens würdig zeige, das die Regierung

Ihrer Majestät und die Männer, die ich befehlen werde, in mich setzen.« Er unterbrach sich und fuhr in anderem Ton fort: »In der Zusammensetzung der Flotte wird es einige Änderungen geben. Einige Linienschiffe nur unter Segeln werden in die Heimat detachiert – die *Britannia*, die *Trafalgar*, die *Queen* und die *London*. Sie werden ersetzt durch Schraubendampfer. Die *Royal Albert* wird mein zukünftiges Flaggschiff. Ich hoffe auch, daß die *Saint Jean d'Acres* mit Kapitän Keppel und die *Princess Royal* mit Lord Clarence Paget aus der baltischen Flotte dabei sind. Zusätzlich zu den Linienschiffdampfern habe ich seit langem Sir John Graham und Ihre Lordschaften bestürmt, mehr Sloops mit geringem Tiefgang und Kanonenboote der *Arrow*-Klasse zu schicken. Wie Sie wissen, sind sie ideal für die Operationen in diesen Gewässern. Im Frühling werden wir eine stattliche Zahl hier haben. Meine Absicht ist es nämlich nicht, den Feind nur mit Blockaden in den Häfen zu halten. Ich werde ihn angreifen und, wo immer möglich, aufbringen.«

Phillips Herz schlug heftiger und freudiger. Viel zu lange, dachte er, ist die Schwarzmeerflotte in der Tat inaktiv gewesen. Ihre Kriegsschiffe transportierten Truppen und Vorräte, sicherten Geleitzüge und kreuzten vor Kertsch und Odessa, ebenso vor Sewastopol, in dem nicht immer erfolgreichen Bemühen, den Handel des Feindes auf dem Wasser zu unterbrechen und ihn zu hindern, Truppenverstärkungen zu Prinz Menschikoff zu schicken.

»Mein Sohn Jack hat die Idee, ein kleines Dampfgeschwader ins Asowsche Meer zu schicken, wenn es eisfrei ist«, fuhr der Admiral fort. Ein Ton väterlichen Stolzes schwang kurz in seinen Worten mit. »Er hat sogar schon einen Operationsplan entwickelt, an dem ich keinen Fehler finde, vorausgesetzt, wir bekommen die Sloops und die Kanonenboote, um die ich gebeten habe. Menschikoff kriegt aus der Region riesige Mengen Korn und anderen Nachschub und natürlich auch Truppen. Die kommen alle über Land. Er würde Sir Edmund unendlich lange standhalten können, wenn die Versorgungsstraßen nicht angegriffen werden. Nun, wir werden sie angreifen. Wir werden uns alle seine Verbindungslinien vornehmen. Wenn wir kleine, schnelle, schwerbewaffnete Geschwader von Sloops und Kanonenbooten haben, die von Dampf getrieben werden, dann können wir dem Feind von Odessa bis Trapezunt nachsetzen, in diesem Krieg eine wichtige Rolle spielen und ihn so zu seinem erfolgreichen Ende bringen. Im Augenblick tragen wir als Kampfflotte dazu kaum bei. Außer daß wir Männer und Kanonen für die Belagerung zur Verfügung stellen und Truppen transportieren. Also, wie ich sagte, habe ich die Hoffnung, daß die Flotte im Frühling anders zusammengesetzt ist und eine neue Rolle übernehmen wird.«

Er sprach von der Zukunft und seinen Plänen, und Phillip hörte eifrig zu, als die Mannschaft die Barkasse mit tiefen und gleichmäßigen Schlägen ihrer langen Riemen vorantrieb – durch den schmalen Einschnitt, durch die roten hohen Sandsteinklippen hindurch, die ihn begrenzten, und dann auf die offene See. Sie hielten auf die Reihe ankernder Schiff zu, Silhouetten vor der untergehenden Sonne.

Zwei Schiffe waren dazu gekommen, seit er die *Trojan* hierher gebracht hatte, das sah Phillip sofort. Eines erregte besonders seine Aufmerksamkeit. Es war eine Kriegssloop mit Dampferschraube, geriggt wie ein Vollschiff mit einem Rammbug. Ihr Äußeres war eher kraftvoll als elegant. Ein langer, schmaler Schornstein ragte zwischen dem Hauptmast und dem Vormast empor. Ihre Boote hingen an Davits achtern an beiden Seiten. Im schwächer werdenden Licht konnte er kaum mehr erkennen. Doch angesichts dessen, was der Admiral von der Admiralität gefordert hatte, wuchs sein Interesse: flach gehende, schwerbewaffnete Schiffe mit Dampfschrauben! Das war neu und sah so ganz anders aus als die Schiffe, die er kannte, doch dann gefiel ihm der Anblick, wie er merkte. Dieses Schiff hatte natürlich nicht die schönen Linien eines reinen Seglers, aber es war ordentlich und kompakt gebaut, offensichtlich bestens für die Art von Operationen gedacht, die der Admiral in Zukunft plante. Als er mit wachsendem Interesse hinstarrte, legte ihm der Admiral die Hand auf die Schulter, und die Mannschaft der Barkasse hörte auf einen Befehl des Bootsführers auf zu rudern.

»Ihrer Majestät Sloop *Huntress*, Phillip«, sagte der Admiral. »Die erste ihrer Art, die in Woolwich gebaut worden ist. Aber wie ich hoffe, die erste von vielen, die ich im Frühling so dringend erwarte. Sie trägt zwei 68-Pfünder auf Gleitwagen und zwölf 32-Pfünder.« Er fuhr fort, technische Einzelheiten zu nennen, auf die Phillip und die anderen Offiziere mit zustimmendem Interesse lauschten. Dann lächelte er und bat den Bootsführer an der Sloop längsseits zu gehen, wandte sich an Phillip und fragte: »Na, gefällt sie Ihnen?«

»Und ob, Sir, sehr!« antwortete Phillip erfreut.

»Leider starb Ihr Kommandant auf der Reise von England hierher, also ernenne ich Sie an seiner Stelle, Phillip. Gehen Sie an Bord, und lesen Sie sich sofort ein – Sie können sich später von der *Trojan* verabschieden.« Immer noch lächelnd wischte Admiral Lyons seine Dankesbezeugungen einfach weg. »Ich werde sie selber inspizieren, sobald ich kann. Aber ein Riesenberg Papier wartet auf meinem Schiff auf mich, also wird sich mein Besuch nicht überstürzen. Gott mit Ihnen, mein Junge.«

Eine Stimme vom Oberdeck der *Huntress* rief sie an, und nach einem Nicken des Admirals antwortete der Bootsführer laut: »Aye, aye – *Huntress*!« Dann hakte er sein Boot geschickt an den Großrüsten ein, und oben sammelte sich die Begrüßungsmannschaft und nahm Haltung an.

Phillip fühlte sich unendlich glücklich und sehr stolz, als er unter dem Trillern der Pfeifen an Deck seines neuen Schiffes stieg und grüßend sah, wie die Barkasse des Admirals davonglitt.